ハヤカワ・ミステリ文庫

〈HM㉕-6〉

われらが痛みの鏡

〔下〕

ピエール・ルメートル

平岡　敦訳

早川書房

8679

MIROIR DE NOS PEINES
by
Pierre Lemaitre

Translated by
Atsushi Hiraoka
First published 2021 in Japan by
HAYAKAWA PUBLISHING, INC.
This book is published in Japan by
arrangement with
ÉDITIONS ALBIN MICHEL - PARIS
through JAPAN UNI AGENCY, INC., TOKYO.

目次

われらが痛みの鏡

〔下〕

登場人物

ルイーズ・ベルモン……………公立小学校の教師
ジャンヌ・ベルモン……………ルイーズの母
アドリアン・ベルモン…………ルイーズの父
ジュール…………………………〈ラ・プティット・ボエーム〉店主
ティリオン………………………同店の常連客の老医師
ジェルメーヌ……………………ドクター・ティリオンの妻
アンリエット……………………ドクター・ティリオンの娘
ガブリエル………………………脱走兵。軍曹
ラウール・ランドラード………脱走兵。兵長
デジレ・ミゴー…………………神父の名をかたる稀代の詐欺師
オウスレル………………………囚人護送隊指揮官。大尉
フェルナン………………………機動憲兵隊の曹長
アリス……………………………フェルナンの妻
ボルニエ…………………………フェルナンの部下。兵長
フレクール………………………フェルナンの部下
ジョルジュ・ロワゾー…………郡長
セシル……………………………愛徳修道女会の若い修道女
ボーゼルフーユ…………………モンシエンヌ基地の指揮官。大佐
エドゥアール・ペリクール……ベルモン家の昔の下宿人。傷痍軍人
アルベール・マイヤール………同下宿人。エドゥアールの戦友
マドレーヌ・ペリクール………エドゥアールの姉。資産家

一九四〇年六月六日（承前）

27

ルイーズがシェルシュ＝ミディ軍事刑務所の前に着いたとき、入り口の門扉に続く通りは柵で通行止めになっていた。興奮した女たちが集まっている。

「面会は中止なんですって」とひとりの女が言った。「昼からずっとここにいるのに……」

彼女の声には不安が感じられた。

制服姿の一群が、むこうを行き来している。女たちはときおり声を張りあげ、彼らにたずねた。「何時になったら面会ができるんです？」「じゃあ、今日なの？　それとも明日？」「田舎からはるばる来たんですからね、わたしたちは！」なかには「こっちには権利があるのよ」という声さえあったけれど、それとて井戸に小石を投げこむようなものだった。

そうした叫びはきっぱり無視されたけれど、シェルシュ＝ミディ通りの端に集まった女たちは、声を届かせようとあきらめなかった。憲兵は（さもなければ機動憲兵隊員だろうか、あの制服は……）彼女たちのことを気にしているようだ、とルイーズは思った。ときおりちらちらと、そっちに目をむけている。あの女ども、通行止めの柵をひっくり返すんじゃないか？　追い払うべきだろうか？　制帽の下の目は、女を力ずくで撃退するのは厄介だと言っているかのようだった。

ほかにも機動憲兵隊員が、ひとりで、あるいは数人のグループで、地下鉄の出口からやって来た。着替えを詰めた包みや鞄を持っている者もいれば、ほとんど手ぶらの者もいる。女たちは彼らが近づくと、くどくどと愚痴を並べたり、疑問をぶつけたりした。「どうなっているんですか？」「どうして面会が中止なんです？」けれども制服姿の男たちは、並んで歩き続けた。石礫《いしつぶて》を浴びているかのように顔を伏せる者、背筋をぴんと伸ばし、不屈の決意をこめてまっすぐ前を見すえる者。若い隊員が口をひらきかけると、年かさの隊員が黙っていろと合図した。こうして彼らは柵を越え、刑務所の前で待機する仲間のほうへ遠ざかっていった。大部分の隊員たちは、さっさとなかに入った。煙草を一本吸っていこうと、その場に残った者たちも、面会希望者など知ったことではないと言わんばかりに背をむけていた。

「曹長さん」階級に詳しいらしい女が、そう叫んだ。「いったいどうなっているのか、説明してくださいな。なにもわからないんです」

相手はリュックサックを背負った機動憲兵隊員だった。しっかり旅じたくをしているようだ。準備を整えているからには、事情を知っているはずだ。

女に詰め寄られ、フェルナンは立ちどまった。

「どこかへ連れていくんですか?」と彼女はたずねた。

いったい誰の話をしているんだろう?

「教えてもらう権利があるわ」と別の女が言った。

どうやら、囚人たちのことらしい。フェルナンは、ずっとむこうにいる仲間に目をやった。みんなおしゃべりをしながら、なにごとだろうとこっちを見つめている。

「すみませんが、わたしにもわからないんですよ。みなさんと同じで」

申しわけなく思っているのは本心のようだ。ルイーズは彼が軽く肩を突き出し、人ごみを掻き分けて遠ざかるのを眺めた。

「あの人たちにもわからないんだったら……」と誰かが言った。

しかしそれに答える間もなく、通りの反対端から何台ものバスがあらわれた。お互いすれすれに近づいて、ゆっくり走ってくる。エンジンの振動が小石に響き、歩道が揺れた。のろのろとした動きが、かえって威圧的だ。面会にやって来た女たちは、まるで賓客を迎えるかのように、いっせいに道をあけてバスを通した。

それはパリ地方交通公社《TCRP》のバスだったが、窓ガラスに濃紺のペンキが塗られているせいで、不気味で恐ろしげに見えた。総勢十台ほどのバスは刑務所の入り口まで進むと、バンパーとバンパーがくっつくくらいぴったり並んで停まった。それまで大きな門扉の前にいた隊員たちもあわててなかに入り、残るは猛禽のようにじっと動かないバスだけとなった。

そしてそのバスを見つめる、一群の女たちと。

28

誰もが死ぬほどつらかったのは、ただ待っていることだった。怯えている側も、脅《おびや》かしている側も、待っているのは耐えきれない。独房から引っぱり出された三百人近い囚人たちは、中庭で不安に震えていた。そのまわりで、銃を手にした六十人ほどの機動憲兵隊員やモロッコ人狙撃兵の二小隊が、行ったり来たりを続けている。彼らも不安なのだ。指令はなかなか届かないし、届いても中途半端だった。

オウスレル大尉は——無邪気さを欠いた遍歴の騎士《ドン・キホーテ》とでも言うべき長身痩軀の男で、軍人たる者、笑ってはいかんとばかりに、いつもむっつりした顔をしている——部下の質問にも答えようとしなかった。

フェルナンは自分の小隊を集めておいた。本当は六名だが、五名しかいなかった。デュロジエは昨日、連絡をよこし、パリを発つと言ってきた。女房がもう八カ月なんで、安全なところに連れていかにゃいけないんですと。どうせひとり欠けるなら、能なしのボルニエ兵長ならよかったのに、とフェルナンは思った。酒の飲みすぎで太る男もいれば、反対に瘦せ細る男もいる。ボルニエは後者だった。がりがりの、骨と皮だ。ところがいつも、馬鹿みたいに元気いっぱいときてる。あの元気は、いったいどこから来るのやら。たぶんそのせいで、決して酔っぱらっているように見えない。そうやって年じゅう走りまわって、カロリーを消費しているのだろう。ともかく、じっとしてられない質《たち》なのだ。ダンスホールで楽団を前にし、ビール片手にひとりで腰をひねっている酔っ払いがいるものだが、彼はそんな男だった。刑務所の高い塀のなかに入ったせいか、ボルニエはいつにも増して（などということがありうるならの話だが）興奮しているようだった。

オウスレル大尉は点呼を行なうと、中庭の隅にさまざまな年齢の男六名を連れていき、その倍の兵士に監視させた。

「あいつらは死刑囚だ」とラウールはガブリエルの耳もとでささやいた。

フェルナンの小隊は、一般の罪を犯したグループを監視することになった。五十人ほどの囚人が、三名ずつ三列に並んでいる。ボルニエ兵長はさっそくその前を、何度も行ったり来たりし始めた。ゆったりかまえていればいいものを、銃を苛立たしげにいじくりまわし、疑り深そうにあちこち見まわしている。おかげで囚人たちは不安を募らせ、ひそひそ話し出した。

「静かにしろ！」とボルニエは叫んだ。誰も彼にたずねてなどいなかった。

ボルニエが遠ざかると、またひそひそ話が始まった。

大臣のダラディエは軍事刑務所を撤去するつもりらしいが、どういう意味なんだろう？

「どこかに移すってことさ」と誰かが小声で答えた。もっとも広まっているのがこの〝移転〟説だった。それなら安心だから。他方、〝銃殺〟説もあった。こちらは誰も信じようとはしなかったが、状況がこんなに緊迫してきたとなると……〝命令がまだ届かないだけかもしれないし、やるべきことを準備しているのかもしれないぞ〟。誰かがヴァンセンヌのお堀を持ち出した。あそこに死体を投げこむつもりかもしれない。ガブリエルは卒倒するかと思った。シェルシュ＝ミディ軍事刑務所に連れてこられてから、何度となく無実を主張してきたが、ここではみんなそうしている。この刑務所にいるのは、無実の囚人ばかりなのだ。共産主義者《コミュニスト》だけは例外で、彼らのことはみんなが罪人だと思っていた。

そもそも、問題の核心はやつらなんだ。オウスレル大尉もまわりに集まった下士官連中に、声を潜めてそう説明していた。

「共産主義者《コミュニスト》が武器工場の襲撃を計画しているのは間違いない。やつらは倉庫から武器を奪って、テロ活動に乗り出すつもりだ。すでに昨晩、指令が下され、実行に移され始めているらしい。ここでも共産主義者《コミュニスト》たちが蜂起し、無政府主義者《アナキスト》を巻きこんで暴れ出すかもしれん……ここにいるのは、フランスの敵ばかりなんだ」

フェルナンは中庭を眺めた。今のところフランスの敵は、肩を落として手を震わせ、見るからに不安そうに制服の男たちを見つめているだけだった。どうも、嫌な予感しかない。

「で……彼らをどうするんですか？」とフェルナンはたずねた。

オウスレル大尉は、はっと態度を硬くした。

「それは時機を見て話そう」

彼はもう一度点呼をするよう命じた。

フェルナンはリュックサックを見張っていられるよう壁ぎわに置いて、「アルベール・ジェラール、オーデュガン・マルク……」と点呼を始めた。名前を呼ばれたら、各自返事をしなければならない。それから機動憲兵隊員が指示した場所へむかう。フェルナンは対応する欄に×印をつけた。

ガブリエルは真っ青な顔で、ラウール・ランドラードの二列うしろについた。ラウールもやけにびくついている。

通りからエンジン音が響き、みんなさっと体をこわばらせた。

ディーゼルエンジンのうなり声に、ひそひそ話はいっせいにやんだ。噂はその場で凍りつき、ズボンのなかに小便を漏らす者までいた。モロッコ人狙撃兵はがっくり膝をついた男の腋の下をつかみ、死刑囚たちのほうへ乱暴に引っぱった。けれどもそこまで行く前に、手を離した。男は地面に横たわり、うめいている。

「二列に並べ」と大尉が叫んだ。

それをボルニエ兵長が、ふんぞり返って大声で繰り返した。フェルナンは兵長に近寄り、黙って命令を待つよう言おうとしたが、その暇はなかった。震える囚人たちの前で門扉がひらき、最初のバスが入ってきた。窓ガラスを青く塗ったバスは、まるで霊柩車のようだった。

「逃げようとする者は、容赦なく撃ち殺す」と大尉は言い渡した。「警告なしに引き金を引くからな」

ボルニエは口をひらきかけたが、さすがの彼もまわりの状況を見て黙っていた。

死刑囚のグループは、その場に残された。両手を頭にあて、輪になってひざまずいている。そのうしろから、ひとりひとりうなじに銃口が押しつけられた。

フェルナンはリュックサックを背負って、仲間と同じように銃をかまえた。囚人たちはモロッコ人狙撃兵が取り囲むなかへと進み、ひとりひとりバスに押しこまれた。

「目的地に着くまで止まるんじゃないぞ。何があっても走り続けろ」

ガブリエルは銃床で小突かれ、ころんでしまった。けれどもすぐに立ちあがり、走って座席についた。反対側の隅にラウール・ランドラードの姿が見えた。誰も話す者はいない。みんな、喉が締めつけられるような思いで首をこわばらせ、ただ手を震わせていた。

まだ柵の近くに集まっていた面会希望の女たちは、囚人たちの列に気づいて息を呑んだ。女たちはいっせいに首を伸ばし、あらわれた人影に目を凝らした。けれども人影は、窓を塗りつぶしたバスにたちまち吸いこまれた。制服を着た男たちの叫ぶ声が聞こえたが、なんと言っているかまではわからなかった。囚人たちは銃床で容赦なく腰を押されていた。

「バスが出るわ」ひとりの女がうめき声をあげた。

ルイーズもほかの女たちといっしょに、小さな広場に残っていた。見つけようとしている相手の顔を知らないのは、彼女ひとりだろう。遠目に映る人影は、次々とバスのなかに消えていく。そのひとりひとりが捜している男、まだ見ぬ兄のように思えた。どの男だろう？　あっという間の、とても遠くの出来事だった。囚人の列に目をむけたときにはもう終わっていた。ルイーズには、結局なにも見えなかった。

早くも先頭のバスが動き出し、ゆっくりとこちらに走ってくる。制服姿の男が二人、駆け足でバスを先導していた。彼らが近づくと、女たちは道路の真ん中に集まった。しかし柵が歩道に投げ出され、バスがスピードをあげたので、道を空《あ》けねばならなかった。車内がどうなっているのか、まったくわからなかった。すぐに二台目がやって来た。女たちは腕をふりあげ、囚人を乗せたバスが一台、また一台と走り去るのを、ただ眺めているほかなかった。無力感が、彼女たちを捕らえた。みんな、見るも哀れなようすだった。もう、声をあげる者もいない。どのみちエンジン音で、声はかき消されてしまったろう。

突然、通りはからっぽになった。

女たちは顔を見合わせた。

バッグを胸に抱きしめ、思いのたけを口々に吐露し始める。そして最後には、同じ悲痛な問いかけにいたった。〝彼らをどこに連れていくのだろう?〟

あれこれ推測が飛び出したが、すぐに立ち消えとなった。みんなの脳裏に、答えが浮かんでいた。

「まさか、銃殺されるんじゃないわよね」五十歳くらいの女が、今にも泣き出しそうになりながら、思いきってそう言った。

「たしかに妙だったけど、あのバス……」

秘密裏にことを進めようとしてるんだわ、とルイーズは思ったけれど、黙っていた。通りには人気《ひとけ》がなくなり、刑務所の扉も閉ざされた。もうなにもすることはない。女たちはお互い話もせず、重い足どりで通りの角へと歩き出した。そのとき大声がして、みんなふり返った。

刑務所の大きな門扉にはめこまれた通用口があいたのに、女のひとりが気づいたのだ。なかから、スーツ姿の男が出てくる。

「看守だわ」と誰かが叫んだ。「顔見知りよ」

みんながいっせいに駆け寄った。ルイーズも急ぎ足でついていった。まなじりを決した女たちがいっせいに駆け寄ってくるのを見て、男はその場に凍りついた。やがて質問と罵声を山のように浴びせられ、彼は声を絞り出すように言った。

「移送です……」

「移送って、どこに？」

それは男にもわからなかった。嘘をついているようすがないのは、誰の目にも明らかだった。今にも襲いかかってきそうだった女たちも、よく見れば不安に駆られて集まった妻や母親、姉妹、恋人にすぎなかった。五人の娘がいる看守は、哀れをもよおした。

「南にむかうって聞きましたが」と彼は言い添えた。「どこかまでは……」

銃殺の不安もさることながら、囚人たちの行方を見失うのも恐ろしかった。オルレアンという地名が、みんなの口の端《は》にのぼった。毎日こっそり逃げ出している何千人ものパリジャンがむかう先は、ロワール地方と決まっていた。ボージャンシーを越えれば、ドイツが打ち負かされると思っているのだ。あるいは疲れ果て、気力を失うだろうと。さもなければフランス軍が戦線を張り、侵攻を食い止めるかもしれない。反撃に出ることだってありうるぞ。悪夢のあとには妄想が続いた。なんとも馬鹿げた考えだが、それなりに利点はある。だからみんなのなかに広まっていったのだ。新たなエルサレム、それがオルレアンだった。

ルイーズはいち早く女たちのなかから抜け出し、地下鉄へむかった。ラウール・ランドラードという名を聞いて以来、彼はルイーズの心に居すわってしまった。もちろん、まだあやふやな存在だ。彼が今、どんな顔をしているのかもわからないのだから。しかし少なくとも、ただの抽象的な人物ではなかった。会うことはかなわないと、あきらめるべきだろうか？　もっといい時代になり、世情が落ち着くのを待ったほうがいいのでは？

「もっといい時代だって？」

ジュールさんはわざとらしく顔をしかめた。相手の意見が気に入らないとき、お客にもよくこんな態度をしてみせた。

「そもそも、何者なんだ、その男は？」

「母さんの息子よ」

その反応から察するに、ジュールさんにとっては青天の霹靂《へきれき》だったようだ。彼は天井を仰いだ。

「まあいい。でも、どうしてそいつを見つけたいんだ？　きみの人生にとって、どんな意味がある？　なにもないさ。そもそも軍事刑務所にいるなんて、ろくなやつじゃないに決まってる。どうしてぶちこまれたんだ？　将軍さまでも殺したのか？　ドイツ軍と通じてたとか？」

ひとたびジュールさんがケチをつけ始めると、もう止めようがなかった。客はたいていハッチを閉めて、嵐が過ぎ去るのを待つ。しかしルイーズは違った。

「話したいことがたくさんあるの」

「ああ、なるほど。話したいことね。いったいどんなことなんだか。きみはその件について、なにも知らないじゃないか。ドクターの未亡人から聞いたことだけだ。ラウールとやらのほうが、きみよりずっと詳しいだろうよ」

「じゃあ、むこうから話してもらうわ」

「こう言っちゃ悪いが、きみは完全にイカレてるぞ、ルイーズ」

そのわけを、ジュールさんは指折り数えて列挙した。大声で意見を並べるのが好きなのだ。彼によれば、それが相手を打ち負かすもっとも効果的な戦略なのだそうだ。彼はまず親指ではなく、人さし指を突き立てた。そのほうがきっぱりとして見える、と思っているのだろう。

「第一に、その男が危険人物でないとは言いきれない。ムショに入っていることからして、そこは思案のしどころだ。もしギロチン送りを宣告されているなら、首をもらって帰って剝製《はくせい》にでもするのか？　第二に（そこで人さし指に中指が加わり、Vサインの形になった。これぞ弁証法的な勝利だと言わんばかりに）、きみは囚人たちがどこにむかったのかを知らない。オルレアンかもしれないが、それはただの仮説だ。ボルドーだって、リオンだって、グルノーブルだってありうる。結局、わからないってことだ。第三に（三本の指は、悪魔が持つ三つ又のやすのように、相手に突きつけられた）、どうやって捜しに行くんだ？　自転車でも買って、暗くなる前にバスに追いつくつもりなのか？　第四に……」

ジュールさんはたいていここで力尽きた。〝第四〟がなかなか思いつかない。彼は手を閉じ、だらりと下におろした。もう論拠は充分だから、ここまでにしようとでもいうように。

「わかったわ」とルイーズは言った。「ありがとう、ジュールさん」

店主は彼女の肩に手をかけた。

「そんな馬鹿なことを、させたくないんだよ。自分が何をおっぱじめようとしているのか、きみはわかっちゃいないんだ。街道には何千、何万もの避難民がいるんだぞ」

「じゃあ、どうしろっていうの？　ドイツ軍がパリに来るのを待ってろと？　ヒトラーは十五日までにパリに着くって言ったのよ」

「どうでもいいさ。別段、やつと待ち合わせをしてるわけじゃない。ともかくきみはここにいろ、それだけだ」

ルイーズは軽く首を横にふった。まったく疲れる人だわ。彼女はジュールさんの説得をふりきるように、ゆっくりと店のドアにむかい、外に出た。

何を持っていこう？

手あたりしだい、スーツケースに服を詰めているあいだに、ジュールさんの反論が少しずつ胸に響いてきた。郵便局で配るカレンダーをはずし、フランスの地図を眺めた。ロワール方面へどうやって行ったらいいものやら、なにも思い浮かばなかった。列車は問題外だ。駅は大混乱だとみんなが言っている。くねくねと南下してオルレアンへ通じる国道を、彼女はしばらくじっと眺めた。車を探しているのは、わたしひとりじゃないはずだ。パリの住民はほとんど車を持っていない。それでも大部分は、なんとか町を出ている。よく考えてみよう、と彼女は思った。けれどもジュールさんに言われたことが、固い決意を蝕《むしば》み始めていた。

彼女はまだ、スーツケースに服を詰め続けていた。けれども自分でもわかっていた。きっと出かけることはないだろうと。

たとえうまく見つかったとしても、いきなりその男の前に立って、何を話すっていうの？　〝はじめまして。わたし、あなたのお母さんの娘です〟とでも？　そんなの、馬鹿みたいだわ。

新聞の連載小説に出てくるような、凶悪な顔をした囚人服姿の男が、突然脳裏に思い浮かんだ。

ルイーズはスーツケースの脇に、へなへなとすわりこんだ。そして無力感に打ちのめされ、いつまでもただぼんやりとしていた。

明かりをつけに行き、時間をたしかめようと下におりた。窓の前を通って、はっと足を止める。

ルイーズは大急ぎでまた二階にあがり、ベッドカバーのうえに投げだしてあったものをすべて、スーツケースに押しこむと、階段を駆けおりてコートをつかみ、ドアをあけた。

家の前ではスーツを着てエナメル靴を履いたジュールさんが、プジョー201のボンネットをせっせと磨いていた。もう十年近くもガレージから出したことのない宝物だ。

「さてと、タイヤに空気を入れなおさにゃいかんな……」

なるほど、タイヤはぺしゃんこで、リムが地面につきそうだ。かつてはブルーだったボディは、古びた鏡みたいにくすんでいる。

シャッターが下りた〈ラ・プティット・ボエーム〉の前を通ったとき、店先の張り紙がルイーズの目に入った。〝家族捜索のため休業中〟と書いてあった。

29

隣ではがりがりに痩せた若い男が、頭のてっぺんから足の先まで震えていた。健康状態は、あんまりよくなさそうだ。こいつ、ろくなことになりそうもないな、とラウールは思った。発作的に逃げ出して、背中に銃弾を喰らうとか。

バスの中央の通路には、銃を手にした機動憲兵隊員が三メートルおきに立っていた。リーダーはデッキから、全体を監視している。

最初の数分間は、緊張で耐えがたいほどだった。囚人たちは見張りの隊員を見つめながら、ひそひそとささやき合った。あいつら、三十分もしたら、さっさとおれたちを処刑するつもりかもしれないぞ。

時はゆっくりとすぎていった。

窓ガラスはペンキで塗りつぶされていたが、奇跡的に刷毛《はけ》が触れそこねた小さな隙間がラウールの脇にあった。露骨に体をよじらなくても、そこから外を覗くことができる。ダンフェール広場が見えた。バスが一瞬、止まったあいだに、新聞売りの叫ぶ声が聞こえた。

「《パリ＝ソワール》！　ドイツ軍、ノワイヨンに侵攻！　詳しくは《パリ＝ソワール》で！」

ラウールはノワイヨンの位置をはっきりと覚えていなかったが、たしかピカルディー地方の町だ。パリから百キロか、百五十キロほどだろう。敵はほどなく首都の入り口までやって来る。囚人たちがシェルシュ＝ミディ軍事刑務所から移されるのも、それと関係があるに違いない。

道路が混んでいるせいで、バスはしょっちゅう徐行した。見張りの隊員たちが立ちっぱなしに疲れてきたので、フェルナンは補助席に腰かけてもいいことにした。

ラウールは近くの通路で監視している兵長を、ちらちらと盗み見た。囚人に憎悪をたぎらせているようすからして、そうとうヤバそうな野郎だぞ。こんな悪夢のような状況にうってつけの、けったくそ悪い男ってことだ。ラウールは軍隊で、この手のやつをさんざん目にしてきた。すぐにかっとなって興奮し、冷静さなんてかけらもない。憎悪のかたまりみたいな性格で、制服を着てりゃ、なんでも許されると思っている。ボルニエっていう名前か。こいつにはかかわらないよう、よく気をつけなきゃいけないな。

上官の曹長は四十がらみの男で、大柄でがっちりとした体格の持ち主だった。額が禿げあがった重々しい顔をし、アザラシのようなもじゃもじゃの口ひげと、すっかり時代遅れになった頬ひげを生やしている。見張りの男たちのなかで、いちばんもの静かだ。ラウールは彼らのこうした特徴や立ち位置、ひとりひとりのふるまいを脳裏に刻んだ。いつかそれが役に立つかもしれない。生死を分けるポイントになるかもしれないから。

パリを離れるのは、どうやら間違いなさそうだ。ヴァンセンヌのお堀に投げこまれるという最悪の結末は、ひとまず考えなくてよくなった。緊張はまだ続いているが、おかげで熱に浮かされたような興奮は刻一刻と収まっていった。雰囲気は少しやわらいだ。ラウールは思いきってガブリエルのほうをふり返り、ちらりと目で合図を送った。けれども見張りの機動憲兵隊員が、銃床でシートの背もたれを力いっぱい叩き、動くんじゃないと注意をした。痛めつけようというんじゃない、ただの威嚇《いかく》だ。バスのなかは、刑務所と同じ規律に支配されていた。ラウールは背中を丸めて、監視の目がほかにむくのを待ち、思いきってちらりとデッキに目をやった。

フェルナンは落ち着いたふうを装っていたが、内心は穏やかでなかった。大尉から担当する囚人のリストを渡されたときから、ずっと自問していた。これら〝フランスの敵〟を銃殺するよう命じられたらどうする？　長年、機動憲兵隊で働き続けたのは、銃殺隊の隊長になるためじゃない。嫌だと言ったら、どうなるだろう？　反逆罪で捕まり、おれが銃殺されるのか？

おんぼろリュックサックの中身も気がかりだった。行きがかりじょう、持ってこざるを得なかった。いつパリに戻れるかも、残していったぶんを回収できるかもわからなかったから、ほかにどうしようもなかったのだ。フェルナンは何度も自分に繰り返した。ほかにどうしようもなかったのだと。

フェルナンも、ドイツ軍の侵攻を告げる売り子の呼び声を聞いていた。パリが占領されたら、空いているアパルトマンはすべて徴用され、隠し金も消え去るだろう。ドイツ兵が地下室で札束の詰まったスーツケースを見つけたところを想像し、フェルナンはにやりとした。そいつは真面目な男で、ありのままをうえに報告するだろうか？　それとも抜け目のない男で、もっけの幸いだと思うだろうか？　まあ、それはいい。ともかくフェルナンは持ってきたリュックサックを、囚人たちの頭上にある網棚にあげた。制服のコートでわざわざ包んだりしたら、〝貴重品入りのリュックサックゆえ、触れるべからず〟と札を立てているに等しい。だから窮余の策から選ぶしかなかった。結局彼は、ほとんどなにも持ってこられなかった。札束はそれだけで下着ぶんくらいのかさがあるので、命令書に書かれていた〝短期の出張任務に必要な準備〟すらできていない。

思えばこのバスは、国の現状を映し出す隠喩《メタファー》のようなものだった。バスに乗っている者たちはみな、漠然とながらそう感じていた。国のいたるところから、浸水が始まっている。窓をふさいだバスは、どことも知れない目的地にむかって走り続けている。はたしてまた戻ってこられるのか、誰にもわからない。それでもバスは必死に進もうとした。同じ方角をめざして列をなす、逆上したパリ市民のなかを掻き分けて……

とにもかくにも、バスはスピードをあげ始めた。囚人たちも監視する隊員も、ほっとひと息ついた。全員銃殺という最悪の事態は、ひとまずまぬがれたようだ。まだ生きているありがたみを、みんなしみじみ感じていた。

フェルナンはアリスのことを思った。心臓発作が起きたら、姉のフランシーヌは適切な処置ができるだろうか？　頼りになる医者が、まだヴィルヌーヴに残っていればいいが。

フェルナンとアリスが出会ったのは、二十年前のことだった。二人とも孤独な子供時代を送ったからか、あるいはそれまでずっと愛情に飢えていたからか、彼らは絡み合う蔓《つる》のようにお互い離れがたくなった。子供がいなかったせいで、絆はいっそう強まった。フェルナンもアリスも、夫婦二人きりの生活をさびしいと感じてはいなかった。アリスはフェルナンのすべて、越えがたい地平だった。そしてフェルナンはアリスにとって、大きな愛情だった。

ある朝——一九二八年のことだ——アリスは突然、気分が悪くなった。なにか得体の知れない、重苦しいものが胸を締めつけ、やがて不安感とともに体じゅうに広がっていった。顔が蒼ざめ、手が冷たくなっている。彼女はフェルナンのほうを見たが、視界がぼやけていた。フェルナンも彼女をじっと見つめている。アリスはいきなり、夫の足もとに倒れた。この瞬間から、二人の人生には上から下まで大きなひびが入ってしまった。それはどうにか割れずにすんでいるが、絶えずはらはらと注意していなければならない花瓶のようなものだった。こうして二人の生活は、危険と病気、死、離別の苦しみをめぐって続くようになった。

フェルナンは信者だったが、せっせとミサに通うようなことはなかった。しかしアリスには内緒で、教会に行くようになった。彼女に言うと威厳をなくすような、弱みを見せるような気がしたのだ。彼女をミサに連れていったときは、あいかわらずカフェのテラスで煙草を吸っていたが、兵舎にむかう途中、こっそりと教会に入った。彼には神様のもとに通うのが、夫婦間のささやかな嘘だった。

フェルナンは念のためにもう一度、網棚のリュックサックに目をやり、それから部下たちを見やった。みんな警戒を怠らず、バスの揺れになんとか耐えている。最後にフェルナンは、囚人たちを眺めた。リストには氏名、収監日、裁判の状況、罪状が記されている。五十名のうち共産主義者《コミュニスト》は六人だけ。残りの罪状は窃盗、暴行、略奪、殺人などだった。

フェルナンに言わせれば、最低のごろつき連中だ。

ラウールが窓の隙間から外をのぞくと、〝ブール＝ラ＝レーヌ〟という標示板が見えた。通りはますます混み出し、バスは道を空けるよう絶えずクラクションを鳴らさねばならなかった。小さな一軒家が建ち並ぶ前で、人々が車の屋根に荷物を積んでいる。交差点では警官たちが大きく手をふり、一方方向に集中する人の流れを整理しようとしていた。窓をあけていいと、フェルナンは言った。これで少しは息が楽になる。群衆の叫び声、苛立たしげなエンジン音、耳障りなクラクションの音が大きくなった。

日が落ち始めると、飢えと渇きが襲ってきたが、もちろんみんな口には出さなかった。しかし尿意は、いつか誰かが言い出さねばならなかった。それはラウールの隣の若い男だった。頭のてっぺんから足の先まで震えっぱなしで、真っ青な顔は不安でこわばっている。彼は学校でするみたいに指をあげた。エンジン音に揺られてうとうとしていたアル中ぎみの隊員が、はっと立ちあがって銃をかまえた。

「どうした？」

曹長もすぐに立ちあがり、落ち着けというように両手を前に伸ばした。

「小便が漏れそうなんです……」と囚人は言った。

それについては想定外だった。囚人にはたいていい、我慢しろのひとことで用が足りるのだが、いつになったら用便できるのかは誰にもわからない。しかも途中で止まるなと、きつく命じられている。

フェルナンはあたりを見まわした。すでにパリ市内を抜けて、郊外に出ている。道もだいぶ空《す》いてきた……彼は小声で部下に指示を出した。囚人たちがぞろぞろと、後部のデッキに並び始める。彼らは腰に銃を突きつけられながら、車道で用を足した。

こんな幕間《まくあい》のひとときが気分転換になった。

囚人たちはまた、ひそひそと話し始めた。フェルナンが鷹揚《おうよう》なしぐさをしたので、隊員たちもあえて遮らなかった。最初に用便を願い出た若い男は、席に戻るとラウールのほうに身を乗り出した。

「あんたはどうしてぶちこまれたんだ？」

「なにもしてねえさ」

自明の理みたいに、そんな言葉が自然と口を突いて出た。

「おまえは？」

「ビラの配布、それに解散した組織の再編だ」

共産主義者《コミュニスト》が投獄されるおもな理由はそれだと、若者は誇らしげな声で言った。

「どうかしてるぜ、おまえ」とラウールは冗談めかして言った。

バスは明かりを消して走り続けた。あたりは暗くなり始めた。エタンプをすぎたあたりからいっそうスピードがあがり、難民の列をすいすい追い抜いた。

午後七時ごろになると、だいぶ腹も減ってきて、フェルナンは補給をどうするのかが心配になった。大尉はそれについて、なにも言っていなかった。はっきりとした指示がないまま、あわてて出発したのだ。きっと急な対応だったのだろう。だとすると、めんどうな任務になりそうだ。どのみち国じゅうが、沈没しようとしているのだ。この作戦《オペレーション》だけが綿密な準備のもと、着実に進められるわけもないだろう。

ようやくオルレアンに近づいたときは、夜の八時になっていた。

バスは次々と中央刑務所の駐車場に停まり、機動憲兵隊の監視下に置かれた。オウスレル大尉は下士官を集めた。

「やっと着いたぞ」そう言う彼の声には、安堵の気持ちがあらわれていた。「囚人たちを建物のなかに移動させるには、準備に少し時間がかかるだろう。保安上の問題があるからな。指示があるまで、それぞれのバスを見張っていろ。以上だ」

大尉はたまたま訪ねてきた客みたいに、刑務所の入り口で呼び鈴を押した。小窓があくと、大尉はなかにいる係員と話し始めた。バスの到着を待っていたというようすはなかった。大尉は部下たちの視線を感じて、怒ったようにふり返った。

「さあ、言われたとおりにしろ」

フェルナンはバスに戻った。自分がいないあいだに、緊張感がぐっと高まったのを、彼はすばやく感じ取った。囚人たちはいっせいに、彼のほうをふりむいた。隊員たちも同じだった。突然バスが停まったことに、みんな驚いているのだ。

ボルニエ兵長がフェルナンに不安げな目をむけた。

「囚人をなかに移す準備だ」とフェルナンは部下に言った。

それからひとりひとりのところへ行き、指示を出した。

「少し時間がかかるだろうから、気を緩めるんじゃないぞ」

緊張感が少しやわらぐと、フェルナンはデッキの柱によりかかり、煙草に火をつけた。ほかのバスの仲間たちも同じ気分だったらしく、いつしか五人がもの思わしげに煙草を吸いながら、頑なに開こうとしない刑務所のドアを眺めていた。ほどなくボルニエも、そこに加わった。アル中の人間は、酒を飲むことだけに全身全霊を傾ける。だから彼は煙草を吸わなかった。いったいどんな策を弄して、勤務中、誰にも見つからずに一杯やっているのやら。こっそり酒瓶を持ちこんでいるのだろうか、とフェルナンは思った。それを言ったらおれだって、百万フランの札束を持ち運んでいるんだからな。このご時世、なんだってありだ。

「どうなってんだ、このくそたれが」

ボルニエが静かに落ち着いて話すのを、フェルナンは聞いた記憶がない。どんな短いひとことも決まって喧嘩腰で、まるで喰ってかかるみたいだった。おれは世の不正に苦しめられ、その償いを絶えず求めているとでもいうように。

「少し時間がかかるのはしかたないさ」と仲間のひとりがとりなすように言った。

「あんなごろつきどもを積んだまま、ここで待たされんのかよ」とボルニエは言った。

薄暗がりに沈む、どっしりとした不愛想な建物を、みんなふり返った。

「おれだったら、こいつらみんな撃ち殺してやるんだが……」

驚いたことに、言い返す者はいなかった。誰だって銃殺なんかしたくないが、そんな声をあげる気力さえ残っていなかった。おかしな夜だ。窓をふさいだバスに乗り、パリを抜け出したあげくが、閉まったままの扉の前でただ待たされている。この先、どうなるのかもわからない。だからみんな、言いようのない疲労感に打ちひしがれていた。

「なんですか、それ？」

仲間のひとりが、フェルナンのポケットからはみ出ている本を指さした。

「いや、別に。ただの……」

「本なんか読んでいる暇が、よくありますね」とボルニエが言った。

彼の言葉には、いつでも棘《とげ》がある。

「へえ、なんの本です?」ともうひとりがまたたずねた。

フェルナンはしぶしぶ、小さな本を取り出した。『千一夜物語』その題名に聞き覚えのある者は、誰もいなかった。

「第三巻って書いてありますよ。じゃあ、一巻、二巻も読んだんですか?」

フェルナンは困ったように煙草をもみ消した。

「たまたま目についた本を持ってきただけさ。睡眠薬代わりにね」

ボルニエが口をひらきかけたとき、バスのほうから騒ぐ声が聞こえた。フェルナンは、さっそく走り出した兵長を呼びとめた。

「ボルニエ、ここにいろ」

毎度のことながら、フェルナンは彼の肩をつかんで、いつもと同じ言葉をぶつけた。

「命令を待つんだ」

囚人たちは充電器みたいに刻々と不安感をためこみ、またしてもはち切れそうになっていた。疲れきった隊員のひとりが、鞄からソーセージと丸パンを取り出したとき、それが

う。いっきに爆発した。ソーセージ一本が、これほどの騒ぎを引き起こしたためしはないだろ

フェルナンは隊員のところへ飛んでいった。

「さっさとしまえ」と彼は歯噛みして言った。

「いつになったら食い物をもらえるんだ？」

すぐにふり返ったが、誰が叫んだのかわからなかった。けれども、みんなが同じことを考えているのは間違いない。囚人たちの感情がうねりとなって、座席のあいだに渦巻いた。このままでは暴動が起きかねないと思うほどだった。バスに駆けつけた機動憲兵隊員たちは、すぐさま銃を囚人に突きつけた。騒ぎのきっかけとなった隊員は、狼狽《ろうばい》のあまり顔を真っ赤にし、あわててパンとソーセージを鞄にしまった。

もう十時間も前から、みんな飲まず食わずだった。おまけにすわりっぱなしで体が固まりつき、疲労の限界だ。フェルナンは嫌な予感がした。

「もうじきだ」と彼は叫んだ。「まずは飲み水をどうにかしよう」

静かにしろというように、隊員たちは銃をふりあげ、フェルナンはバスを降りた。

「どこかに水はないか？」

知っている者は誰もいなかった。

「あっちにロワール川があるじゃないか」とボルニエが言った。「やつらに水を飲ませるなら、バスごと橋のうえから飛びこむのがいちばん手っ取り早いさ」

「たしかに、水を飲ませなくては」と仲間のひとりも口を挟んだ。「おれのところからも、文句が出始めている。これ以上悪化させないようにしないと……」

フェルナンは刑務所のドアに歩み寄り、呼び鈴を鳴らした。小窓があき、薄明かりのなかに顔があらわれた。

「まだ長くかかりそうですか?」

「いや、あともう少しだろう」

「ああ、それならよかった」とフェルナンは答えた。「というのも……」

彼は雰囲気をやわらげようと、あえて小さな笑い声をあげた。

「むこうでは……みんな、喉がからからなので」

「わかってるが、ちょっと待ってくれ……」

わけを説明するかのようにドアがあいて、オウスレル大尉が出てきた。六名の下士官が不安げに彼を見つめた。

「まったく想定外の事態だが……」

大尉はその先をためらった。

「想定外っていうのは？」とフェルナンは思いきってたずねた。

オウスレル大尉はたいてい自信満々だった。士官学校出で、まわりからも信頼されている。しかし今般の状況には、彼も動揺を隠せなかった。数週間前から、事態が必ずしも参謀本部の見立てどおりに運んでいないのには気づいていた。そして今夜、田舎のちゃちな刑務所が、うえから送られた囚人の受け入れを拒絶したとあって、今まで慣れ親しんできたどっしりとした確信も揺らぎ始めた。

「実はだな」大尉は打ち明けざるを得なかった。「囚人をここに移送しろという命令だったのに、受け入れる余裕がないっていうんだ」

「じゃあ、補給はどうなるんです？」と誰かがたずねた。

「それは陸軍軍管区の管轄だ」答えられる質問でよかった、と大尉は思った。「今夜のうちに、配給があるだろう……」

けれどもオルレアンの刑務所では、補給についても囚人の移送と変わらないことが、ほどなく判明した。つまりなにひとつ、想定どおりにはいかないと。

大尉は腕時計を確認した。午後九時。

背後で小窓がかちゃっと音を立てた。

「オウスレル大尉に電報です」と刑務所のなかから声がした。

大尉はすっ飛んでいった。下士官たちは顔を見合わせている。

「おれにはわからねえな」とボルニエが、バスを指さしながら言った。「何をぐずぐずしてるんだか。結局最後は、撃ち殺しちまうんだろ。だったらおれが……」

フェルナンは言い返そうと思ったが、そのとき大尉が電報を手に、勝ち誇ったような、満足げな顔で戻ってきた。

「グラヴィエールのキャンプへむかえという命令だ」

それがどこなのか、誰にもわからなかった。

「遠いんですか?」

けれども大尉が答える前に、別の誰かがさらにたずねた。

「それで、補給は?」

「ちゃんと準備されている。さあ、出発だ」と大尉は命じた。

「でも、あいつらに飲み水をやらないと」とフェルナンは思いきって口を挟んだ。

「つべこべ言うな。グラヴィエールはここからほんの十五キロだ。十五分ぐらい待てるだろうさ」

今回は曹長も、部下にさえ状況を説明しようとしなかった。どうも調子が悪そうだ。彼はバスに乗りこむと、運転手に顔で出発の合図をして、すぐにすわりこんだ。車が動き始める。なかなか行き先が決まらないのは、神経に堪《こた》えた。

「どこに行くんだろうな？」と若い共産主義者《コミュニスト》が小声でたずねた。

ラウールにもさっぱりわからない。

三十分ほどして、バスがスピードを緩め始めると、ラウールは窓の隙間から外を覗いた。夕闇に沈んだ平野のなかに、農場や村道がぼんやりと見分けられた。バスは大きく半回転して、鉄条網の防御柵の前に停まった。

フェルナンは真っ先にバスを降り、リュックサックを車台の下に押しこむと命令を発した。

囚人たちもひとりずつ氏名と囚人番号を言って、下車していく。隊員がリストを見ながら、それをチェックした。

ラウールは外に出るなり、ガブリエルのそばへ行った。

二人はずらりと並んだ安南人兵士に目をやった（安南は現在のベトナム中部地方を指した呼称。当時、安南はフランスの植民地支配下にあった）。まるで出迎えの列みたいだが、囚人たちのほうに銃をかまえている。さらにむこう端、入り口のあたりにも、武装した兵士が列を作っていた。そちらはフランス人兵士だった。

囚人たちは三列に並び、足並みそろえて行進するよう命じられた。よろめいた男の太腿《ふともも》に、容赦なく銃剣の一撃が加えられた。彼を支えようとしたあとの二人も、「下劣で汚いドイツ人どもめ」という叫びとともに銃床で連打された。

ラウールはタイミングを見計らって飲み水を求めるつもりだったが、もうそんなことは考えないことにした。

「〝われらが輝かしい過去は、われらを導く先駆者なり〟」と彼は小声で言った。参謀本部の勇ましいスローガンを持ち出すときは、いつも皮肉っぽく笑うのだが、今回は真顔だった。

目の前に建ち並ぶ掘っ立て小屋は、戦没兵が眠る墓地の墓石を思わせた。

30

これなら歩いたほうが早そうだ。ルイーズは出発してからずっと、そう思っていた。車はサン＝トゥアン大通りで、しゃっくりのような音をあげ始めた。

「点火プラグだな」とジュールさんは言った。「錆《さび》を落とさにゃいかん」

プジョーはツードアの一九二九年モデルで、ジュールさんはこれまで四回しか道を走らせたことがなかった。まずはガレージから出したとき。けれどもすぐに最初の交差点で、牛乳屋のトラックと接触してしまった。それでまたガレージに戻したのを、二回目に数えよう。翌年、ジェヌヴィリエで行なわれた遠縁の結婚式のとき、もう一度出した。だからこれが四回目だ。年とともに塗装はくすんでしまったが、ジュールさんは二週間に一度、ワックスがけを怠らなかった。ガソリンはなぜかいつも満タンにしてあったし、ラジエター冷却水の補給やスペアタイヤの点検も忘れない。

けれどもジュールさんが運転しているところを見れば、実地経験が足りないのは一目瞭然だった。出発するなり、彼はエナメル靴をボアシューズに履き替えたが、それで事態が好転したわけでもなさそうだ。

ルイーズはいっそ、車を降りてしまいたかったが、ジュールさんはハンドルを必死に握りしめ、まるでトラクターみたいに運転している。このようすでは、ほどなく車が故障するか、事故が起きるかするだろう。それまでの辛抱だ。

えんえんと待たされてようやくタイヤに空気を入れてもらい、二人はパリの南出口にむかって走り出した。道は混んでいて、のろのろ運転が続いた。

「予備のガソリンを積んでおいてよかっただろ」

おかげで車はガソリン臭かった。

オルレアン大通りをすぎると、車や人の流れはすべて南にむかうものばかりとなった。車のなかは人やスーツケース、ボール箱でいっぱいで、屋根にはマットレスが積んである。

「バスは南に行くって、言ってたんだな？」とジュールさんはたずねた。

この質問は二回目だ。ジュールさんはルイーズの返事を受け、二回ともこう言った。

「だとすると、見つけるのは容易じゃないぞ」

今回は、さらに先が続いた。

「おれたちはこんなのろのろ運転だが、バスはもっと速く走れるからな。それが列をなしてるとくりゃ、渋滞に巻きこまれて立ち往生なんかしないさ」

いくらがんばったってだめに決まってる、とルイーズもだんだん思い始めた。ジュールさんの言うとおりだ。まわりの車列はますますスピードが落ちているし、どこへむかっているのかもわからない。

「南っていうのは、オルレアンしかないわ。ほかにどこがあるっていうの？」とルイーズはたずねた。

ジュールさんほどの戦略家にしては奇妙なことだが、地理に関する彼の知識はあまり正確とは言いがたかった。彼は疑わしげに口を尖らせ、おれにだって考えはあるんだとでも言いたげにうなずいただけだった。煙草に火をつけた拍子に、左のフェンダーがコンクリートの柱をこすった。

シェルシュ＝ミディ軍事刑務所の囚人たちを追いかけるなんて、たしかにむちゃな計画だった。けれども道いっぱいに広がる車列を見れば、今さら引き返すのも無理なのは明らかだった。

車はほとんどセカンドギアで走っていた。ときにはファーストギアになることさえあって、だいぶ音《ね》をあげ始めていた。長い車列がたわみ、とうとうストップした。ルイーズはその間に車を降りた。ほかの女たちもいっせいに、人目を避けられるところはないかと探した。小さな茂みが即席の公衆トイレとなり、その前に女たちがずらりと並んだ。車がいきなり走り出さないか、横目でちらちら確かめながら、みんな忍耐強く待っている。けれども車は、いつまでも停まったままだった。

ルイーズは待っているあいだに、まわりの人々に訊いてまわった。窓を青く塗りつぶしたパリ地方交通公社《TCRP》のバスが列をなして走るのを、見かけませんでしたか？　なんとも突飛な質問だ。パリ市内の短距離区間を走行する路線バスが、国道を走っているわけがないだろうに。おまけに、窓が青く塗りつぶされているなんて……返ってくるのは〝いいや《ノン》〟という返事と、驚いたような視線ばかりだった。そんなもの、誰も目にしていなかった。それでもルイーズはあきらめず、車列をまわって運転手や家族たちにたずね続けたが、答えはみな同じだった。

ルイーズはプジョーに戻った。ちょうどそのとき、車列がまた動き出した。

「心配してたぞ」とジュールさんが言った。

彼女は車に乗り、腕をドアにもたせかけた。

「パリ地方交通公社《TCRP》のバスを探しているっていうのは、あなたかしら？」と隣の車から女がたずねた。「それなら昼すぎに、わたしたちを追い越していったわよ。クレムラン＝ビセートルのあたりで、たしか三時ごろだったわね。ええ、オルレアン方面に行ったわ」

今は九時すぎだ。明かりはすべて消して走るよう、車から車へ指示がまわった。敵の爆撃機に狙われないためだ。車列は花飾りのように連なるランプを、ひとつまたひとつと消していった。ジュールさんは暗闇のなかで運転するのに慣れておらず、四家族とその家具を積んでいるダンプカーの後部にバンパーをぶつけてしまった。

四人たちを乗せたバスは、六時間ほど先を行っているが、この調子ではあさってになってもオルレアンに着けそうもない……

ジュールさんは路肩に車を停め、うしろにまわってトランクをあけた。そして、食べ物の入ったバスケットを手に戻ってきた。ソーセージ、ワイン、パン。土手に行って、白い厚手のテーブルクロスを、湿り始めた草のうえに広げる。ルイーズはにっこりした。

パリを出て一時間。なんだか夜のピクニックにでも来たみたいだわ。

31

ここには機動憲兵隊員と軍の兵士たちがいる。兵士のなかには安南人やモロッコ人の狙撃兵も含まれ、それぞれみんな別々の理由でここに集められたかのような面持ちだった。けれども全員に共通しているのは、とても苛立っていることだ。フェルナンはバスから降りるなり、ぴりぴりした雰囲気を感じ取った。銃を手に、キャンプの入り口に並ぶ兵士は、嫌な雰囲気を醸していた。おれたちは招かれざる客なんだ。囚人だけでなく機動憲兵隊も。

　夕方ごろ、空の高みにドイツ軍飛行小隊が見えた。敵軍部隊に追いつかれ、こんなところで銃撃されるのかと思うと、見張りの隊員たちは動揺を隠せなかった。それもこれも、くそったれな囚人どものせいなのだ。こんなやつらのせいで、死にたくなかった。

　いつでも軍法会議なみに厳格なオウスレル大尉は、サンテ刑務所分館の囚人を受け持つ別の大尉と話し合った結果、最後に着いたのだから、残り物で我慢するしかないと納得した。鉄条網で囲まれた、トイレなしの六棟だ。薄暗い窓のついたバラックは、遠目にトーチカのように見えた。オウスレルは、何人ぐらいの囚人がキャンプにいるのかたずねた。

「あなたが連れてきたぶんも入れて、千人にはなるでしょうね」

フェルナンはそう聞かされてぞっとした。

千人もの囚人を、いつまで監視せねばならないのだろう？

大尉は再び点呼にかかった。今度は安南人の兵士たちが、さらに身体検査も行なった。それが参謀本部からの指示だった。

囚人たちは身体検査が終わると、ひとりずつ建物に入っていった。簡易ベッドにありつけたのは、最初の二十五人だけだった。ほかの囚人は藁《わら》の束を掻き集めたが、それすら充分にはなかった。ラウールとガブリエルは隅に寝場所を作ることにした。若い共産主義者《コミュニスト》も、二人の近くに寝ころがった。がたがたと寒そうに震えている。ガブリエルは彼に軍用コートを貸してやった。

「ほらみろ、坊や」とラウールが言った。「スターリンは毛布をくれやしないぞ」

栄養失調だろうか？　それとも疲労か、病気なのか？　若者は見るからに調子が悪そうだった。

フェルナンは水をもらってくるように命じた。ボルニエが持ち帰ったのは、バケツ四杯ぶんだけだった。たちまち奪い合いになったが、こんなときは口を挟まないほうがいいと、フェルナンは経験的にわかっていた。はたして大柄な男の呼びかけで、分け合って飲む段取りがついた。団結とまではいかないまでも、なんとか秩序は保たれた。水だからうまくいったけれど、これが食べ物だったらどうなったかわからない。

「ここは軍管区なんですから、補給があるはずでは？」とフェルナンはたずねた。

　オウスレルは手のひらで、額をぴしゃりと叩いた。ああ、まだその問題が残ってたな。彼はもうひとりの大尉のところへ問い合わせに行ったが、収穫はなかった。その件については、誰にもわからないそうだ。前回の補給は昨日届いたが、七百名の囚人にはまったく足りなかった。銃をぶっ放して、なんとか暴動を押さえたのだとか……

　ラウール・ランドラードは例によって移動の合間を利用し、ほかの囚人たちとおしゃべりに興じた。「交友を広めるってわけさ」と彼は言っていた。どうもろくな事態になりそうもないとあって、札当て賭博の人気もさっぱりだった。飢えと疲れに耐えるのに精いっぱいで、ラウールみたいになんにでも首を突っこみたがる男は煙ったがられた。

　それにはフェルナンも気づいていた。囚人たちがどんな群れに分かれるかも、彼にとっては心配の種だった。共産主義者《コミュニスト》は無政府主義者《アナキスト》を軽蔑し、無政府主義者《アナキスト》はスパイ容疑者を嫌っている。そしてスパイ容疑者は、不服従兵を嫌悪していた。さらには兵役忌避者、破壊工作にかかわる者、反国家的活動の疑いがある者の立場もそれぞれ違っていたし、彼らはみんな普通犯に強い反感を抱いていた。ひとくちに普通犯と言っても、泥棒、詐欺、殺人と異なっていたし、強姦犯とはいっしょにされたくないと思っていた。そうそう、ここには極右の見本も四名ほどいて、〝覆面団員《カグラール》〟と呼ばれていた。なかのひとりは親ドイツ的なパリのジャーナリストで、名前はオーギュスト・ドルジュヴィル。彼はほかの三人より二十歳ほど年上だったので、グループのリーダー格だった。

フェルナンと部下たちは、宿舎に隣り合った部屋を割り当てられたが、お世辞にも囚人の部屋より快適だとは言えなかった。少なくともひとりにひとつずつ、藁布団はもらえたけれど。フェルナンはリュックサックをベッドの下に押しこんだ。もう午後十一時近い。誰も夕食にありついてないが、今夜はもうなにも期待できそうになかった。フェルナンは共同寝室を見張る当番を決め、みずからその一番目を引き受けて、ほかの隊員を少し休ませることにした。

耐えがたいほどの空腹感が襲ってきた。なんとか明日の朝まで堪《こら》えなくては。そうすれば補給が到着するはずだ。しかしその前に、政治信条や党派の対立を超えた問題がひかえていた。便所をどうするかだ。フェルナンが煙草を吸って共同寝室に戻ると、囚人のひとりが藁をつかんでは、半分あいた窓から投げ捨てているのに気づいた。どうしてそんなことをしているのかは、鼻を突く悪臭が如実に示している。早く対策を考えないと、まともに息ができなくなるぞ……

「用足しの順番を決めよう」とフェルナンは部下たちに言った。

「気が進まねえな」とボルニエが言った。

「おまえじゃない、囚人のためだ」

「だったらなおさら気が進まねえ」

「いいから、やるんだ」

囚人たちは三人ずつ組になって、監視の隊員をともない便所に行くことになった。誰もが我慢を強いられる事態だった。便所は薄暗いうえ、四日前に水をかけて掃除しただけで、ひどい悪臭だった。最初に入った者たちが真っ青な顔で出てくるのを見て、あとの者たちは我慢するほうがいいと思うほどだった。フェルナンは翌日さっそく、清掃当番を決めた。

〝まずは用具を見つけること〟と彼は心のなかにメモした。やるべきことのリストはどんどん増えていった。囚人たちに柵の脇で小便をすることも許可した。「大便は便所に行くか、出さないかだ！」

ガブリエルは小便だけにしておいた。ラウールは便所に行き、真っ青な顔で戻ってきた。そのあと機動憲兵隊員が、ドアと窓をたしかめた。内側から鎧戸が閉まるのが見え、錠がかかる音が聞こえたからだ。

ガブリエルは喘《あえ》ぎ始めた。

「おいおい、軍曹殿」とラウールが言った。「お手やわらかに願うぜ。ここはマイアンベール要塞じゃないんだからな」

共同寝室に響いた彼の笑い声は、フェルナンが入ってきてぴたりとやんだ。静かにしろ、とフェルナンは命じた。

「許可なく誰も立ちあがってはいかん。話もしないこと」

ほとんどの囚人たちが、居眠りを始めた。フェルナンは椅子に腰かけ、銃を膝にのせ、あちこちから聞こえるささやき声を無視していた。

「眠ったのか」とガブリエルはたずねた。

「考えごとをしてるんだ」とラウールが答える。

「何を考えてる?」

便所は少し高い位置にあったので、野原が見渡せた。ラウールが便所に行って息を止めていたのは、あたりのようすを観察するためだった。兵士の行き来、彼らがとるコース、月明かりに照らされる範囲。ここは広くて、複雑な造りをしている。彼は出入り口を数えあげ、途方に暮れた。刑務所より警備は緩いが、銃を持った兵士がたくさんいるのは考えものだ。

脱走する気なのか！　ガブリエルはぶるっと体を震わせた。

「どうかしてるぞ」

ラウールはガブリエルににじり寄った。声を潜めていても、怒りが感じ取れる。

「大馬鹿はあんたのほうだ。いま何が起きてるのか、わからないのか？　組織はめちゃめちゃ、食べ物もなければ指示もない。見張りのやつらだって、おれたちをどうしたらいいのかわかっちゃいない。ドイツ軍がここにやって来たら、どうなると思う？」

それを考えると、ガブリエルは不安で胸がきりきりと痛んだ。それはほかの囚人でも同じだろう。

「歓迎のプレゼントに、おれたちをドイツ軍に引き渡すか？」

その可能性はなさそうだ。

「たとえやつらがそうしたとしても」とラウールは続けた。「ドイツ軍はおれたちをどうするだろう？　輝かしきドイツ帝国軍に迎え入れてくれるとでも？」

たしかに、もっとありえない。それでもガブリエルは、まだ懐疑的だった。

「どうやって逃げるんだ？　身分証もなければ、金だってないのに」

「ここでさっさと逃げなきゃ、選択肢は二つにひとつだぞ。腹に一発喰らうか、背中に一発喰らうか……」

ガブリエルの不安に答えるかのように、隣に横たわる共産主義者《コミュニスト》の若者が、歯をがちがち鳴らすのが聞こえた。ガブリエルが貸したコートに、じっとくるまっている。

「これでアカがひとり減るな」とラウールは言って、壁に顔をむけた。

ささやき声は徐々にやんだ。

フェルナンは腕時計に目をやった。交代まで、まだあと小一時間ふんばらねばならない。余計な注意を引かないよう、リュックサックはベッドの下に置きっぱなしにしてあった。誰も中身を見ようなどとしないだろうが、気が気ではなかった。うしろめたさもあった。罪悪感に駆られたときは、アリスのことを考えた。ヴィルヌーヴにはずっと電話をかけられずにいる。ほんの一瞬でも、アリスの声を聞きたかった。それだけで、すべてがわかる。元気かどうか、不安かどうか。体調も心理状態も、ちょっとした口調ですべてわかる。なのにここから動けないのが、なんとも苛立たしかった。

彼はまた、金の詰まったリュックサックのこと、地下室に隠したスーツケースのことを考えた。アリスにどう説明しようか。彼女は曲がったことが大嫌いだし、とても……

誘惑に負けてしまった。ペルシャ旅行に行けるという期待に。フェルナンにはそれがとても魅力的に思えた。そんなふうに大金を使いまくれたら。彼はアリスが信じていない幻想を実現するために、泥棒になってしまった。というのもその幻想は、所詮現実にはなりえないのだから。病弱なアリスの、心の支えにすぎないのだから……おれは泥棒になりさがってしまった。盗んだ大金の一部は地下室に隠し、残りはこうして持ち歩いている。アリスはそんな男と結婚したいとは思わなかっただろう。

「静かにしろ。いちいち注意させるな」

大声で叫んだらすっきりした。あと三十分で、ひと眠りできる。横むきで寝よう。ベッドでアリスをうしろから抱き寄せるときみたいに。

翌朝六時から、オウスレル大尉は士官、下士官、それにシェルシュ＝ミディ軍事刑務所の囚人が新たに入った建物の監視に配属された何人かの兵士たちを集めた。

「見張りにあたる者は、おれが指揮する機動憲兵隊の命令に従うように。囚人と話すことは禁じる。こんな檻から出たいなら、肝に銘じておけ」

こんな勇ましい演説のあいだ、フェルナンは〝見張りにあたる者〟たちをじっくり眺めていた。前線から送り返された高齢の歩兵で、見るからにやる気がなさそうだ。ここで最後の任務を果たしたあとは、軍事史上稀に見る短期間で決着した負け戦の敗残兵になるのだとよくわかっているのだろう。

それから一時間もしないで、見張りの兵士は無能をさらけ出した。昨日からなにも食べていない囚人たちが騒ぎ出すと、彼らにはもうなす術《すべ》がなかった。

ボルニエが怒って駆けこんできた。

「てめえら、文句があるなら、機関銃が待ってるぞ」と彼は叫んだ。

ボルニエにも長所があるとすれば、直截なもの言いをするところだ。おかげで空腹は鎮まらなくても、少なくとも囚人たちの興奮は収まった。彼が怒鳴りまくるのを見ていると、今にも群衆にむけて銃をぶっぱなすんじゃないかと思うほどだった。ほれ見ろ、とラウールは自画自賛した。おれの見立てどおり、あいつはやばいぞ。

フェルナンは仲間どうし固まって運動に出し、ただでさえ苛立っている男たちが乱闘騒ぎを起こさないようにした。

午前のあいだに、誰かがちぎった紙切れでチェッカーやドミノゲームを作った。ラウールは札あて賭博で簡易ベッドの権利を手に入れた。

オウスレル大尉は動揺していた。指示や補給の要請に何度も通信係へ走ったが、そもそも応答がまったくないか、なにもわからない相手が出るかだった。それなら問い合わせてくると言ったきり、返事が返ってくることはなかった。

脚が固まらないよう運動に出る番がまわってくると、ガブリエルはせっせと屈伸をした。ラウールはのんびりとしたようすでガブリエルから離れ、歳とった兵士とさりげなくおしゃべりし始めた。兵士のほうは大尉の指示など、まったく気にしていないようだ。

「ドイツ軍はパリの西まで来ているらしい」と兵士は言った。「セーヌ川を渡って……」

ドイツ軍にパリを占領されたら、負けということだ。完全な敗北。そのとき上層部は、ここにいる千人の囚人をどうするのだろう？

ラウールの疑問を音にしたかのように、サイレンが鳴り始めた。囚人も兵士も地面に伏せ、数分がすぎた。ラウールはドアの近くで、まだ地面にへばりついていた。ドイツ軍飛行小隊は、彼らの頭上を飛び去った。爆撃を覚悟したけれど、なにも起きなかった。静寂が戻ってしばらくすると、ようやくフランス軍戦闘機の轟音が聞こえた。

「あいつら、いつだってあとから来るんだ……」とボルニエが吐き捨てるように言った。

少しして、ラウールはガブリエルに近寄った。

「逃げるならこのタイミングだな。警報が鳴る。爆撃だってんで、みんな地面に伏せる。誰もおれたちのことなんか気にしちゃいねえ」

「でも、どうやってキャンプから出るんだ？」

ラウールは答えなかった。ともかく、この線で考えてみよう。彼は別の視点から、あらためてキャンプを見なおし始めた。

「次の警報で、うまくいくかどうかわかるさ」

さっそくラウールは、あちこちせっせと調べまわった。それぞれの出口ごとに、一点から一点への歩数を測って、最良の道筋を割り出し、さらに代案を検討した。

午後三時ごろ、ようやく補給のトラックがキャンプに入ってきて、フェルナンを大あわてさせた。丸パンが一キロ半、パテの缶詰が二十五個、それにカマンベールチーズが五十個だった。

フェルナンは、分け前にありつこうとやって来る囚人たちを銃で牽制させながら、分配にかかった。みんなかなり気が立っているはずだ。

「腹ぺこで死にそうだ」と囚人のひとりが言った。

「弾を喰らって死ぬほうがいいか？」

不機嫌そうな顔でボルニエが言った。安酒のストックが切れたのかもしれない。

「えっ、どうなんだ？」彼は囚人ににじり寄った。「そうして欲しいのか？」

ボルニエは囚人の腹に銃口を押しつけた。囚人は埃だらけの床に食べ物を落としたが、あわててすぐに拾った。

フェルナンが取りなすように言った。

「いいから、落ち着け」

彼は友達みたいにボルニエの肩を叩いたが、そんなことをしても無駄だった。ボルニエは監視係の立場を笠に着た態度を崩そうとしなかった。

「食い物がもらえただけで、ありがたいと思えよ、このゴキブリどもめが！」

こんな光景を前にして、ガブリエルは眉をひそめた。ラウールが看破したとおりだ。

「つべこべ言うやつは片っぱしから……」

ボルニエはまた脅し文句をがなり立てた。けれども最後まで言い終えないうちに、フェルナンは彼をボロ小屋のほうへ押しやり、配給を続けるよう兵士に合図した。

煙草も切れ始めていると、認めざるを得なかった。

午後になってひとりの囚人が、とうとうごみ捨て場を漁り出した。彼は兵士たちが飲んだコーヒーの出しがらを集め、薄茶色の飲み物を作って配った。

フェルナンはバラックに戻るよう囚人たちに命じると、兵士や機動憲兵隊員をすべての出入り口に配備した。

32

「心配するな、ルイーズ。おれはこの下で寝るから」

ジュールさんは鷹揚《おうよう》なところを見せ、オイル交換をするみたいに車の下に潜りこむつもりだった。けれども彼の体格を考えれば、それは大それた試みだ。ジュールさんが悪戦苦闘しているあいだ、車体がぐらぐら揺れるのがわかった。ルイーズは気をつかって、ようすを見には行かなかったが、ほどなく路肩からいびき声が聞こえた。ジュールさんはとうとうあきらめて、毛布を敷いて寝ることにしたらしい。

窓から身を乗り出すと、あおむけになって眠っているジュールさんの太った体が見えた。腹を突き出し、胸のうえで両手を組んでいる。一瞬、死んでいるのかと思った。数秒後、頬が震えて大きないびきが聞こえ、そうではないとわかった。しかしその一瞬だけでも、ルイーズはあらためて思い知らされた。ジュールさんが彼女の人生で、どんなに大きな場所を占めているかを。

ルイーズはジュールさんの脇で、後部のベンチシートになかば横になった。幅が充分なかったので、転げ落ちないようひと晩じゅう気をつけていなければならなかった。おかげで軽業師のように崖をよじ登っている悪夢にうなされた。それに街道を通りすぎる車の騒音も、ずっと続いていた。いったん道から離れたら、ほかの車に場所を取られてしまうのではないか、その隙に車列が消えてしまうのではないかと思っているのだろう。

道端でピクニック気分の軽い食事を終え、ジュールさんが車の下に入りこもうと四苦八苦しているあいだに、ルイーズはアンリエット・ティリオンに渡されたファイルをあけた。赤ん坊の写真を持ってきたつもりだったが、はっと気づいた。そう言えば急いで出発の準備をしていたとき、キッチンテーブルに置いたままだった……

あたりがまだ、ぼんやりと明るいうちにと、ルイーズは母親の手紙を読み始めた。三十通ほどある手紙は、どれも短かった。

一通目は、一九〇五年四月五日の日付だった。

愛しい人へ、

決して手紙を書くまい、あなたの邪魔はすまいと心に決めていたのに、どちらもやってしまいました。あなたに嫌われても、しかたありません。

こうして手紙を書いているのは、あなたの質問に答えていなかったからです。どうして黙っているんだ、とあなたはたずねました。正確には、どうして無言なんだ、とたずねたのです。それはあなたにまだ心揺さぶられていたから、というのが嘘偽《いつわ》らざる理由です。もちろん、あなたを恐れているのではなく（怖いと思うひとを愛することなど、わたしにはできません）、あなたの話すことすべてに興味をそそられたのです。なにもかもが新鮮でした。ただあなたの話を聞いているだけで、このうえなく幸福でした。あなたがそばにいてくれるそんなひとときを、享受できれば満足でした。そのあとわたしのなかには、いつにもまして生気が満ちてくるから。

昨日、あなたと別れるとき、わたしはもうふらふらでした……そんなこと、口にすべきでも、ましてや手紙に書くべきでもありませんね。だから、ここでやめにします。でも、わかってください。わたしが黙っていたのは、〝あなたを愛している〟からだと。

ジャンヌ

ジャンヌは当時、十七歳だった。年上の男に恋をする若い娘そのものだ。男からすれば、自分を崇拝させるのは難しいことではなかったろう。ジャンヌは無知ではなかった。文章はしっかりしているし、学校も出ている。小説をたくさん読んでいたとジュールさんは言っていたが、それは言葉づかいからも感じ取れた。こんな愛の告白を、四十すぎの男はどう思ったろう？　彼女のロマンティックな心情に、笑みを浮かべただろうか？

ルイーズは、母がかつて若い情熱的な女だったことに衝撃を受けた。ルイーズ自身は、決してそうではなかった。身を焦がすような恋愛など、彼女には未知の世界だ。それを妬《ねた》んだわけではない。理性的に考えれば、希望のない無謀なふるまいだろう。けれども若い娘がそこに没入できたのは、むしろすばらしいことだと思った。ルイーズにはその機会がなかった。あっても、つかまなかったのかもしれない。恋愛はしたけれど、情熱的な恋ではなかった。セックスはしたけれど、これほどの興奮は味わったことがない。ジャンヌは何通ものラブレターを書いた。しかしルイーズは皆無だった。たしかにどこにでもあるようなラブレターだが、そのかぎりない献身、なんのためらいもない率直さにルイーズは胸を打たれた。一九〇五年六月、ジャンヌはドクターにこう書いている。

愛しい人へ、
エゴイストになってください。
もっと、もっと奪ってください。ずっと、奪い続けてください。

わたしのため息のなかに、〝愛している〟という声を聞いてください。
ジャンヌ

だいぶ暗くなってきた。ルイーズは手紙をファイルにしまい、紐を結んだ。

ジャンヌはドクターに敬語で話している。ドクターはきっと彼女に、もっと親しげな話し方をしていただろう。ルイーズはそれを奇妙だとも、気取っているとも思わなかった。二人の関係はそんなふうに始まり、そのまま続いていったのだろう。端《はた》がとやかく言うことではない。

ルイーズはまどろみながら、ふと思った。ドクターはジャンヌをどう愛していたのだろう？

疲れきっているのは、ルイーズとジュールさんだけではなかった。昨日は渋滞が続き、不安と焦燥のなかでみんなぐったりとしていた。ドイツ軍の戦闘機がいつ飛んでこないかと、びくびくしながら空を見あげ、神経を摩《す》り減らした。

朝になると、女たちは水場を探しに出た。みんな、そろそろ体も洗いたかった。いちばん近くの農場が難民を受け入れ、井戸を使わせてくれた。トレーラーのうえをサロン代わりに、おしゃべりが始まった。

「イタリアがフランスに宣戦布告をしたんですって」とひとりの女が言った。

「ひどい連中ね……」と別のひとりがつぶやいた。

誰のことを言っているのかはわからなかった。そのあと威嚇するように、沈黙が続いた。遠くで飛行機の音が聞こえたが、空にはなにも見えなかった。

「イタリアのことは、とどめの一撃ね」とうとう誰かが言った。そのひとことを、みんな待っていたかのようだった。

さっさと体を洗い、街道で待っている家族のために水をもらわねばならない。そこで話題も、おのずと変わった。うんざりするような話ばかりだった。道はもっと空《す》いてくれるかしら？　ガソリンはどこで手に入れればいいの？　卵は？　パンは？　靴が欲しいという女もいた。「この靴は歩くのにむいてないのよ」と彼女は言った。「靴のことなんか、考えたくないわ」と別の女が答える。みんな、どっと笑った。言われた相手もだった。

ルイーズはジュールさんのところに戻った。パリから逃げ出してくる人の波は、大きくなるいっぽうだ。初めは四十キロにもなっていなかったが、今では倍の長さが続いている。このまま人が増え続けたら、オルレアンに着くのにどれくらいかかるだろう？　二日？

それとも三日？

「わかってるわよ」とルイーズは言った。

「何がわかってるんだ？」

「ほれみろって言いたくて、うずうずしているんでしょ。出発したのが馬鹿だったって」

「おれはそんなこと言ってないぞ」

「ええ、そう。でも、心のなかで思ってるわ。だから代わりに言ってあげたのよ……」

ジュールさんは両手を天にあげ、それから太腿《ふともも》のうえでぱんと叩いたが、なにも答えなかった。彼はわかっていた。ルイーズは自分自身に腹を立てている。いろんな出来事や人生に腹を立てているんだ。おれにじゃない。

「ガソリンを見つけなくちゃな……」

運転手たちは皆、同じことを考えているはずだ。しかし誰も、どうしたらいいのかわからなかった。

ようやく、車列がまた動き始めた。トラック、バン、ダンプカー、オート三輪、牛に引かれた荷物車、バス、配達用の小型トラック、二人乗り自転車、霊柩車、救急車……国道を走るさまざまな車は、フランス人の才能を展示するショーウィンドのようだ。さらには人々が運ぶ多種多様な荷物が、そこに加わった。スーツケース、帽子を入れるボール箱、羽根布団、たらい、ランプ、鳥かご、炊事道具、ハンガー、人形、木箱、スチール製のトランク、犬小屋。史上最大の古道具市がひらかれたかのようだ。

「それにしても、奇妙な光景だな」とジュールさんは言った。「車の屋根にずらりとマットレスがのっているのは……」

たしかに、そういう車がたくさんあった。戦闘機の銃弾をやわらげるため？　ゆっくり眠れる場所が見つからなかったときのため？

徒歩や自転車で行く者のほうが、車よりも速かった。車は動いたり止まったりを繰り返し、ギアボックスやラジエター、クラッチに負担をかけていた。ところどころに、交通整理を試みる憲兵や兵士、ボランティアの姿もあった。しかし頑として前に進もうとする何千台もの車列を前にして、最後にはあきらめざるを得なかった。

止まってはまた動きして、二十メートルほど進むの繰り返しだった。ルイーズはそのあいだにファイルの紐をほどき、ジャンヌの手紙をひらいた。

「おまえの母さんの筆跡だな……」とジュールさんは言った。

ルイーズはびっくりした。

「とても美人だったな。あんな美人はそうそういないぞ。それに頭もよかったし」

ジュールさんは悲しげな表情をした。彼がもの思いにふけるのを、ルイーズはそっとしておいた。

「なのに住みこみの小間使いになって……」

彼はエンジンを切った。いざとなったら、クランクをまわしてかけなおせばいい。みんな機会があるごとに、なるべく車を休ませていた。

一九〇五年七月、ジャンヌはドクターにこう書いている。

愛しい人へ、
わたしは汚れた人間です……まともな娘なら、わたしが今、臆面もなくやっているようなことをしやしないでしょう。奥さんがいる男の人と、ホテルに行くなんて……でも、わたしにはそれが喜びなのです。罪を犯すのは、なんて楽しいんでしょう。そこには背徳の魅力があふれています。

「それじゃあ」とジュールさんは、苛立ちを抑えるのに疲れ果てたように言った。「彼女は小間使いをしているときも、うしろめたくなかったんだろうか？」

ルイーズはちらりと彼を見た。とりわけジャンヌのことで、そんな言葉づかいをするのはジュールさんらしくなかった。

「手紙はまだ、その時期まで行ってないわ」とルイーズは答えた。

「じゃあ、どこまで行ってるんだ？」

彼に手紙を渡して、読ませてもよかった。けれどもそれは、なぜかためらわれた。慎みのせいか恥じらいのせいか、よくはわからなかったけれど。だから自分で読みあげることにした。


わたしのすべてが、もうあなたのものなのに、会うたびさらにまたこの身を捧げているような気がします。そんなことが、どうしてありうるのかしら？

わたしは本当に、死にたいと思ってます。あなたにそう言ったのは、冗談ではありません。あなたは嫌な気がしたでしょう。それはわかります。でも、本心なんです。悲しくて死ぬのではありません。人生がわたしに与えてくれたもっともすばらしいものを持ったまま、発ちたいのです。

その話をしたとき、あなたはわたしの口に手をあてました。あなたの手の感触が、まだ唇に残っています。わたしはいつでも、わたしのなかのいたるところに、あなたを感じているのです。

ジャンヌ

なんと激しい情熱だろう。ルイーズは息を呑んだ。

「悲しくないか？」とジュールさんはたずねた。

「これは愛なのよ」

ルイーズには、ほかに答えようがなかった。

「ああ、愛ね……」

いらいらするわ、いつだって懐疑的で、馬鹿にするような口調で。結局、これって失礼じゃないの。彼女は返事をしなかった。

その日の午後、軍用車が何台か連なって無理やり道をあけさせ、通りすぎていった。そのうしろに吸いこまれるようにして、車列が進み始めた。数時間のあいだ、車は減らないまでも流れはよくなった。交差点の道路脇に、昨日いっしょにしばらく休憩した人たちの車が停まっている。少し言葉を交わし、手をふって別れると、やがてまた蠕動《ぜんどう》運動のように動いては止まりする車列に呑みこまれ、気がつくと別な車の脇、別な人々のうしろについているのだった。

オルレアンまであと三十キロのところまで来たとき、突然すべてが固まりついた。長い蛇は動きを止め、まどろみ始めているかのようだ。ジュールさんはガソリンが心配になった。右側の村道に入ると、農場があった。

いつのまにか、昨日とは状況が変わっていた。

気前よく井戸を使わせてもらえた時期は（ほんの昨日までそうだったのに）すでに終わり、農夫は納屋を二十五フランで貸していた。いろいろ心配なこともあるからと言っていたけれど、どんな心配なのかは明らかにしなかった。

33

朝の七時ごろに着いた最初の補給は、見張り側だけのものだった。

軍管区から送られたトラックの荷を安南人兵士が降ろすのを、囚人たちは窓からもの欲しげに眺めた。フェルナンは反乱が起きるのを心配し、離れて食べるよう部下に命じた。囚人たちには気分転換にと、たらいにためたお湯で体を洗わせた。けれども設備が足りなくて、お湯の入れ替えができなかった。最初の数人のあとはみんな、真っ黒に汚れたお湯を見て入浴を断った。

「食わしてもらったほうがありがてえや」と囚人のひとりが文句をたれた。

フェルナンは聞こえなかったふりをした。

二時間後、ようやくもう一台、トラックが着いた。さっそく積み荷が数えあげられた。丸パン二十五個。炊いて一日はたっている、冷えてねばついた米がひとりひと匙《さじ》分。

「しかたないさ、曹長。今はみんなが戦っているんだ」

フェルナンは、苛立ったような大尉の言葉に答えようとしたが、その前に背後でボルニエが叫んだ。

「おい、なにしてるんだ、虫けらが！」

食べ物をちょろまかそうとした男は、恐怖に顔を歪《ゆが》ませた。それは極右のジャーナリスト、ドルジュヴィルだった。頬がぶるぶると震え出した。たちまちほかの囚人たちがやって来て、ドルジュヴィルを地面に押し倒し、力まかせに殴り始めた。彼を助けようと集まってくる者もいる。すると今度は無政府主義者《アナキスト》が立ちあがった。

フェルナンは急いでそちらに駆けつけたが、騒ぎを抑えるには大きくなりすぎていた。彼はしかたなく銃を抜き、空にむかって撃った。

それでもまだ、足りなかった。兵士たちは銃身で腹を突いたり、銃床でこめかみを叩いたりして、殴り合う囚人たちを引き離そうとした。土埃のなかに血が飛び散った。興奮した囚人の何人かが、いきなり兵士の前に立ちあがり、素手で立ちむかおうとした。それほど腹を空《す》かせているのだろう。

「着剣！」とフェルナンは叫んだ。

兵士たちも逆上していたが、反射的に列を組み、銃剣を前に突き出した。

一瞬、囚人たちが兵士に飛びかかるかと思われた。フェルナンは追い打ちをかけた。

「囚人は二列に並べ」と彼は声を張りあげた。「足並みそろえて！」

囚人たちはひとり、またひとりと号令に従い、ばらばらに並んだ。ドルジュヴィルもなんとか立ちあがり、肋骨のあたりを両手で押さえながら、三人の仲間に支えられ、連れていかれた。囚人たちは皆、足を引きずりバラックに戻った。

フェルナンはボルニエの襟首をつかんだ。「はっきり言っとくぞ」彼は歯嚙みをした。「今度またこんなことをしでかしたら、降格させるぞ。見張りに立ってろ」

脅しは口だけのものだった。フェルナンにそんなことをする手腕があるとはとても思えない。けれどもボルニエは、二十三年間とてつもない努力を続けた末、ようやく兵長の位につくことができたのだ。この先何年勤めようが、今以上の地位は望めないだろう。だからそれを失うかと思っただけで震えあがった。なんとか這いあがった階級を、ひとつでも落とされてはたまらない。どこか役所の前の哨舎《しょうしゃ》で、衛兵なんかさせられるなんて。彼にはそれが強迫観念になっていた。

フェルナンはその場を離れ、煙草に火をつけた。アリスが知ったら怒るだろうな。〝昼までは吸わないこと〟って。それが彼女の口癖だった。フェルナンは囚人たちがのろのろと建物に戻るのを眺めた。よし、そうしよう、彼は大尉のところに戻って了解を求めた。

「おれは知らんぞ、曹長」

つまり、いいということだ。

そこでフェルナンは部下のなかからフレクールを選び、機動憲兵隊員二名と兵士四名の指揮を執らせることにした。フレクールは三十そこそこだが、機転が利いて抜け目のない男だ。

この小グループがキャンプから出ていくのを、ラウールとガブリエルは窓から見ていた。

「補給にむかうんだろうか？」とガブリエルがたずねる。

ラウールは聞こえていないのか、北側の柵をじっと見つめていたが、やがてそちらを指さした。

「逃げるならあそこからだな」

ガブリエルは目を細めた。

「全速力で走らにゃならないが、みんなが警報に気を取られている隙に、ぎりぎり兵站《へいたん》部の建物跡に隠れられる」

それは窓ガラスが割れ、ドアに穴のあいた廃屋だった。たしかにあの裏なら、キャンプを囲む防御柵や鉄条網の一部がこちらから見えない。

「で、それから？」

ラウールは顔をしかめた。

「そこであえなく討ち死にかもな。でも、ほかにどうしようもねえ……」

ガブリエルはさっき、暴動騒ぎを目にしたばかりだった。それに腹が空きすぎて、まともに思考力が働かない。だから最初は逃亡計画に反対だったが、どうも状況は悪くなる一方だと認めざるを得なかった。見張りの連中はますますいきり立つし、囚人のあいだで殴り合いも始まった。激しい飢えのせいで、みんな少し頭がおかしくなっている。パリの西までドイツ軍が迫っているというし……一時間前にガブリエルは、着いたときからずっと歯をがちがち言わせている共産主義者《コミュニスト》の青年を医者に診せて欲しい、と看守にたのんだ。けれども答えが返ってくる前に、ボルニエ兵長が飛んできた。

「医者だって？　なに言ってやがるんだ、このおかま野郎！　獣医にも診させるもんか！」

ボルニエは銃剣をふりかざしながら続けた。

「なんなら腹に、でっかい注射をぶっ刺してやろうか……」

ガブリエルはそれ以上、たのまなかった。

ラウールの提案をはっきり受け入れたわけではないが、ここはひとつ成功の可能性を、合理的に検討したほうがいいという気になっていた。大事なのは、適切なタイミングで適切な場所にいることだ。チャンスをつかむこと。鉄条網を抜けるには、助け合いが肝心だ。ひとりで逃げるのは難しい。

フェルナンが小グループを任務に送り出してしばらくすると、年かさの兵士が二名、彼のもとにやって来た。

「ドイツ軍が接近しています、曹長殿」とひとりが言った。

それは今さら知らされるまでもない。

「状況が悪化すれば、われわれも囚人ともども、捕虜になるかもしれません。ドイツ軍がわれわれを囚人といっしょにしたら、下手をすると……」

「そんなことになるものか」とフェルナンは言い返したが、その口調は自信なさげだった。

「大砲もないんですよ、曹長殿。それに戦闘機だって。ドイツ軍がここまで来たら、誰が守ってくれるんです？」

フェルナンは無表情な顔で、相手を見返した。

「ともかく、命令を待とう」

フェルナンだってみんなと同じく、そんなものに期待はしていなかった。しかし、ほかにどう言えばいいんだ？　オウスレル大尉は電話にかじりつきっぱなしで、誰かが指示を仰ぎに来ても、蝿を追い払うみたいに手をひらひらさせた。いいから、邪魔をするな！

囚人の気を静めようと、フェルナンは外をひとまわり歩かせることにした。ラウールとガブリエルは順番が来ると、北側の柵のほうへゆっくり遠ざかっていったが、すぐさま見張りの兵士に呼びとめられた。

「おまえら、そこで何をしている？」と兵士は銃を突きつけ叫んだ。

それはずんぐりとした血色のいい男だった。暑さでだいぶまいっているようだ。うわずった震え声には、不安があらわれていた。こんな重役に見合った男ではない。ラウールは一瞬でそれを見抜き、兵士に煙草を一本差し出した。

「これを見られたくなくて」彼はおずおずと説明した。「騒ぎになると嫌なんです。あっちはかっかしてるから」

ガブリエルは面喰らった。臨機応変の口実もさることながら、よくまだラウールは煙草を持っていたものだと、あきれていたから。ほかのみんなは、とっくに吸いつくしているというのに。

そうはいかないという顔で、兵士は首を軽く横にふった。しかし監視官側にも、もう煙草はあまり残っていないのだろう、兵士はちらりとうしろを確かめたあと、近寄って煙草をつかんだ。

「いや、断るつもりじゃなく……」

彼は煙草を軍服の胸ポケットに入れた。

「これは今夜のためにとっておく」

ラウールはわかったという身ぶりをして、自分の煙草に火をつけた。

「どうなんです、今後の見通しは?」と彼はたずねた。

「進退きわまったってところだな。ドイツ軍はどんどん近づくし、指令は届かないし……」

兵士の困惑を裏づけるかのように、空の高みを偵察機が通りすぎた。三人の男は、首をそらして天を仰ぎ、それを目で追った。

「なるほど」とラウールは言った。「たしかにきな臭いな」

兵士は黙ったままだったが、それは同意のしるしだった。

「さあ、そろそろバラックに戻らないと。手間をかけさせるなよ……」

ラウールとガブリエルは手のひらを前にあげた。はいはい、わかりましたよ。

任務に出された小グループは、午後早々に戻ってきた。

リーダー役だったフレクールはフェルナンのほうに身を乗り出し、小声で報告をしている。

曹長はうなずいた。

彼は宿舎の共同寝室を決然と横ぎり、下士官用の部屋からリュックサックを持ち出すと、部下を集めた。そのなかにはボルニエ（こいつを監視もつけずに、ひとりで残しておくわけにはいかない）とフレクールもいた。キャンプで一台だけ使えるトラックに乗りこみ、一行は最初の農場、通称ラ＝クロワ＝サン＝ジャックへむかった。まずはここから始めよう。

道々フェルナンは、どんなふうにとりかかろうかと考えあぐねた。

トラックが農場の庭に停まったときも、答えはまだ見つかっていなかった。

34

ジュールさんは決して我慢強い質《たち》ではない。レストランの客たちはたいていそれを、苦い経験から学んでいた。慣れたベッドとは違う場所で、二晩も続けて寝たからといって（そのうちひと晩は、藁《わら》のなかだった）、事態が変わることはなかった。ジュールさんとルイーズを泊めた農夫がそれを思い知らされたのは、ルイーズが体を洗うのに使うバケツいっぱいのお湯に二フランを要求したときだった。ジュールさんがボアシューズで土埃を舞いあげ、のっそりと歩き出すのが見えた。象のような足どりでのろのろと進みながら、庭にいる者たちをみんな押し倒していく。農夫の息子、飼い犬、牛飼い。牛飼いは熊手をふりあげ応戦しようとして、牛の角も砕けるような強烈な平手打ちを喰らった。ジュールさんは農夫の襟首をつかむと、驚くべき正確さで喉ぼとけを締めつけた。農夫は顔を真っ赤にして、膝を落とした。息も切れ切れで、今にも目玉が飛び出しそうだ。

「いくらだって？　もう一度言ってみろ。よく聞こえなかったたな」

農夫は両腕をだらりとさげた。

「聞こえなかったぞ……」とジュールさんは顔をしかめて繰り返した。「いくらだ？」

ルイーズはあわてて駆けつけ、ジュールさんの手をそっとつかんだ。それがきっかけだったかのように、農夫は地面に崩れ落ちた。ジュールさんは黒い目をきょろきょろと周囲にむけた。おまえたち、何を見てやがるんだ？　みんな、ここは顔をそむけたほうが賢明だと判断した。

「ほら、バケツを持ってけ、ルイーズ。なに、大してとられやしないさ」

ルイーズは牛小屋の隅っこで、そそくさと体を洗った。ジュールさんが外で見張り番をしてくれた。ルイーズは、〈ラ・プティット・ボエーム〉の主人のおかしなふるまいについて考えていた。こんなこと初めてだわ。なんだか、いつものジュールさんじゃない。

納屋を出ると、ジュールさんはもうドアの前にいなかった。車庫に停めたトラクターの脇に彼の姿を見つけ、ルイーズは近づいた。

「これ以上はお分けできませんね」と農夫が、缶にガソリンを注ぎながらすまなそうに言った。「さもないと、こっちの仕事があがったりです」

ジュールさんはガソリン缶のことしか眼中になかった。もうちょっと、あともうちょっと……よし！　彼は缶の口を閉めて戦利品をつかむと、礼の言葉もなくルイーズのほうへやって来た。

「これでオルレアンまで行けそうだぞ。少しお釣りが来るくらいだ」

お釣りは来た。

プジョー201はザルみたいにガソリンを喰ったが、なぜか一、二時間、車列がまばらになり、流れが断続的に改善した。いいときもあれば、悪いときもある。何がどう転ぶか、わからないものだ。

途中、ルイーズは手紙の包みを取り出した。

「またジャンヌの手紙か」ジュールさんはちらりと見て言った。

ルイーズのほうに目をやるたび、ジュールさんはタイヤホイールやフェンダーをへこませた。しまいには叩き潰された虫の羽みたいに、フェンダーはばたばたと羽ばたき出した。ジュールさんはもう車を止めたり、言いわけしたりしなかった。「戦時には戦時のやり方があるさ」と彼は言った。パリを出て以来、プジョーは抜け落ちた羽根をあちこちに落としてきた。パリを出たところで後部バンパーを、エタンプに入ったところで片方のヘッドライトを、さらにその二十キロ先で右のウインカーを。ほかにも、途中で負った傷やでこぼこ、溝は数知れない。ジュールさんのプジョーが通るのを見れば、この車は戦火をくぐり抜けてきたのだとひと目でわかった。

一九〇五年十月十八日

愛しい人へ

どうしてぎりぎりまで待ってから、あんなことを言ったのですか？　わたしを罰したかったのでしょうか？　だとしたら、なんの罪で？　わたしは一瞬にしてあなたを失い、これから二週間も寡婦《かふ》のように、孤児のように暮らさねばならないのです。あなたはそう言い、行ってしまう……いっそナイフでひと突きされたほうがましだわ。ええ、たしかにあなたはわたしにキスをし、強く抱きしめてくれたけれど、いつもとはどこか違っていた。抱擁のしかたが、そう……まるで謝っているかのようだった。だとしたら、どうして謝っていたの？　わたしはあなたになにも求めていません。あなたが行ってしまうのは自由です。だってどんなことをしようと、あなたは自由なのだから。でも、あんなふうにそれを告げるなんて、わたしを二度見捨てたようなものです。それはあまりに残酷だわ。わたしがあなたに何をしたと？　お気に召さないことがあったのですか？　しかもあなたは、この出発が前日になって急に決まったことだと言いわけまでして……まるで誰にも知らせずに、すぐさま診療所を閉めるとでもいうように……どうしてわたしに嘘をつくんです。わたしはあなたの奥さんでもないのに。

わたしに打ち明けるのを遅らせたのは、思いやりからだったんですよね？　わたしが悲嘆に暮れるとわかっていたからですよね？　わたしをあんなつらい目に遭わせたのは、ただ愛しているからなんだと誓ってください。

「やれやれ」とジュールさんは遮った。「ジャンヌはドクターを愛してたのか、それとも彼に手紙を書きたかったのか」

ルイーズは目をあげた。ジュールさんは頑とした表情で運転を続けている。

「ええ、愛してたのよ」

ジュールさんはちょっと口を尖らせた。ルイーズはびっくりした。

「いや、むくわれなかったけどな」と彼はつけ加えた。「でも、きみが望むなら、愛ってことにしておこう。おれが言ってるのは……」

あなたと離れているとき、わたしは日にちを、時間を数えています。そうやって、なんとか耐えているのです。でも、あなたなしで二週間もすごすなんて！　その日々を、わたしはどうしたらいいのでしょう？

あなたがいないまま目の前に続く時間は、砂漠のようです。ただ堂々巡りを繰り返し、もうどうしたらいいのかわからない。わたしはからっぽです。中庭の雪を掻き、穴を掘ってなかにもぐりこみ、あなたが戻ってくるまで冬眠していたい。あなたがまたやって来て、わたしのうえに横たわるちょうどそのときに目覚めたい。わたしは思う存分泣けるよう、姿を隠さねばなりません。

わたしの涙はすべて、あなたのものです。

ジャンヌ

二人がオルレアンに着いたとき、サン＝パテルヌ教会の鐘が十時を打った。

オルレアンは騒然としていた。いたるところ、あるのはただ疲労ばかりだ。疲れ果てた家族、鼠《ねずみ》のように走りまわるシスター、仕事で手いっぱいの役人。熱に浮かされ、絶望に沈む雰囲気のなか、人々は食べ物や寝場所を求め右往左往している。どこへ行こうと、それは同じだった。

「さて」とジュールさんは言った。「待ち合わせ場所はここかい？」

ルイーズが答える間もなく、ジュールさんは手近なビストロに入っていった。

「窓ガラスを青く塗ったパリ地方交通公社《TCRP》のバスを見かけませんでしたか」とたずね歩く

のは、突飛なことに思えるかもしれないが、実のところ誰も驚かなかった。みんながみんな、いろんなものを探していたから。ガスボンベ、ベビーカーの車輪、犬を埋める場所、鳥かごを持った女、切手、ルノーの機械部品、自転車のタイヤ、つながる電話、ボルドー行きの列車……だったら首都から百キロの町でパリのバスを捜しているからといって、なにもおかしなことはない。しかしいくら訊いてまわっても、成果はなかった。刑務所の前には誰もいなかった。中心街の広場、川沿い、町の出入り口。どこでたずねようが、そんなおかしなバスを見た者はひとりもいない。

午後もなかばをすぎたころ、ルイーズはジュールさんのところへ戻った。ジュールさんは車のシートに腰かけ、破れたボアシューズを針と糸で繕《つくろ》っていた。

「よかったよ、道具箱を持ってきておいて……」彼はそう言いながら、親指に針を刺してしまった。「あ痛っ！」

「貸してちょうだい」とルイーズは言って、ジュールさんの手からボアシューズを取りあげた。

美しい顔の輪郭やしわに、疲れがあらわれ始めていた。けれども美人は得だ。少しやつれた表情が、滑らかな唇や明るい目を際立たせ、抱きしめたい気持ちにさせる。ルイーズはボアシューズを繕いながら、町を歩きまわったようすをざっとジュールさんに語った。

「みんな、景色を眺めようなんて思ってないのよ」と彼女は最後に言った。「自分に関係あるものしか目に入っていないんだわ」

ジュールさんは達観したような長いため息をついた。ルイーズは一瞬、繕い物の手を止めた。

「みんな、何を待っているのかしら。もうロワール川まで来てしまったのだから……あとはもう……」

彼女はどう言葉を続けたらいいのか、わからなかった。パリを逃げ出してきた何十万もの人々は、何を期待していたのだろう？　ロワール川が新たなマジノ線になることを？　彼らが本気で願っていたのは、布陣を立てなおしたフランス軍が集結し、徹底抗戦に備えていること、奪われた領土を取り返す準備を進めていることだったに違いない。けれどもここで目にしたのは、あわてて逃げ帰ってきた兵士たちや、乗り捨てられたトラックだけだった。フランス軍は影も形もない。二度ほど空襲警報があったときも、フランス軍の戦闘機は翼の端も見えなかった。ロワール川は、パニックに陥ったこの国が歩む、さらなる道程のひとつにすぎないのだろう。

絶えず砕ける人波のなかで、パリ地方交通公社《TCRP》のバスやラウール・ランドラードを見つけるのは不可能だ。かと言って、今さらパリには戻れない。

「おれが理解したところでは」ジュールさんは、ルイーズがボアシューズを縫うのを眺めながら言った。「難民は押し寄せるわ、ドイツ軍は迫るわで、町じゅう恐慌をきたしている。難民が北から入ってくる一方で、オルレアンの住民は南から逃げ出しているから……」

ルイーズは話を遮った。

「このボアシューズで、もっと遠くまで行くつもり？」

「グラヴィエールのキャンプまでだ」

ルイーズはびっくりして彼を見つめた。

「おいおい、なにもおれは酒が飲みたくて、ビストロ巡りをしてるんじゃないぞ。義務感に駆られてだ。今日は五軒もまわったよ。おまえさんの尋ね人がさっさと見つからないと、先に肝臓がやられちまうぜ」

「グラヴィエールっていうのは？」

「ここから十五キロほどのところだ。バスはそこにむかったらしい。おとといの夜に着いたようだ」

「どうしてすぐに言ってくれなかったのよ？」

「どうしてもなにも、運転するにはボアシューズが要るからな。さもなきゃ、そこまで行けないだろ？」

グラヴィエールのキャンプは標識に書かれていなかったので、ジュールさんは三度もカフェに寄らねばならず、舗装されていない広い道に近づくころには、かなり酔っぱらっていた。彼は道の入り口でいきなり車を止めた。チェーンと〝軍事キャンプ〟の札で、通行止めになっている。

「すまん」とジュールさんはルイーズに言った。彼女は危うく額をフロントガラスにぶつけるところだった。

「さあ、行きましょう」ルイーズはぽつりとそう言った。

「あちこちたずねまわって、疲れたよ」

「何をぐずぐずしてるの？」ルイーズは道を指さして言った。

「ちょっと待て。本当にここで間違いないのか？　チェーンを持ちあげ、勝手になかに入ったら、どうなるかわからないぞ」

ジュールさんの言うとおりだった。道の入り口を突破した先にあるのは、兵士たちに守られたキャンプだ。ルイーズは監視塔や鉄条網、軍服を思い浮かべた。そんなものが、わたしたちになんの役に立つのだろう？

「誰か兵士か、看守と話してみるつもりだったのだけど……」と彼女は答えた。

「軍事キャンプの前で客引きをした罪で捕まりたけりゃ、そいつはうまい手だがな」

「さもなければ、兵士が出てくるのを待って話をするわ」

「おれが聞いたところでは、なかには千人もの囚人が詰めこまれているんだ。たまたま話しかけた兵士が、うまく全員を知っているとは……」

ルイーズはしばらく考えこみ、きっぱりと答えた。

「ともかく、少し待ちましょう。キャンプに入ってみなければ、誰からも、なんの話も聞けないわ。待っていれば、そのうち誰か通りかかって……」

ジュールさんはなにかぶつぶつと言った。どうやら、わかったという意味らしい。

ルイーズはジャンヌの手紙を取り出した。彼女はファイルを手にするたびに紐をほどき、結局また縛りなおした。

一九〇六年五月、ジャンヌは十八歳。彼女はドクターの家に、小間使いとして雇われたところだった。

ルイーズが手紙を読み始めると、ジュールさんは外に出て、羊の革でプジョーを磨き始めた。馬鹿馬鹿しい。そんなことしたって、スクラップ寸前のごみ箱を塗りなおすみたいなものなのに。〈ラ・プティット・ボエーム〉のカウンターに雑巾がけをしていたのが、懐かしいのだろう。彼は大仰《おおぎょう》でぶっきらぼうな、ほとんど怒っているみたいな手つきで作業を続けた。

愛する人へ、
ごめんなさい、ごめんなさい、ごめんなさい。あなたは決して、許してくれないでしょう。わかっています、当然のむくいですもの。こんな下劣で恥ずべきことをしでかしてしまったのだから、あなたがわたしを憎むのはあたりまえです。どんなにわたしが悔やんでいるか、せめてあなたに知ってもらえれば……
奥様の前に立ったとき、すぐに気づきました。わたしはいつも、奥様のことを想像していました（そして知りもしないのに、嫌っていました。だってあなたはすべて奥様のもので、わたしの分など少しも残っていないのだから）。こんなに大嫌いな奥様が、わたしを追い出してくれればいいと天に祈りました。けれども神様は、そのおぞましさゆえにわたしを見捨てました。奥様はわたしを追い返さず、雇い入れたからです。
ああ、あのときあなたはどんな目をしたことか！　わたしが居間でお茶を淹《い》れているところへ、ちょうどあなたが入ってきて……できれば謝り、お二人に許しを請いたかった。ええ、そう、奥様にも。それほどわたしは、情けない気持ちでいっぱいだったのです。

ジュールさんがドアの脇にあらわれ、ルイーズははっと手紙から目を離した。ジュールさんはガソリンスタンドの店員がするみたいに、せっせと窓ガラスを拭いている。いつからそこにいたのだろう？

肩ごしに手紙を読んでいたとか？

ジュールさんは平静を装うかのように、窓に息を吹きかけては一心不乱に擦《こす》り、ときにはこびりついた汚れを爪の先で掻き落とした。驚きだわ。ずいぶん大事にしてるじゃない。街灯にぶつけたり牝牛を撥《は》ねたりしないでは、十キロと走れないのに。けれどもルイーズは手紙を読むのに気を取られて、ジュールさんのことなどかまっていられなかった。盗み読みしたいなら、好きにすればいい。

あなたはこの手紙を破り捨て、いずれ大声で真実を打ち明け、わたしを追い出すことでしょう。あたりまえですよね。だってわたしはエゴイズムに凝り固まった怪物なのですから。わたしはあなたがたの家に入りこみ、あなたがたを傷つけ、辱《はずかし》めました。そしてすべての恥辱が、わたしに跳ね返ってきたのです。

けれどもそれは、あなたがわたしのすべてだからです。わたしは愚かにも、思っていました。あなたの暮らしを根底から乱せば、あなたはわたしを選び、守らざるを得ないだろうと。悪いことなのは承知のうえです。でも、わかってください。わたしにはあなたしかいないのです。

今ではあなたの家で、あなたとすれ違うのが恐ろしい。家のなかならあなたから、逃れられると思っていたのに……

早くわたしを追い出してください。わたしは自分自身よりもずっと、あなたを愛し続けるでしょう。

ジャンヌ

ジュールさんはもう遠ざかっていた。ルイーズは彼の背中を眺めた。まるで足もとの虫を見ているか、地面に落とした鍵でも捜しているようにうつむいている。その姿はいつもジュールさんらしくない、なんだかやけにがっくりとうちひしがれている。肩を落とし、投げやりで……

ルイーズは気になって車を降り、近づいた。

「どうかしたの、ジュールさん？」

「目に埃が入ったんだ」と彼はふり返りながら言った。

そして袖口で目を押さえた。

「嫌んなるな、この埃」

ジュールさんはポケットを探り、人目を避けて洟《はな》をかむときみたいに顔をそむけた。ルイーズはどうしたらいいのかわからなかった。ここは森のはずれで、〈ラ・プティット・ボエーム〉のカウンターほどの埃もない……なのに、どうしたっていうの？

「こりゃ大変だ！」とジュールさんは突然叫んだ。

道のむこうから軍用トラックがあらわれて、ずんずんこっちにむかってくる。

「ごめんよ……」とジュールさんはルイーズに言って、運転席に急いだ。

クラッチペダルを見つけるのにも、少し時間がかかった。それからジュールさんは、バックで車を出そうとした。トラックがクラクションを鳴らしてブレーキをかけた。苛立っているのがよくわかる。兵士がひとり、トラックから飛び降りて、チェーンをはずしながら叫んだ。

「車を停めるな。ここは軍のキャンプだ。あっちへ行け」

プジョーはバックした拍子に、勢いよく木にぶつかった。しかし少なくとも、これで道は通ることができる。

兵士はチェーンをもとに戻し、また叫んだ。

「車を停めるな。ここは軍のキャンプだ」

トラックはエンジンを響かせて、二人の脇を通りすぎた。

「追いかけて」

ジュールさんはぽかんとしている。ルイーズはこの瞬間ほど、車の運転を習っておけばよかったと思ったことはなかった。

「少しあいだをあけて、トラックを追いかけてちょうだい」

車が再び街道に出ると、前を走る軍用トラックの後部がカーブのたびに見えた。

「前にすわっている下士官は曹長よ。シェルシュ＝ミディ軍事刑務所で、囚人をバスに乗せているときに見かけたわ。彼に話してみる」とルイーズは説明した。

35

農夫はでっぷりとした腹や広い農場、家畜、従順な妻が誇らしかった。六十年前、彼に受け継がれて以来まったく変わることない安定した暮らしも自慢の種だ。それは四代にわたって着実に続く遺産だった。

フェルナンは彼を見て、ようやくなすべきことがわかった。

「おまえらはそこで待ってろ……」と彼は言うと、リュックサックをすばやくつかんでトラックを降り、「徴用だ！」と叫んだ。

彼は三十メートルほどの距離を大股でいっきに歩いたが、農夫が顔をひきつらせるには充分な時間だった。両手をポケットに突っこんで、腰のあたりをこわばらせ、首をすくめている農夫のようすからも、作戦は図星だったようだ。フェルナンは男の前に立ち、もう一度叫んだ。

「徴用だ！」

フェルナンはトラックに背をむけていたので、部下たちは彼がにっこり笑ったのを目にしなかった。フェルナンは声を潜めてこうつけ加えた。

「もちろん、徴用したものにはすべて代金を支払う……」

農夫にとってはよい知らせだが、まだ不充分だった。何を徴用し、いくら払うつもりなんだろう？

「卵百個、雌鶏二十五羽、さつまいも百キロ、サラダ菜、トマト、果物などが……」

「うちにはそんなにありませんが」

「あるだけもらっていく」

「だったら……たしかめてみないと……」

「いいか、夜までここでぐずぐずしてられないんだ。徴用し、金を払い、トラックに積む。それで終わりだ。わかりやすいだろ？」

「そりゃまあ、そうですが」

「卵はいくらだ？」

「ええと、ひとつ五フランですかね」

普段の五倍の値段だ。

「いいだろう、百個もらおう」

農夫は計算した。おいおい、五百フランにもなるじゃないか。

「せいぜい二、三十個しかありませんが……」

農夫は心底、残念そうだった。

「じゃあ、それだけでいい。雌鶏はいくらだ？」

求められた数に足りないのは惜しかったが、農夫はこれまでで最高の取り引きをした。家禽は市場の八倍の値段で売った。サラダ菜は十倍、トマトは二十倍、さつまいもは三十倍だった。そのひとつひとつについて、彼は値段の言いわけをした。希少性、雨、日照り。それにしてもこの曹長、一生に一度しか出くわさない間抜け野郎、なんでも頭から鵜呑《うの》みにする大馬鹿だ。

そのとき、農夫の胸に疑念が頭をもたげた。

「ところで、支払い方法はどうなってます？　うちは掛け売りをしてないもので」

フェルナンは食料品の積みこみに目をやったまま、ふり返りもせずに答えた。

「現金だ」

なるほどね、と農夫は思った。大したもんだ、フランス軍は。財布は預けられないな。

「こっちへ来い……」

二人はその場を離れ、家畜小屋の隅に姿を消した。フェルナンはリュックサックから百フラン札の束を取り出した。若鶏の腿《もも》ほどもあるぶ厚い札束に、農夫は目を見張った。

「じゃあこれで」

フェルナンは歩きかけてふり返った。農夫はちょうど、金をズボンのポケットに押しこんでいるところだった。

「そうそう、言い忘れてたが、ドイツ軍がここから三十キロのところまで迫っているぞ。ぐずぐずしていると、ひどい目に遭うかもしれない」

農夫は蒼ざめた。三十キロだって……まさか、そんな？　昨日はまだ、パリにも着いていなかったのに。ラジオでは、たしかそう言っていた。

「でも将校さんの歩兵隊かなにかが、近くにいるんですよね？」

「われわれはここらの村や農場を守るため、グラヴィエールのキャンプに着いたところだ」

「ああ、よかった」と農夫はほっとしたように言った。

「だがおまえは別だ。自分の身は自分で守らねばならないぞ」

「えっ、どうしてわたしたちも守ってくれないんですか？」

「おまえは食品を売った納入業者だから、防護の対象外だ。気をつけろよ。ドイツ軍は徴用なんかしない。奪い取って勝手に使い、出ていくときはなにもかも燃やしてしまう。野蛮な連中なんだ……気をつけろよ」

こんな嘘をつくなんて、恥ずべきことだけれど、農夫が不安に慄《おのの》きながら待っている敵は、いずれやって来るのだから、これくらい脅しておいても悪くはないとフェルナンは思った。

一行はさらに協同組合二つ、パン屋三軒、農場四ヵ所をまわって、さつまいもやキャベツ、かぶ、リンゴ、梨、ハム、チーズを洗いざらい持ち去った。フェルナンはどこへ行ってもまず、隊員たちに聞こえるように「徴用だ！」と叫び、それから店の主人や経営者を脇に呼び、リュックサックから百フラン札を取り出した。

フェルナンは小隊がせっせと荷物を積んでいるあいだに、自分の部下に特別手当として配る品をそっと買った。ほかの部隊員の目につかないような、小さなものを。

このあたりの農民たちにとって、戦争は願ってもない幸運に思えたことだろう。食料品を高く売ることができたのだから。ときにはとても高く、さらには法外に高く。フェルナンは値段など気にしなかった。あまり手をかけずに食べられるものなら、すべて買っていった。

メシクールの町を走っているとき、フェルナンは突然「ストップ」と叫んだ。積み荷がトラックのステップに滑り落ち、兵士たちは頭をぶつけ合った。フェルナンはもう下に降りていた。ちょっとここで待ってろ。彼は奇跡的にあいていた郵便局に飛びこんだ。

そこで第二の奇跡が起きた。なんと郵便局員がいたのだ。

「電話は通じるのか？」

「そのとき次第ですね。二日前からずっと、交換手は捕まらず……」

郵便局員はとっつきにくい家政婦みたいな顔をした、痩せぎすの女だった。

「ともかく、試してみてくれ」とフェルナンは言って、ヴィルヌーヴ＝シュール＝ロワールの姉の電話番号を伝えた。

彼は窓から隊員たちのようすをうかがった。みんな煙草を吸いながら、人気《ひとけ》のない歩道や閑散とした通りを不思議そうに眺めている。機動憲兵隊の曹長にすぎないフェルナンが、こんなに大量の食料をやすやすと徴用しているのに、びっくりしているのだろう。軍管区は、三十名に一個のカマンベールチーズくらいしか配れないというのに。

「交換局は応答しません」

「もう一度、試してくれ」

郵便局員が再度呼び出しているあいだに、フェルナンはカウンターに近づいた。

「きみは逃げないのか？」

「そうしたら、誰が郵便局をあけるんです？」

フェルナンはにっこりした。郵便局員は突然、頭をさげた。

「ジネット？　こちらはモニックよ。じゃあ、戻ってきたのね？」

ジネットとやらは長々と話し出した。メシクールの郵便局員はときおり喉を小さく鳴らして、あいづちを打っている。そしてようやく、ヴィルヌーヴを呼んでくれた。彼女は人さし指を突き出し、フェルナンに電話ボックスを示した。

「ああ、あんただったの！」

あわてていたからでもないし、姉のようすを心配していなかったわけでもないが、思わずフェルナンはこうたずねていた。

「アリスの具合は？」

「それが、どう言ったらいいのか……」

フェルナンは突然、悪寒がした。まるでいっきに血の気が引いたみたいに。

「アリスはずっと、ベロー礼拝堂に行っていて……」

姉の声は深刻そうだった。困り果てていると言ってもいいくらいだ。いったいなんの話なのか。けれどもすぐに、思いあたった。そういや野原の奥に、ベロー礼拝堂というのがあった。ツタの絡まった古い小さな建物で、なにかに転用されていたはずだ。まわりにはぼろぼろの墓石が並ぶ墓地があり、屋根の一部も崩れ落ちていたような。

「あんな遠いところまで」

そこは比較の問題だった。姉はモンタルジより遠くに行ったことがない。フェルナンの記憶によれば、あの礼拝堂があるのはヴィルヌーヴから数キロのところだ。

「だから、むこうに泊まりこんでいるの」

たしかにそれは理解しがたかった。こんな時代だからして、アリスの信仰心が強まったとしても、なんら驚くべきことではない。まだ命あるのは、篤い信仰のおかげだと信じているのだろう。けれども、姉の食料品店から何キロも離れた礼拝堂に寝泊まりしているとなると話は別だ。姉の話によると、古い礼拝堂は難民の宿泊施設として使われているのだという。

「アリスはそう言ってたわ。何百人もの難民がいるので、見捨てるわけにはいかないって。それは立派なことだけど、自分の健康状態も顧みずに……」

「そりゃ分別のあることじゃないって、言ってやったのか？」

「でも、聞く耳を持たなくて。ともかく、むこうへ行ったきり、ヴィルヌーヴには戻ってこないのよ。だから、話をしようにも……」

アリスのように心臓が弱く、少し無理をしてもへたばってしまう人間が、古い礼拝堂に仮ごしらえした宿泊施設でボランティアとして、日夜すごしているなんて、想像しただけでも心配だ。どこで寝ているんだろう？　疲れる仕事をさせられているんじゃないか？　アリスのことだから、自分の健康状態のことはきっと誰にも話していないだろう。

フェルナンは姉の話を聞きながら、窓から外を眺めた。トラックに乗って、礼拝堂にむかおうか。ここから車で数時間だ。アリスを見つけ出し、保護できる……そうするべきか、囚人に食べ物を届けるべきか。一瞬、ボルニエが乗り移ったみたいに、囚人たちに対する怒りがこみあげた。これじゃあ、あの不愉快な兵長と変わらないじゃないか。そう思ったら、思慮分別を失うまいという気になった。

「もう少ししたら、そっちに行けるから……」

アリスをちゃんと見てやれずに申しわけないと、姉はめそめそ泣き始めた。だったら、さあ、ちゃんとやってくれよ。

郵便局から出てすぐに気づいたのは、隊員たちの視線だった。大きく見ひらいた目が眺めている先にいたのは、青い目をした若くてきれいな女だった。女は疲れきったような表情で、彼の前に立っていた。

「曹長さん？」

ルイーズは、軍の下士官にどう呼びかけたらいいのかわからなかった。彼がリュックサックを背負って通りの端にあらわれ、シェルシュ＝ミディ軍事刑務所のほうへと歩いていったとき、囚人の妻だか娘だかが、なんと声をかけたのかも覚えていない。

フェルナンは女の前で立ちすくんだ。姉と交わした短い会話で動揺していた。アリスについて聞かされた話で不安に襲われ、機動憲兵隊員としての職務と妻に会いたいという気持ちのあいだで心が引き裂かれていた。そこに若い女があらわれて、手紙を差し出したものだから、彼は胸が張り裂けそうになった。

「ラウール・ランドラードという名の囚人に、渡していただけますか……」

精根尽き果てた女のしゃがれ声だった。

ランドラード、ランドラードと彼は考えた……

女の手は震えていた。すぐ脇には、廃車寸前の古ぼけたプジョーが停まっている。運転席にいるベレー帽をかぶった太っちょは父親だろう。

ランドラード。その名にはっと思いあたった。

「ラウールのことか？」

ルイーズはぱっと顔を輝かせた。可愛らしい口もとに浮かぶ微笑みは、アリスにそっくりだ。フェルナンを夢中にさせた微笑み。そのためなら、この身を滅ぼしてもかまわないと今でも思っている。

「ええ、ラウール・ランドラードです。できれば……」とルイーズは言った。

フェルナンは手を伸ばして、封筒を受け取った。もちろん、規則には反するが、こんなご時世だから、多少の違反もしかたないだろう。農場や協同組合を巡り歩き、たくさんの嘘をつき、まだこれからも嘘をつかねばならない。それが〝規則にかなっている〟と言えるだろうか？

「どんな罪状なんですか？」とルイーズはたずねた。

いや、とフェルナンは思った。そこまではできない。軍事裁判所での起訴項目を漏らすのはまずい。

けれども、郵便局から出てきたこの瞬間、フェルナンはアリスの新たな心配で頭がいっぱいだった。だから若い女の不安げな顔が、他人事《ひとごと》には思えなかった。

「略奪だ……」

フェルナンはすぐに後悔した。ルイーズにもそれがわかった。彼女は、フェルナンがなにも答えなかったかのように目を伏せた。

フェルナンは手紙をすばやくポケットにしまい、建て前としてこう言った。

「お約束はできませんが……」

けれどもそれは約束だった。

オウスレル大尉はすぐにあわてふためいた。

「きみが担当する囚人の分しか食べ物がないなら、あとの九百五十人が大騒ぎを始めるぞ。それじゃあ、とてももたん」

「どうにか全員に分けられるでしょう、大尉殿。充分ではありませんが、一日、二日は持ちこたえられるはずです。とりあえず、やつらをなだめるくらいは。あとのことは……」

大尉にとってはよい知らせのはずだが、不可解な気持ちのほうが先に立った。

「これをみんな、どうやって手に入れたんだ？」

「徴用です、大尉殿」

でも、そんなに簡単に行くものだろうか？

「軍は農民たちと取り引きするための口座をひらいてます。戦争に勝った暁には……」

「おれを馬鹿にしてるのか？」

「だったら、借金はドイツ軍が引き継いでくれますよ」

オウスレルはにやりとせざるを得なかった。

鍋でジャガイモを茹で、ハムを細かく刻み、鶏肉入りの濃厚なスープ作りに取りかかった。ひとりにほぼひとつずつ果物もあったし、残りの者にはチーズもある。囚人を動員して調理にあたらせた。それを見張る兵士のほうも、彼らに劣らず空腹だった。

フェルナンは自分の部下を脇に集め、彼が〝特別手当〟と呼ぶものを配った。みんなと分けずにすむような、小さなものを。

ソーセージをもらった者、肉の缶詰をもらった者。ボルニエにはブランディをひと瓶、与えた。ボルニエは突き出た下唇を震わせ、目を潤ませながら、瓶をしっかと受け取った。こいつの攻撃性を鎮めるのに、特別手当がいつまで効力を保つだろう、とフェルナンは思った。あまり楽観はできそうもない。

補給が到着したおかげでひとまずほっとしたけれど、警報が鳴り響いて高揚感は断ち切られた。

みんな、いっせいに伏せた。ドイツ軍戦闘機は今回、高空よりも少し下を飛んでいた。視察飛行なのだろう。銃撃や空爆が続くのは、誰の目にも明らかだった。

飛行小隊が二隊、続けざまにやって来て、あちらの方角、こちらの方角と飛びまわりながら、少しずつ高度を下げていく。空のうえから見ると、地面に這いつくばる何百人もの人間は、まるで断末魔の苦しみに悶える虫けらのようなものだろう。こんなやつら、端から狙い撃ちするか、一斉射撃を浴びせてやればいい。

ドイツ軍がフランスの内部情報に通じているなら（そのはずだとみんな知っていた）、ここには自分たちに味方する仲間がたくさんいるとわかっているだろう。だとしたら、そこを狙って爆撃するのも解《げ》せないが、もう誰にもわけがわからなくなっていた。

警報が鳴り始めると、ラウールは隙を狙ってリンゴを三つくすね、元兵站《へいたん》部が見える位置まで走って身を伏せた。ガブリエルも中腰でそのあとを追った。

「いいぞ……」

ラウールは満足げに言った。直感は間違っていなかった。障害のひとつは片づいたが、まだもうひとつが残っている。あの廃屋までたどり着けたとして、問題は鉄条網をどう越えるかだ。

「梯子《はしご》を使えば……」

そう言ったのはガブリエルだった。

ドイツ軍戦闘機が再びキャンプの上空を通過し、みんなが腕で顔を覆っている隙に、二人はさらに数メートル這った。

ラウールは賞賛するように、ガブリエルの手首をつかんだ。やるじゃないか、すばらしいアイディアだ。ドイツ軍の銃撃で揺れる地面に並んで伏せ、二人は顔を見合わせた。建物の左に、木の梯子が横たわっている。家のペンキ塗りや屋根ふきに使うような、中折れ式の梯子だった。あとの手順は言うまでもない。鉄条網に梯子の片面をのせ、そのうえを這い進む。それからもう片面を前に伸ばす……これを囲いの端まで繰り返すだけだ。

ドイツ軍戦闘機がキャンプ上空の飛行を終えると、みんな起きあがった。恐怖で動揺していたが、スープができているしパンもある。

点呼が始まった。点呼は日に四回だが、ほかにも抜き打ちで行なわれた。バラックからバラックへと、点呼は続いた。ドイツ軍の空襲に加えて脱獄も、下士官たちには不安の種だった。ともかくこれで、ようやく食事にかかれる。

奪い合いにならないよう、囚人たちは食堂のなかをまわって、順番に食べ物をもらうことにした。最後になった者たちは、ぶうぶう文句を言った。なにも残ってないのではと、心配しているのだ。腹を立ててばかりのボルニエが、彼らのもとに飛んでいった。

「おとなしく待つか、すぐさま銃剣を喰らうか、どっちがいい？」

ボルニエは二言目《ふたこと》には銃剣を持ち出すので、反射的に口を突く強迫観念のようなものだろうと誰もが感じていた。二人の同僚が、うんざりしたようにボルニエの肩を押さえた。それを見てフェルナンは、ますます心配になった。こんな状態がいつまでも続いたら、いずれみんな疲れきってしまう。ボルニエ兵長をなだめる者も、いなくなるだろう。

フェルナンはほかのバラックの責任者たちに、囚人を三十分ほど運動させてから共同寝室に戻そうと提案した。食事が終わり、警報も解除されると、囚人たちは中庭を歩いた。

「ランドラード留置人！」

ラウールは固まりついた。なにかドジを踏んだろうか？　逃亡計画がばれたとか？　彼はゆっくりとふり返った。曹長がこちらへすたすたと近寄ってくる。

「身体検査をする」と曹長は言った。

リンゴが見つかっちまう。盗んだリンゴが三つ。

「おまえたちはそこにいろ」曹長は手を貸そうと近づいてきた三人の部下に、大声でそう命じた。

ラウールは不安でいっぱいになりながら、おとなしく脚をひらいて両手をうなじにあてた。曹長は武器を隠していると疑われる場所をすべて、規則どおりに確かめていった。曹長の手がリンゴのうえで止まる。ひとつ目、そして二つ目……ラウールは目を閉じ、ぼこぼこに殴られるのを覚悟した。ガブリエルは数メートル先に立ちすくみ、その光景を眺めていたが……なにも起きなかった。曹長は一ヵ所一ヵ所ゆっくりと手探りを続け、こう言った。

「行っていいぞ」

ラウールはびっくりした。本当にいいのだろうか？　彼は建物の隅で待っているガブリエルに駆け寄った。ガブリエルが目でたずねる。ラウールは答えようとして、尻ポケットにさっきまでなかったはずの紙切れが入っているのに気づいた。

「通常の検査さ」と彼は言った。

けれどもガブリエルの注意は、すでにほかにむいていた。囚人のひとりが大声で触れまわっている。「パリが無防備都市宣言をしたぞ」

この知らせはたちまち広まった。大騒ぎになったのをいいことに、ラウールはそっと庭の隅に行った。昼間はそこで、小便をしてもいいことになっている。見張り役の兵士二名はほかのみんなと同様、パリ陥落の話に忙しく、ラウールにはさして注意を払わなかった。彼は尻ポケットの紙をつかんだ。それは封筒だった。なかから手紙を取り出し、貪るように読んだ。

ラウール様、

わたしのことはご存じないと思いますが、ルイーズ・ベルモンと申します。この手紙をすぐに捨ててしまわれないように、まずはわたしの言うことが妄想ではないという証拠をいくつかお示ししておきます。

あなたは一九〇七年七月八日に捨てられ、同年の十一月十七日、里親に引き取られました。出生届をした役人は、七月七日、八日の聖人の名を使って、あなたをラウール・ランドラードと名づけました。あなたはヌイイ、オーベルジョン大通り六十七番の、ドクター・ティリオンの家で養育されました。

わたしとあなたは、半分血がつながっています。わたしたちは、同じ母親から生まれたのです。

あなたに伝えねばならない、とても大事な話があります。あなたの出生と子供時代の境遇についてです。

あなたを見つけるのには、とても苦労しました。それに現在の状況は、お会いするのに好都合とは言えそうにありません。ですから、もしこのままどこかであなたとお会いできなかったなら、わたしはパリの十八区、ペール小路に住んでいると覚えておいてください。わたしがそこにいなかったなら、通りの角にあるレストラン〈ラ・プティット・ボエーム〉のご主人ジュールさんにたずねてください。

よろしければ、こうサインさせていただきます。愛をこめて、

ルイーズ

「無防備都市？」と若い共産主義者《コミユニスト》がガブリエルにたずねた。「どういう意味なんだ？」

キャンプに着いてからずっと、軍用コートにくるまっているが、痙攣《けいれん》は補給のあとにいっとき収まっただけだった。蒼ざめた顔や黒々とした隈《くま》を見るかぎり、具合はそうとう悪

そうだ。

「ドイツ軍がパリに入ったってことだ」とガブリエルは説明した。「町を守って戦うこともできるが、そうすると敵の爆撃や砲撃で、パリは数日のうちに廃墟と化してしまうだろう。だから政府は〝無防備都市〟宣言をして、敵に町を差し出したのさ」

そのあと待っているのは、恐ろしい結果だ。政府は貢物《みつぎもの》として首都を敵にあげてしまった。自分たちも捕虜にならないよう、逃げ出すだろう。ろくに食べ物もないグラヴィエールのキャンプに収容された、約千名の囚人たちの運命は、難破しかけた国のたよりない参謀本部の一存にかかっている。

「それじゃあ、おれたちはここでドイツ軍に捕まっちまうのか？」とボルニエがたずねた。

フェルナンにも、どう答えたらいいのかわからなかった。

腰のあたりがずっしりと重かった。黄金虫《スカラベ》の殻でも背負っているみたいな重圧感だ。

彼は石に腰かけて体を曲げ、ひらいたポケットから本を取り出した。『千一夜物語』の表紙には、シェラザードの官能的な姿が描かれていた。赤いマドラス織の布は、胸と下腹部をわずかに覆うだけ。アリスと同じ黒髪は、逆さにしたハート形を額に描いている。

フェルナンは目に涙を浮かべた。

アリスはベロー礼拝堂で、いったい何をしているんだ？

フェルナンは途方に暮れていた。悪戦苦闘している混乱した状況のなかに、なにか隠された意味を見つけようとした。彼は思わず祈っていた。こっそり出かけたミサのときを除いて、ひとりで祈ることなど一度もなかったのに。彼はわれに返り、あたりを眺めた。こんな状況で、下士官が見せるさまではない……彼は平静を装おうと本を閉じ、隠れて手紙を読んでいる囚人に目をやった。

にわかに彼は恥ずかしくなった。どうしてあんなことを、しでかしてしまったのだろう？　姉にかけた電話のせいで、弱気になっていたから？　おれの階級や任務にふさわしからぬ行ないじゃないか。もしほかの下士官が同じことをしたら、どう思ったことか？　規則を破ったことを、フェルナンは恥じていた。

そのときふと、疑問が浮かんだ。もしあの女がスパイだったら？

もしあの手紙が、なにかの合図だったら？　パリ占領のニュースとあの手紙とのあいだには関係があるのでは？

あの女に騙されてしまった、とフェルナンは確信した。彼女は魅力を武器にして、おれの感傷的な気分につけこんだのだ。ランドラードとかいう囚人に、しっかり問いたださなくては。

フェルナンはすたすたと囚人のほうへむかった。自尊心が傷つけられたぶん、怒りも大きかった。

キャンプじゅうがそちらをふりむき、曹長を見つめた。彼は猪首《いくび》で大柄な体格だが、驚くほど敏捷な足どりで囚人に近づいていく。けれども囚人のほうは、目を細めて雲を眺めていた。いま見ているものが、信じられないかのように。

フェルナンは最後まで歩ききらなかった。

途中まで行ったところで、鈍い爆音がキャンプの上空に轟《とどろ》いた。爆音は恐ろしいほどのスピードで高まり、あたりにこだました。皆の顔が、いっせいに空にむいた。

フェルナンは立ちどまった。

ドイツ軍爆撃機隊が轟音をあげながらやって来て、すばやく動く黒々とした影を地面に投げかけた。曹長はなんのために歩いていたのかも、忘れてしまった。飛行機は五百メートルも離れていない駅に、次々爆弾を落とし始めたから。数キロ四方にわたって大地が揺れ、続いてパニックが襲った。囚人たちはみな、頭を押さえて地面に伏せた。

ラウールはガブリエルを見た。二人が待ち望んでいた瞬間だ。

一九四〇年六月十三日

36

フェルナンの記憶とはうらはらに、ベロー礼拝堂の屋根はぼろぼろというほどではなく、ところどころ穴があいているだけだった。雨漏りの心配など二の次で、食料の調達と衛生管理のほうがずっと悩ましい問題だ。

アリスが前に数えたときは、五十七人の難民がいたが、毎日新たにやって来る。「心配はいりません」と司祭様は、いつものようににこやかにおっしゃった。「難民がやって来るのは、神様が彼らに道をお示しになったからです」司祭様の信念は、何があっても揺るがない。アリスが初めて礼拝堂に入ったときも、彼は笑って迎えてくれた。

「無償奉仕をなさりたいと？　でも、無償奉仕などというものは存在しないのです、わが子よ。神様は必ず、いくばくかの報いをお与えくださるのです」

つねに変わらぬ司祭の上機嫌に、アリスは心が和《なご》んだ。それに彼の意志力、手腕、闘争心にも……どこへでも出むき、なにもためらわない。「汚れ仕事も厭《いと》ってはいられません」と本人も言っているように。

「イエス様は差し出された手がきれいか汚いかなど、気にしてはおられません」

木曜の朝、司祭は礼拝堂が背にしている大河の支流で作業にあたった。トイレがないせいで深刻になり始めた衛生上の問題を解決するためだ。

アリスは小さな傾斜地をくだった。司祭が大股で一歩歩くたびにたなびく法衣《スータン》のまわりで、七、八人の難民が作業していた。司祭のほうからは決してたのむことはないが、おのずと人が集まってくる。そして彼がハンマーやシャベルを手にするなり、男も女もそれに加わるのだった。

「お手伝いしましょうか、神父様」

「これはこれは……」

こう叫んで司祭はわっはっはと笑い声をあげた。彼はなにかにつけ大笑いする。それだからだろう、子供たちは彼が大好きだった。いつも足もとにまとわりつき、法衣《スータン》を引っ張った。司祭はボール遊びやかくれんぼをしてあげた。それから突然、「まだ遊び足りないけれど、すべて神様ひとりにまかせられないからね」と言って、礼拝堂のなかで大工仕事を始めたり、怪我人や病人の世話をしたり、ラードと木の灰で石鹸を作ったり、スープに入れる野菜の皮むきをしたりするのだった。

彼の一日は賛課のあと、朝五時ごろから始まり、正午ごろの六時課、午後五時ごろの晩課まで続いた（賛課、六時課、晩課は、キリスト教で時間を決めて行なわれる一日の祈りのこと。次の三時課と終課も同じ）。

「わかってますとも」と司祭は言った。「数が足りないのはね。でも、きっと神様は、三時課と終課が抜けても、大目に見てくれますよ」

実際のところ、司祭はもっと多くの時間を神様のために費やしていた。アリスは施設のさし迫った用事で相談しなければならないことがたくさんあった。礼拝堂の小後陣《しつら》に設えた簡素な小部屋へ会いに行くと、彼はいつも祈禱《きとう》台に膝をつき、ロザリオを手に祈っていた。

司祭は〝イエスの時間〟と呼ぶ一日三回の短い祈りのあいだに、あの問題この問題と奔走し、食料や生活用品、道具、資材の調達や、県の行政機関に残っている品の確保にむかった。まるで人生は、陽気で太っ腹な神様がもくろむ大がかりな冗談だとでもいうように。

その朝、彼が取りかかったのは、見捨てられた農場から回収した手押しポンプで給水するトイレ造りだった。ポンプで水を汲みあげ、出る前に便器を洗い流せば、いつも清潔なトイレが使えるだろう。

アリスは司祭に歩み寄った。司祭は法衣《スータン》をまくりあげて泥のなかにしゃがみこみ、トイレまで水を引こうとがんばっている人々に掛け声をかけている。一、二の三で、みんながいっせいに引っぱるのだ。

「イエス、マリア、**ヨゼフ！**」それが掛け声だった。「イエス、マリア、**ヨゼフ！**」〝ヨゼフ〟と叫ぶごとに、排水管は一メートル延びた。

アリスは彼を横から見て、いつものように胸の穴に注意を引かれた。法衣《スータン》にあいたこの穴には、誰もが気づいている。丸い、くっきりとした穴、銃弾の穴だ。パリからここまで来るあいだのどこかで、空襲に遭ったのだろう。

「聖書のおかげですよ」司祭はひとにたずねられると、そう説明した。「いつも心臓のうえに入れておいたんです」

そして彼は、表紙が焦げた聖書を見せた。途中まで弾がめりこんだ跡がある。今はこの聖書を首から下げているので、体を動かすごとに十字架のうえでかたかた音を立てた。

「鈴みたいですよね」と彼は言った。「わたしは主の雌羊なのです」彼はこの聖書を使い続けた。ほかのはいらないと言って。銃弾のせいでなかば読めないページがあっても、まったく気にしていなかった。

「ああ、シスター・アリスですか」と司祭は、作業の手を休めて言った。

彼は最初の日からずっと、アリスをそう呼んでいた。アリスもしかたなく、それを受け入れていた。

アリスは心配そうなようすで斜面をおり、司祭に近寄った。排水管は最後まで通じたところだった。二人の男が手押しポンプの取りつけにかかった。

「さあ、始めましょう」

ごぼごぼという鈍い音がした。男のひとりが大きな身ぶりでポンプを押している。司祭は不審げに排水管を見つめた。なにも出てこない。

どうしたんだろう？　不安が皆の胸をかすめた。司祭は両手を合わせ、排水管の端に差し出した。まるでこのしぐさを神様が待ちかまえていたかのように、排水管から大量の汚物が噴き出した。

「はっはっはっ！」と司祭は大喜びで笑い声をあげ、糞まみれの両手を天にかざした。

「神よ、ありがたき恵みに感謝します。はっはっはっ！」

司祭はさらに笑いながら川へ行って手を洗うと、アリスのほうへ戻ってきた。彼女は目の前の汚らしい光景に驚くまいとしていた。

司祭がそばまで来ると、アリスは言った。

「また四人、増えました……」彼女は精いっぱい、不満げな声を出した。

「だったら、どうしてそんな顔をしているんだね？」

二人のあいだの、いつものやりとりだった。このままのペースで難民がやって来たら、あと数日で礼拝堂はいっぱいになってしまい、収容しきれないほどの人たちをどうするかが問題になるとアリスが言えば、訪れる人を拒絶するのは〝神の家の精神〟に反すると司祭が答える。

二人は斜面をのぼって、礼拝堂にむかった。両手でからげた法衣《スータン》の下から、泥だらけの軍靴がのぞいていた。

「喜びなさい、シスター。神がわれわれに新たな者たちを遣わしたのは、われわれを信頼されているからです。満足すべきことではありませんか」

アリスには、もっと現実的な金勘定が気がかりだった。全員ぶんの食料を手に入れるのはひと苦労だ。たしかに大部分の難民たちは、まわりのみんながんばっているのを見て、自分も落ちこんでなどいられないとばかりに、せっせと近隣をまわって食べ物の調達に励んでいる。しかし礼拝堂は、もう限界だった。身廊や交差廊はいっぱいで、今にも床が抜けそうなくらいだ。外で寝てもらわねばならない人も、たくさんいる。人手も、薬も、産着も足りなかった。乾かさねばならないタオルや下着だけでも、三十代にわたる修道院院長が眠る墓地の一部がいっぱいになった。司祭は墓地の残りを食堂として使い、墓石をしっかり立てなおしてテーブル代わりにした。

「これって、少し……」アリスは思いきって言った。

「少し？」

「不敬虔《ふけいけん》ではないかと……」

「不敬虔？　でも、アリス、善良なる修道士たちはここに肉体を委ね、わが身を持って大地を豊かにしているんです。その彼らが、どうして飢えた者たちに食卓を拒絶するものでしょうか？　〝汝の目で光を、汝の心臓で希望を、汝の肉体で主の庭を作れ〟という言葉もあるではないですか」

アリスはこの一節を、よく覚えていなかった。

「それは……」

「エゼキエル書です」

墓地のことでは譲歩したけれど、今度は司祭様に道理をわきまえてもらうよう、アリスも覚悟を決めていた。看護師がいないので、彼女が病人や怪我人の世話や衛生管理を引き受けている。さいわい、重い障害のある赤ん坊や死にかけている老人はいないものの、ここでは誰ひとり健康とは言いがたい。疲労で体を蝕《むしば》まれ、多くが栄養失調だった。

アリスは仕事に戻りかけ、ぴたっと立ちどまった。心臓が破裂しそうなほど激しく打って、苦しかった。

彼女は今にも倒れそうだったが、少しも悟られまいとうつむいて、息が切れただけのふりをした。弱音を吐くのは気が引けた。祖国を離れた家族たちや戦争の悲惨を目の前にし、司祭様がみんなのために大変な苦労をしているのを考えると、泣き言を言ったり病気だと公言するのは恥ずかしかった。自分に注意を引きつけるのは、図々しいことであるかのように。

具合はさらに悪化しそうだった。アリスは悪寒に震えながら、フェルナンのことを考えた。夫がそばにいないのが、つらくてたまらなかった。もう一度彼に会わずに死ぬのかと思うと、そのほうが今にも止まりそうな心臓に苦しめられるより、じわじわと体に堪《こた》えた。

アリスはしばらくじっとして気分が収まるのを待ち、ゆっくりとした足どりでまた司祭に歩み寄った。

「神父様、やはりそれは賢明なことではありません。新たな難民を受け入れれば、収容所の存在自体が危うくなり……」

「なんのなんの、そもそもここにいるのは難民なんかじゃない。窮地に陥った人々です。そしてこの礼拝堂は〝収容所〟ではなく、〝神の家〟です。それはまったく違うものだ。ここでわれわれが行なうのは、選別ではありません。それは主がなさることです。われわれはただ、腕を広げて迎え入れるだけです」

「デジレ神父、あなたのおっしゃる〝神の子〟たちはほとんどが病み、疲れ果て、飢えに苦しんでいます。何週間も前から、ひと切れの肉も食べていないんです。彼らを救える確証もないのに、新たな難民を受け入れるのは、すでにここにいる人々の命を危険にさらすことです。それが神のご意思でしょうか？」

デジレ神父は立ちどまり、じっと考えこみながら自分の靴を見つめた。アリスが敬愛するあの若い情熱的な司祭の面影は、もはやどこにもなかった。蒼ざめてこわばった顔に、彼女は狼狽《ろうばい》を読み取った。

「わかっていますよ、アリス。あなたの言うとおりだ……」

司祭の声は震えていた。アリスは彼が泣き出すのではないかと思った。どうしたらいいのかわからない。

「わたしもずっと自問してきました」と司祭は続けた。「どうして神は何百万もの人々を、路頭に迷わせたのだろう？　いかなる過ちを犯したがゆえに、われわれはこんな試練に耐えねばならないのか？　主がお示しになる道を、これほど不可解に思ったことはありません。けれども祈り続けるうち、やがて光が射しました。まわりを見てごらんなさい、シスター・アリス。何が見えますか？　この混乱によって下劣な本能、どす黒いエゴイズム、底なしの貪欲をたぎらせている者もたくさんいます。しかし人を助けたい、愛したいという気持ちに目覚めた者もいます。混乱は連帯心を掻き立てるのです。そして主は言っておられます。どちらの側に加わるのか、選びなさいと。自分のことにかまけ、あなたのもとにやって来る哀れで無一文の人々に心と扉を閉ざすのか、困難な状況にもかかわらず、いえ、そんな状況だからこそ、両手を広げて彼らを迎えるのか。生きる術《すべ》を失い、わが身のことだけを考えたくなるとき、われわれに残された力、真の誇りとは、共にあることだけなんです。神の家に、共に集《つど》うことなんです」

結局アリスの信念は、いつも感情に負けてしまった。わかりました、というように彼女はうなずいた。

「このような言葉も、あるではないですか。〝艱難辛苦《かんなんしんく》を数えあげてはいけません。神の家はただ与える心だけが住まう安息所なのだから〟」

即興ででっちあげる聖書の引用は、デジレがとりわけ気に入っている技だった。つねに大成功とはかぎらなかったが、概して自分の小芝居に満足していた。彼が演じる人物は、日々磨かれ成長した。このまま戦争が続いたら、二カ月後には聖人の候補にあげられるのではないかと思うほどだった。

デジレはアリスの手を取り、二人はゆっくりと坂をのぼっていった。アリスはなにか言いたかったが、言葉が見つからなかった。

二人は立ちどまり、あたりを眺めた。礼拝堂、墓地、庭。隣の草地には一面、杭のうえにシーツが広げてある。その先では、二つの焼肉機《ロースター》がまわり、石工の心得がある農民が作った石窯《いしがま》で、ブリュッセルでパン屋をしていた難民が小麦のガレットや野菜のパイを作っていた。むこうの右端、デジレ神父が〝執務室〟にしている防水シートから電柱まで伸びている十五メートルほどの線は、鉱石ラジオのアンテナだった。デジレはそれを使って、最新の戦況について情報を仕入れていた。

デジレ神父様のおっしゃるとおりだわ、とアリスは思った。何者も抗えない強烈な信念で突き進む二十五歳の司祭が、この十日のうちになし遂げたことを見るならば、彼に打ち勝てる敵はいないと彼女は確信した。

「それでは」とデジレ神父は言った。顔色と寛大そうな笑みが戻っている。「状況は厳しいんですね？」

アリスはうなずいた。デジレ神父が相手では、議論してもしかたない。最後には必ず、説得されてしまうのだから。

二人は中庭を抜け、礼拝堂に入った。

寝具の不足を補うため、デジレはロリスの工場長に頼んで麻布《ジュート》の切れ端をもらい、大きな袋を作って藁《わら》を詰めた。それでひと晩、二晩は、なんとかマットレス代わりになった。

　デジレが姿をあらわすなり、みんなが彼のほうへやって来た。母親たちは彼の手を取り、口づけをしようとした（「おやおや、お手柔らかに」と彼は笑いながら言った。「それは教皇様のために取っておきなさい」）、男たちは恭《うやうや》しく十字を切った。〝ベロー礼拝堂に聖人がいる〟という噂を聞きつけてやって来た難民たちにとって、彼は救世主だった。まるで後光に包まれているようだ、と誰もが感じた。〝あなたがたを救うのはわたしではありません。主が救ってくださるのです。主に感謝を捧げなさい〟ここにやって来る者は、ほとんどすべて疲れ果て、不安に駆られていた。デジレは皆に食べ物を与え、苦しみを静め、希望を取り戻させた。そして今は、誰もが神を信じていた。

　デジレは見るからに、水を得た魚のようだった。彼の創造性が不断に試され、彼の想像力がいかんなく発揮される。これまで神を信じたことなどないデジレだったが、救世主役に夢中だった。彼は平時でも、宗教団体の導師《グル》として充分やっていけただろう。戦時はデジレに法衣《スータン》を与えた。運命の徴《しるし》とまでは言わないが、少なくともそこには彼にとってなにか心誘われるものがあった。

　この法衣《スータン》は、アルヌヴィルにほど近い街道で銃弾に倒れた司祭のものだった。デジレは司祭の死体を見つけたとき、はっと胸を打たれた。法衣《スータン》はホテル・コンチネンタル前の歩道で目にしたカラスたちの光景を思い起こさせた。彼が突然パリを離れたのは、嘘と情報操作の仕事にせっせとかかわってきたことを後悔したからだろうか？　誰かになりきって生きることが、周囲に害をもたらしていると、初めて感じたからか？　生来の鷹《おう》揚《よう》で寛大な性格が、詐欺にかける情熱の犠牲になってしまったから？　そこのところは、これからもずっと謎のままだろう。ともかくデジレはためらわず、司祭の死体を道端の溝に引っぱっていき、服とスーツケースを自分のものと取り替えた。

そしてまた、街道を歩き始めた。一歩進むごとに、この新たな人物、新たな天職に入りこんだ。一キロと行かないうちに、彼は司祭になりきっていた。

聖書に関する思いつきは、われながらすばらしいと自画自賛していた。このアイディアがひらめいたのは、標石にしょんぼりと力なく腰かけている兵士と話しているときだった。デジレは新たな役柄の小手調べとして、兵士を少し励ましてやった。近寄った隙に盗んだ拳銃で、弾がめりこんだ聖書の話をでっちあげた。物理学の法則からすればありえないことだろうに、誰も怪しむ者はいなかった。誰もが、そんな神話を信じたかったのだ。

デジレはたまたま飲み水を探しに、ベロー礼拝堂に来ただけだった。なかには、ルクセンブルクから逃げてきた二組の家族がいた。ドイツ軍の侵攻を逃れて村を発ってからずっと歩きづめで、疲れきっていた。わずかに家から持ち出したものも、途中で失ってしまった。最後の淡い希望も含めて。どこに立ち寄っても、よそ者扱いされた。ドイツ軍が侵攻するにつれて国は引き裂かれ、フランス人同士の連帯は崩れ去って人間関係はぎすぎすしていた。誰もが私利私欲に走り、エゴイズムと目の前の利益を追うことばかりが幅を利かせた。外国人となればなおさら、絶えずつらい経験をした。水を一杯求めたベルギー人に、「てめえの王様にもらうんだな」という声が返ってきたこともあった。

二組の家族はデジレを見て、てっきりこの教区を受け持つ司祭がやって来たのだと思った。その誤解をいいことに、デジレはにこやかな笑みを浮かべた。

「神の家にようこそ」と彼は言って、腕を広げた。「ここをご自分の家だと思ってください」

デジレは司祭から主任司祭に格上げされた。

日々刻々と、新たな家族が難を避けてやって来た。大部分は外国人だった。フランス人は隔離地区《ゲットー》みたいだと思って、避けているようだ。人数が増えるにつれて、食料や生活必需品の不足が切実になり、デジレは新たな役割に情熱を燃やした。詐欺師にとって、司祭ほど魅力的な役があるだろうか。

彼がここに腰を落ち着けてまだ一週間もたたないころ、礼拝堂の入り口にアリスがあらわれた。ヴィルヌーヴに到着してすぐに、ここの噂を聞きつけた彼女は、目の前で起きている奇跡に泣き出さんばかりだった。

デジレが近寄ると、アリスはこらえきれずにひざまずき、目を伏せた。デジレは彼女の頭に温かな手をあてた。ふんわりと、ほとんど愛撫するように。

「よくいらしてくれました、わが子よ」

アリスは彼が差し出した腕を取って立ちあがった。

「神があなたの歩みを、われわれのほうへとお導きくださったのでしょう。われわれにはあなたの存在、あなたの愛と情熱が必要なのですから」

二人は新たな難民たちのほうへむかった。デジレ神父は彼らに微笑みかけ、歓迎の意を示した。けれども彼はひと息ついてアリスのほうに身を乗り出し、小さな声でこう言った。

「わが子よ、あなたの心はイエス様の愛に満ちています。でも、気をつけるのです。あまりに多くを、その心に求めてはいけません」

37

駅に落ちた爆弾が、グラヴィエール・キャンプの地面を揺るがせた。

みんなが顔を下にして伏せる瞬間を狙って、ラウールとガブリエルは兵站《へいたん》部だった建物のほうへ走りかけた。と、そのとき、曹長が中庭の真ん中に立って叫んだ。

「バラックへ戻れ！」

あたり一帯に降り注ぐ爆弾の雨は、ますます激しくなった。兵士と機動憲兵隊員はひとかたまりになって銃を囚人たちに突きつけ、大股で詰め寄ってバラックのほうへ押しやった。

けれども、いつなんどき爆弾で建物が粉々にされ、頭上に崩れ落ちてくるかわからない。そう思って囚人たちは、たちまちパニックに襲われた。二度と生きて出てこられない穴に、突き落とされるような思いだった。悪臭に満ちた共同寝室が、おれたちの棺桶になるんだ。

頭上にはひゅうひゅうという音をあげて砲弾が飛び交い、投下される爆弾はキャンプの近くに迫ってくる。それでも囚人たちは兵士に対峙した。タイミングを逸したな、とフェルナンは思った。ラウールもまったく同じ考えだった。

曹長はランドラードが逃亡をくわだてているのを、察知したのだろうか？　ランドラードは見張りの兵士と囚人が同時にパニックに襲われるのを見て、これを逃したら計画実行のチャンスはないと思ったのか？

二人の男は一瞬、喧騒《けんそう》のなかで睨み合った。

恐怖の波が押し寄せる。

ボルニエが拳銃を抜き、宙にむけて引き金を引いた。

戦闘機の爆音があたりにこだましている。数百メートル先で爆発する爆弾より、ボルニエが放った銃声のほうがずっと小さく、恐るるに足りないもののはずなのに、驚くほどはっきりと耳に響いた。囚人たちは皆、それが自分ひとりにむけられたものだと感じたからだった。ドイツ軍の攻撃は、もう二の次だった。敵はこの兵士たちだ。おれたちを殺そうとしている、目の前の兵士たちなんだ。囚人たちは寄り集まり、看守に立ちむかった。暴動に火がつきかけるのは、これで二度目だ。しかも今回は、敵の空爆が続くなかで起きようとしている。命がけの戦いが始まるのだ。誰もが身がまえた。みんながいっせいに恐慌に襲われているときこそ、逃亡計画には願ってもない好機だ。ラウールとガブリエルは前に足を踏み出した。

ボルニエはにじり寄ってくる囚人たちに拳銃をむけた。

フェルナンは最悪の事態を回避しようと走り出したが、時すでに遅かった。

ボルニエは銃を下にむけ、二度、引き金を引いた。囚人が二人、倒れこんだ。

ひとりは〝覆面団員《カグラール》〟のオーギュスト・ドルジュヴィル。

もうひとりはガブリエルだった。

囚人たちは唖然として、その場に立ちすくんだ。それで充分だった。兵士たちは彼らにすばやく銃口を押しつけた。みんな、あとずさりしていく。爆弾がひとつ、キャンプぎりぎりのところで爆発した。怯えた囚人たちは、反射的にバラックに逃げこんだ。それで一段落だった。三人の仲間が、ドルジュヴィルの足をつかんで引きずっていった。その脇で、ラウールはガブリエルの腋の下に手を入れ引っぱった。

「大丈夫だ」ラウールは、フランス人兵士が突きつける銃剣をうかがいながら叫んだ。

ドアに南京錠が掛けられ、鎧戸が閉まった。

囚人たちは狭苦しい部屋に押しこめられた怒りと不安で、どんどんと拳で窓を叩いた。

ガブリエルは頭をゆすっている。血に染まった彼のズボンを、ラウールはすばやく引き裂いた。傷口から流れ出る血が黒っぽい染みとなって広がり、はがれかけた床板の隙間に流れこんだ。

　銃弾は太腿《ふともも》を貫通していたが、大腿《だいたい》動脈は無事だった。

「止血をしなければ」と若い共産主義者《コミュニスト》が、あわてたように言った。

「いやはや」とラウールは持ち物のなかを漁りながら言った。「けっこうな見立てだ。そんな医者ばかりじゃ、栄光のソビエトも長くは持たないぜ……」

　ラウールはシャツを一枚、引っ張り出し、ボール状に丸めて傷口にぐっと押しあてた。

「無駄口たたいてないで、飲むものを探してこい」と彼は続けた。

　若者はその場を離れた。あいつ、がりがりじゃねえか……歩くさまときたら、まるで踊ってるみたいだ。

　ガブリエルは意識を取り戻した。

「ああ、痛い、やめろ……」

「ちゃんと固定しなくては。出血を止めるんだ」

　ガブリエルはまた、がっくりと頭を床に落とした。顔色は真っ青だ。

「大丈夫さ、軍曹殿。なんとかなるから、心配するな」

　今、この出来事で歴史のページがめくられたのだと言わんばかりに、錠とかんぬきががちゃがちゃ鳴ったあと、すぐにドイツ軍の攻撃がやんだ。

駅は跡形もなかった。木々のてっぺんに、青やオレンジ色の炎が見える。燃料タンクがやられたのだろう、えがらっぽい黒煙が空にのぼっていた。

フェルナンは建物の外で、呆然とあたりを眺めていた。土埃のなかの血痕が怪我の重さを物語っている。囚人たちの騒動は鎮まっていた。にわかに飛び去ったドイツ軍機とともに終わった悪夢から、彼らも目覚めたような心持ちだった。

ボルニエ兵長は拳銃をホルスターに戻した。手が震えている。彼のおかげで危機一髪の状況が救われたのか、逆に彼のせいでこんな混乱が生じたのかはなんとも言えない……それは誰にもわからないことだった。

フェルナンは、犯人捜しをしようという気はなかった。ただ、囚人にむかって発砲するところまで来てしまったのかと思うと、空恐ろしかった。

バラックのドアのむこうには、二人の怪我人がいる。おそらく重症だろう。この出来事が、やがては皆殺しの大惨事につながらないともかぎらない。

ほかのバラックも、ドアは閉ざされていた。看守、機動憲兵隊員、兵士、安南人、モロッコ人の狙撃兵が数人ずつ寄り集まり、いま起きたばかりの出来事に打ちのめされたようにそこかしこに立っている。

オウスレル大尉は背中で両手を組み、中庭を歩きまわっていた。キャンプに大きな被害はなかった。それはひとまずよしとしよう。隊員たちのおかげで、パニックも収まった。万事、うまくいっている。けれどもフェルナンは、大尉の前まで来て気づいた。いや、彼のようすをよく見れば、誰でも感じただろう。大尉の額に刻まれた深いしわ、かすかに震える唇は、ほかの兵士たちが皆抱いているのと同じ、言葉にならない不安の証《あかし》ではないかと。

フランス軍砲兵隊はどこへ行ってしまったのだろう？

フランス空軍はどこへ行ってしまったんだ？　今やフランスの空は、そっくり敵軍のものなのか？

われわれは敗走にむかっているのだろうか？

南京錠のかかったバラックにちらりと目をやっただけでも、兵士たちにはよくわかった。得体の知れない大きな任務が、おれたちを待っているのだと。

おれたちは虚空《こくう》に飛びこもうとしている。それがどうやって終わるのかは、誰にもわからない。

38

ルイーズは曹長がラウール・ランドラードに手紙を渡してくれたかどうか、まったく確信がなかった。

「わたしを追い払うために、ああ言っただけかもしれないわ……」

「そんなことはないさ」とジュールさんは答えた。「だったら断ればいいんだから。おれの見たところ、ノンと言えないタイプじゃない」

ともかく手紙は預け、軍用トラックは戻っていった。さて、これからどうしたものか？ドイツ軍が押し寄せているのだから、引き返すのは狼の口にみずから飛びこむようなものだ。だったらここに留まるか？　それだって、みすみす敵に生け捕りにされるのを待つのと変わらない。それなら答えはひとつ。何十万もの難民たちが決断したのと同じく、南にむかってさらに進もう。でも、どこまで行くのか？　それはわからないが、ともかく今は逃げるだけだ。

「このあたりで夕食にしよう」とジュールさんが言った。「でも、寝るのはやめたほうがいいな。誰もいなくて、危険だ」

「夕食……」とルイーズは不審げに答えた。

食べ物なんか、残っていないのに。ジュールさんは車の後部座席に手を伸ばし、紙袋を取り出した。なかにはサンドイッチが四つ、それにワインがひと瓶入っていた。

「ラウールとやらを見つけるために、ビストロ巡りをせにゃならんなら、ついでに食べ物も仕入れておこうと思ってね」

水一杯買うのもひと苦労だというときに、どうやってジュールさんはサンドイッチを四つも手に入れたのか、まったく不思議だった。ルイーズは彼の首っ玉にかじりついた。

「いいからいいから……まあ、見てのとおりだし……」

ジュールさんはサンドイッチの中身をひらいてみせた。ハムはインディア・ペーパーみたいに薄かった。彼はワインをあけ、固くなりかけたパンを食べ始めた。

ルイーズはジャンヌの手紙を取り出した。

ジュールさんはフロントガラスを見つめながら、グラスに注いだワインを何杯も飲み干した。心配になるくらい、速いピッチだった。

「わたしも少しもらっていい？」とルイーズは言った。

ジュールさんは、はっとわれに返った。

「ああ、すまない、気づかなくて……」

ジュールさんは震える手で、彼女のグラスにワインを注いだ。脇にこぼさないよう、ルイーズは瓶の口に手をあてねばならなかった。これでレストランの主人だっていうんだから……

「どうかしたの、ジュールさん？」

「なに言ってるんだ、どうもするわけないだろ？」

喰ってかかるような口調だ。ルイーズはため息をついた。彼はいつもそうなのだ。やけに無愛想で、どうしようもなくなるときがある。世界大戦があったくらいじゃ、変わりそうもないわ。

ルイーズはまた手紙を読むことにした。

手紙は一九〇六年六月、ジャンヌ・ベルモンがドクター・ティリオンの家に、小間使いとして雇われたころのものだった。

愛する人へ、
わたしが引き起こした状況が、どんな結果をもたらすかはわかりません。

ジュールさんがこっちに身を乗り出し、肩ごしに手紙を読んでいる気配がした。ルイーズだってどうしてもひとりで読みたければ、ジュールさんがいるこの車で手紙を取り出したりしなかったろう。だから彼女は気づかないふりをして、先を読み続けた。それは長い手紙だった。ジャンヌはそのなかで、ドクターの家で働くことにしたのはうしろめたいと言っている。けれども、気持ちは揺れているようだ。というのも、彼女はこうも書いているからだ。〝あなたをいつでもどこでも感じられるのは、幸せなことです。不当に手に入れたこの幸福を、今は楽しんでいます。だってそれが、わたしのすべてなのですから〟と。

手紙を置くと、ジュールさんの目に涙がたまっているのが見えた。悲しみに沈む太った男の、大粒の涙だった。

ルイーズは狼狽《ろうばい》して、彼の腕に手をあてることしかできなかった。ジュールさんはそれをのけようとはしなかった。洟《はな》も出ている。ルイーズはハンカチを探して、子供にしてやるように拭ってあげた。

「さあ」と彼女は言った「しっかりして……」

「この字なんだ。わかるか？」

ルイーズにはわからなかった。彼女はハンカチを手に、先を待った。ジュールさんはじっと前を見つめている。

「しかたないさ。おれはドクターじゃない。だから、きっと……」

誰が言ったとしても、それは滑稽な告白だったろう。けれどもジュールさんの口から発せられると、そうは聞こえなかった。なんてわたしはわけ知らずだったんだ、とルイーズは思った。この人に、とても残酷なことをしてしまった。

「おれはおまえの母さんのことが、ずっと好きだった。ほかには誰も愛したことがない。わかるか?」

つまりは、そういうことだ。

「誰も……」

ジュールさんはルイーズのハンカチを受け取った。

堰を切ったように、涙があふれた。

「彼女がのめりこんでいくのを、ずっと見ていた……おれに何ができたって言うんだ? ジャンヌは誰の忠告も聞きやしなかった」

ジュールさんは空《から》のグラスを眺め、ハンカチをいじくりまわした。突然、ひらめいたみたいに、彼はルイーズをふりむいた。

「おれはでぶっちょだったんだ、わかるか。でぶには特技があってな、打ち明け話の相手にはなれるのに、決して恋の相手にはなれない」

みっともない姿を晒《さら》しそうだと感じたのだろう、ジュールさんは咳払いをした。

「だからおれは、別の女と結婚した……ええと、誰だっけ。名前を忘れてるぞ。ジェルメーヌ！　そう、ジェルメーヌだ……でも、近所の男と出ていっちまった。それでよかったのさ。おれといたって、不幸なだけだからな。だっておれには生涯、おまえの母さんしかいなかったから」

黄昏《たそがれ》どきは感傷的な気分になりすぎる。そのせいか、この瞬間がやけに悲痛で重々しく感じられた。

「愛したのは彼女だけだった……」とジュールさんは繰り返した。

この言葉を、胸の奥で何度となく反芻《はんすう》してきたのだろう。それが今、彼を押し包んだ。あふれ出る涙を、ルイーズは一粒一粒拭い取った。結局わたしも、ジュールさんと同じ立場にあるんだ。そんな奇妙な思いに囚われながら。二人とも、同じひとりの女に愛されたいと願った。しかし彼女の情熱は、別のところにむいていた。胸が締めつけられるような事実だった。二人はプジョーのなかで互いに寄り添い、悲しみに耐えた。自然にそうしていた。

「続きを読みあげましょうか？」

「よかったら……」

「一九〇六年の手紙よ」

「ああ……そのときジャンヌは、身ごもっていたのか？」

「おそらく……」

〝愛する人へ〟という冒頭の言葉は、もっとも胸に刺さった。それは痛ましく、素朴で、なくてはならない言葉だった。

愛する人へ、
わたしをお見捨てにならないですよね？　わたしはあなたに命を捧げました。こんな状態にあるわたしから、離れたりできないはずです。
お返事を待っています。これからはもう、あなたひとりが生きる糧ではありません。でもあなたがそばにいなくなったら、わたしはどうなるでしょう？
早くお返事をください。

ジャンヌ

「ドクターはなんと返事したんだ?」とジュールさんはたずねた。

「彼からの手紙はないのよ。ママの手紙だけで」

〝ママ〟と呼びかけて母親のことを考えたのは、いったいいつが最後だったろう?

「まあ、どうでもいいさ……そのあとジャンヌはなんと?」

一九〇六年十月四日
愛する人へ、
わたしはこれからむかいます。あなたの説得に負けました。あなたの約束を受け入れました。
今、ようやく、あなたにそう言うことができます。もう、なにも変えられないのだから。お腹にいるあなたの子を、わたしは捨てるのです。そう思ったら、胸が張り裂けそうです。
もう決して、わたしを見捨てないでください。お願いです。

ジャンヌ

ジュールさんは黙ったままだった。ただ湿ったハンカチを握りしめ、眉をひそめている。

風に吹かれているみたいに、肩のうえで頭がふらふら揺れていた。
ルイーズは続けた。

一九〇七年七月十日
愛する人へ、
この手紙は、短いものになるでしょう。わたしは泣いてばかりで、ほかになにもできません。
まさかこんなときが来ようとは、思いもしませんでした。あなたに会いたくなくなるなんて。あなたが嫌いになったからではありません。そんなことは不可能です。ただ、わたしのなかでなにかが壊れてしまったのです。わたしはもう、わたしではありません。いつか、もしかして、わたしがまだあなたにとって意味のある存在だったなら。ああ、あなたがあのちっちゃな顔を見たならば……わたしはほんの一瞬だけ、見ることができました。わたしの目に入らないよう、まわりでは注意を払っていたけれど。それはとても残酷なことです。わたしは痛みに耐えて起きあがり、誰にも邪魔されないよう全速力で病室を抜けました。そしてあの子を腕に抱いている看護師のもとに駆け寄り、くるんでいたバスタオルをはがしました。

ああ、赤ちゃんの小さな顔！

それは一生、わたしの心に残るでしょう。

わたしは気を失い、目覚めたときにはもう遅すぎました。そう言われたのです。もう遅すぎる、どうしようもないって。

わたしは毎日、泣きながらすごしています。

こんな苦しみにもかかわらず、わたしはまだあなたを愛しています。でも、あなたに会う元気はありません。

愛しています。さようなら。

ジャンヌ

ジュールさんは気を取りなおした。

「死産だったって、彼女はおれに言ったんだ。わかるか？　どうして、本当のことを言ってくれなかったんだ？　おれに言わなかったら、誰に言うんだよ？　いったい誰に？」

ジャンヌは出産したあと、赤ん坊の顔を一瞬見たきり引き離されてしまった。彼女の記憶に刻まれたその顔だけでも、ラウールを見つける努力に値する。

こんなにもルイーズが奮闘しているのは、今やラウールのためというよりジャンヌのため、苦しみ抜いた母のためだった。

「一九一二年九月八日」とルイーズは読みあげた。

そこでジュールさんもルイーズも、動揺を隠せなかった。何通かの手紙によって目の前で語られる愛の物語。その流れが変わり始めた。

ジャンヌは一九〇八年にアドリアン・ベルモンと結婚した。

そして翌年、ルイーズが生まれている。

ドクターと別れた五年後、ジャンヌは夫がある身で彼とよりを戻したのだ。

どちらの側から再会を呼びかけたのか？　それはジャンヌだった。〝なんて嬉しいんでしょう。あなたはわたしを忘れていなかった。そして、また会ってもいいと言ってくれました……〟

そのときの気持ちを、彼女はただこんなふうに告白している。〝どうしても、とは思っていませんでした。あなたから離れていても、いつもあなたはわたしのなかにありました。だから決心したんです。たとえこの身を滅ぼそうと、あなたの腕に抱かれているかぎり……〟

ルイーズはぶるっと体を震わせた。

「どうした？　寒いのか？」とジュールさんがたずねた。

ルイーズはなにも答えず、窓からしばらく外を眺めていた。ほとんど金色に輝く夕日は、まるで木々から射してくるかのようだった。

「えっ？　いえ、寒くないわ……」

父親のことをもっとよく覚えていたら、母が書いたこの手紙を読んで、つらい思いをしただろう。けれどもルイーズにとって父親は、ありふれた一枚の写真にすぎなかった。苦しみを掻き立てるほどの存在ではない。

「続きを聞きたい？」

「きみが嫌じゃなければ……」

一九一四年十一月

愛する人へ、

どうしてそんなことをしたんですか？　戦争は、これでもまだ犠牲者を出し足りないのでしょうか？　だからあなたは強制されたわけでもないのに、出征することを選んだのですか？

そんなにまでして、わたしから離れたいのですか？

幼いルイーズが父親を亡くさないようにと、わたしは毎日祈っています。そのうえさらに、毎晩泣き暮らさねばならないのでしょうか？　愛するたったひとりの人が、この戦争から生きて帰れるように願いながら。

戻ってきてくれますよね？

戻ってきてください、わたしを迎えに。そしてわたしを守ってください。

あなたのジャンヌ

ドクター・ティリオンが兵役志願したというのは、驚きだった。五十歳をすぎて（あの戦争では、志願者をすべて受け入れた。とりわけ医師ならば、誰にでも仕事はあった）、彼は前線で命をかける選択をしたのだ。

ジャンヌが彼に投げた疑問は、ルイーズの口からも発せられた。どうして？　信念からか？　そうかもしれない。

突然、ルイーズの脳裏に、戦後母親が下宿させた二人の退役兵の記憶がよみがえった。それ以前には、あの物置小屋を決して貸そうとはしなかったのに。ジャンヌは戦争に志願した二人の愛する男を、彼らに重ね合わせていたのだろうか？

「あの男が戦争しているところなんて、想像がつかないな」とジュールさんは言った。

ルイーズも、ドクターの愛国心にはなにか腑に落ちないものを感じた。さすがにこのときは、ドクターの手紙がないのが残念でたまらなかった。そもそも簡単には理解しがたい愛の物語だが、その半分しか明かされてないとなると……たしかなのは、ドクターがみずからを犠牲にしたということだ。彼は祖国を守るため、戦場に志願した。あるいは、みずからの愛を守るために。

一九一六年八月九日
夫が七月十一日、戦死しました。

それは学習帳を破ったページに書かれていた。

この手紙を見たときは、ルイーズも胸が締めつけられた。

この結婚はなにひとつもたらさなかった。子供のルイーズ自身、なんの役にも立たなかった。彼女は洟をかんだ。

「ほらほら」とジュールさんは、ルイーズを抱き寄せながら言った。

残りの手紙は一通だけだった。

ジュールさんがそれを引き受けた。重々しい震え声だった。まるでひとこと発するごとに、咳きこみかけているかのように。

一九一九年十月、

愛する人へ、

あなたに最後の手紙を書くのは、初めて会ったときの思い出のように心を動かされます。あのときと同じ胸の高鳴りです。

ひとつだけ違っているもの、それは希望です。だってあなたはわたしに、それを禁じているのですから。あなたはわたしのもとにやって来て、ともに暮らすことを拒絶したのですから。今なら、そうできるのに。

おわかりですよね、あなたはわたしを殺そうとしているのだと。それでもあなたは、そうするのですね。

あなたに捧げた愛のなかに生きることで、自分を慰めています。わたしには幼いルイーズを育てる義務があります。あなたがわたしにそうしたように、あの子を見捨てるわけにはいきません。あの子がいなかったら、わたしはすぐにでも死んでしまうでしょう。この世になんの未練もなく。

わたしが愛したのは、あなただけです。

ジャンヌ

それは一時間前、ジュールさんが言ったのと同じ言葉だった。愛はどこでも似たり寄ったりだ。

夫に先立たれたジャンヌは、ドクターと人生をやりなおそうとした。けれどもドクターは、それを拒絶した。

「ひでえ野郎だ」とジュールさんは言った。

ルイーズは首を横にふった。

「彼はラウールを育てようとしたのよ。ジャンヌの子供を、彼女には黙ったまま。だから、もう遅すぎた。彼はその秘密にがんじがらめにされてしまった。もしドクターがジャンヌと家を出たら、ティリオン夫人が彼女のところへ行って、すべてを話したでしょう……いずれにしても、二人の関係は終わりだわ。ドクターは手足を縛られた状態で、それ以上なにもできなかったのよ」

二人はこの物語がもたらした悲惨な結末に、しばらくじっと思いを馳せていた。

ジュールさんはワインをひと瓶、ほとんどひとりで空《あ》けてしまった。ルイーズのグラスには、まだ半分くらい残っている。暗黙の了解があったかのように、二人は同時にぶるっと体を震わせた。ルイーズはドアをあけてグラスの中身を捨て、ジュールさんはクランクをまわしてエンジンをかけた。

　そして黙って森を離れた。

　やがて金色の夕日が沈むころ、オルレアンを出る本街道に戻った。家具を積んだ荷車が通る脇の野原では、喉を渇かした馬が柵を飛び越えている。金持ちは数日前に避難を終え、軍服姿の群衆に混じって足を引きずるように歩いているのは、また別の人々だった。農民、市民、傷痍《しょうい》軍人。ありとあらゆる民衆が、街道にひしめいている。警察の護送車に乗せられた娼婦や、羊を三匹連れた羊飼いもいた。

　難民の波に包まれ、ゆっくりと揺れる車は、引き裂かれ、見捨てられたこの国の姿だった。いたるところ、顔、顔、顔、顔であふれている。どこまでも続く葬列のようだ、とルイーズは思った。それはわたしたちの痛みと敗北を映し出す、巨大な鏡なのだ。

　のろのろ運転で二十キロほど進んだあと、プジョーはサン＝レミ＝シュール＝ロワールにむかう道の途中で渋滞に巻きこまれ、身動き取れなくなってしまった。

　タオルの包みを積んだ荷車を押している女が、すぐ脇で止まった。

「水は残ってませんか？」

　ジュールさんは、トランクの奥に水を入れた瓶があると答えた。しぶしぶ言っているのがよくわかる口調だった。ルイーズは瓶を探して、女にあげた。

「喜んでいただきます」

荷車に積んであるのはタオルの包みではなく、三人の赤ん坊だった。みんな眠っている。

「大きい二人は男の子で十八カ月、小さい女の子は九カ月になってません……」

彼女はルイーズが聞いたことのない町の保育士だった。町役場からすぐに逃げ出すよう指示が出て、親たちはあわてて子供を迎えに来た。

「でも、なぜかこの子たちの親だけは来なかったんです」

保育士の女は町を出てからずっと、〝なぜ〟と考え続けているのだろう。

「男の子二人のご両親はきちんとしたかたなので、きっとなにか事情があったんでしょう。女の子の母親は、どういう人なのかよくわかりません。まだ、預かり始めたばかりで」

彼女は恐怖と疲労で震えていた。

「女の子はお腹を空かせています。まだ乳離れしてないので……どうすればいいんでしょう？　離乳食も食べられません。お乳を飲むだけで……」

女は水の瓶を返そうとした。

「持っていていいですよ」とルイーズは言った。

ジュールさんがクラクションを鳴らした。再び列が動き出しても、一メートル進むのか、一キロ進むのかもわからない。こうして人々は、この地獄に呑みこまれていった。ルイーズはジャンヌの手紙を手に取った。読み返したかったからではない。それは不安な気持ちがあらわれた無意識の行為だった。

けれども手紙をつかむや、例によってなんの前触れもなく恐ろしい災難が襲いかかった。それは大きな翼を広げ、耳を聾《ろう》する唸り声をあげながら頭上数十メートルのところを飛ぶ翼竜《プテラノドン》の形をしていた。まるでアスファルトや木々、逃げまどう人々を鉤爪に挟んで持ち去ろうとしているかのように、低空をすれすれにかすめていく。けれども戦闘機は、その代わりに街道を百メートルほどにわたって機銃掃射し、轟音をあげながらぐんぐんと上昇していった。難民たちは皆、地面にうつ伏せになり、突然あらわれたこの脅威に押さえつけられて茫然とするばかりだった。できることならみんな、地面の下にもぐりこんでしまいたかった。

ジュールさんはひらいたドアの脇に、すばやく伏せた。ルイーズは外に出る暇もなく、車のなかで身をすくませていた。車の前部に衝撃があって彼女は飛びあがり、窓ガラスにぶつかった。サイレンに似た大音響が脳天を貫いた。銃弾が降り注ぐ衝撃が、ぱらぱらという乾いた音とともに伝わってくる。わたしは撃たれたのだろうか？　みんなそれすらわからなかった。頭がもう働かなかったから。

ほどなく翼竜《プテラノドン》の仲間が、ご馳走の分け前にあずかろうと次々に姿をあらわした。二機、三機、四機と恐怖をまき散らしにやって来る。どれもが同じく頑とした、冷徹な殺意に駆られて、ジェリコのラッパを吹き鳴らしながら、難民たちの意思を粉々にし、骨の髄まで肉体を震わせ、鼓膜を破り、胸を掻きむしり、胃の腑に満ち、脳味噌を押しつぶした。機銃掃射の猛り狂った銃弾は、目の前にあるものすべてをずたずたにした。ルイーズは両手で耳を押さえ、恐怖にすくんだ。まだ自分が生きているのかどうかもわからない。全身の感覚を麻痺させ、爆撃と機銃掃射の恐ろしい衝撃で小刻みに揺れる車のシートにただ伏せるだけだった。肉体も精神も、擦り切れていた。

突然、戦闘機は立ち去った。胸をえぐるような静寂をあとに残して。

ルイーズは頭から手を離した。

ジュールさんはどこ？

ルイーズは肩でドアを押しあけた。車の前部はへこんで、煙をあげていた。彼女は震えながら、車の周囲をひとまわりした。ジュールさんがうつ伏せになって、道に横たわっているのが見えた。大きなお尻が、ぐっとうえに突き出ている。ルイーズは彼のうえに身を乗り出し、肩に触れた。ジュールさんはゆっくりと彼女をふり返った。

「無事だったか、ルイーズ？」とジュールさんは、くぐもった低い声でたずねた。

彼はゆっくりと起きあがり、膝を軽くたたいて車に目をやった。旅は終わりだな。あれはもう、車なんてものじゃない。なにも残っちゃいない。見渡すかぎり、車という車がめちゃめちゃに壊され、死体が横たわっている。あちこちからうめき声が聞こえるが、助けようとする者は誰もいない。

ルイーズは打ちのめされたように歩き出した。

数メートル先に、保育士の青いワンピースが見えた。女は目をひらいて、地面に横たわっていた。銃弾が彼女の喉を貫いていた。

荷車のなかで、三人の赤ん坊が泣いている。

「おれはここに留まる」とジュールさんが、彼女のそばまで来て言った。

ルイーズはジュールさんに目をやった。どういうこと？　ジュールさんはうつむいて、ボアシューズを目で示した。

「徒歩じゃ、遠くへ行けないからな」

彼は泣きじゃくる三人の赤ん坊を指さした。

「この子たちを連れていかなければ、ルイーズ。ここに置いておくわけにはいかない」

ジュールさんのほうが先に、空から聞こえる轟音に気づいた。彼は顔をあげた。

「やつらが戻ってきたぞ。ルイーズ、行くんだ！」

ジュールさんはルイーズを押しやり、荷車の柄を持ちあげ、彼女のほうにむけた。さあ、行け。逃げるんだ……

「でも、ジュールさんは……」

ジュールさんは答える暇がなかった。

一機目がすぐそこまで来て、街道に機銃掃射を浴びせている。ルイーズは荷車の柄をつかんで、ぐっと押した。驚くほど重くて、全力をこめなければならなかった。ようやく荷車が動き、彼女は一歩踏み出した。

「行け」とジュールさんが叫んだ。「さあ、逃げろ!」

ルイーズはふり返った。

最後に彼女の目に映ったジュールさんの姿、それはボアシューズを履いてプジョーの残骸の脇に立ち、街道に銃弾を浴びせながら猛スピードで迫ってくる戦闘機をものともせず、あっちにむかって行け、逃げろ、逃げろと合図する太った男だった。

ルイーズは恐怖で身震いし、青いワンピースの死体をまたいだ。女の喉からは、血があふれ出ている。彼女は路傍を横ぎった。

赤ん坊はまだ泣いていた。戦闘機が近づいてくる。

そのときすでにルイーズは、荷車を押しながら野原を走っていた……

39

「クレド・ウム・ディセア・パテル・デシルム、パテル・ファクトルム、テラ・シネナレ・コエリス・エト・テラエ・ドミヌム・バテステリ・ペカトゥム・モルト・ヴェントゥア・マリア・エト・フィーリー……」

ああ、これぞ彼の得意技！

デジレはラテン語の初歩すらかじったこともないのに、えんえんと話し続けた。教会にもめったに行ったことがないので、そこでどうふるまうべきかもよく知らない。だから彼は自己流のやり方でミサをでっちあげ、ラテン語もどきの言葉で（それとはほど遠いものだったが）祈禱《きとう》をした。そして最後は、彼がひとつだけよく知っている言葉で締めくくった——〝父と子と聖霊の御名によって《イン・ノーミネ・パトリス・エト・フィーリー・エト・スピーリトゥース・サーンクティ》〟。すると信者たちは、ようやく馴《な》染《じ》みの一節が出てきたのにほっとし、声を合わせて応えるのだった。〝アーメン〟

アリスは真っ先にいぶかった。

「神父様、このミサはとても……変わってますね」

デジレ神父は、スーツケースから見つけた上祭服《カズラ》をそっと脱いだ。スーツケースの持ち主だった司祭はデジレ・ミゴーの服を着て、埋葬されていることだろう。デジレは答えた。

「ええ、イグナティウス派の礼拝式ですから」

それは初めて聞いた、とアリスは遠慮がちに言った。

「それに、あのラテン語も……」と彼女は思いきって続けた。

するとデジレ神父はにこやかな笑みを浮かべ、それは聖イグナティウスの教えをもとにしているのだと説明した。聖イグナティウスは、〝第二回コンスタンチノープル公会議以前〟から礼拝式を行なっていたのだと。

「ですからわれわれのラテン語は、いわば初期のものなんです。根源に近いほど、神様にも近いのです」

アリスが困惑を告げると（「どうしたらいいのか、わからないんです、神父様。立ったり、すわったり、ひざまずいたり、復唱したり、歌ったりが……」）、デジレはほっとしたような顔をした。

「これはとても簡単で簡素な礼拝式です、わが子よ。わたしがこんなふうに手を挙げたら、信者のみなさんは立ちあがります。こうしたら、すわります。イグナティウス派の儀式では、信者は歌いません。その代わりに司祭が歌うのです」

アリスはそれをみんなにも教えた。それで、もう誰も妙だとは思わなくなった。

「……クイド・セパラム・オミネス・デシドゥム・サルーテ・メディカーレ・サクルーム・フォラム・サンクトゥス・エト・プロペール・ノストラム・サルーテム・ヴィルジネ……」

この数日で、たくさんの難民がやって来た。だから内陣はいっぱいで、ミサは後陣と小聖堂で挙げねばならなかったが、そこも礼拝のたびにぎしぎしきしるほど人が詰まっていた。デジレのミサは大人気で、全員がなかに入れないほどだった。壊れたステンドグラスの隙間から聞こえるミサに、墓地で耳を傾ける信者もいた。

天気がよければ昼間、屋外でも儀式を執り行なった。子供たちはこぞって侍者役をした。デジレがミサの合間に彼らをふり返り、大袈裟なウィンクをしてみせるのが面白かったからだ。ぼくもきみたちの仲間で、司祭のかっこうでミサごっこをしているだけなんだとでもいうように。

「コンフィテオール・バプティスムム・イン・プロソパティス・ヴィタム・セクリ・ノストルム・エト・レミシオネム・ペカーレ・イン・エクスペクト・シレンティウム。アーメン」

「アーメン！」

デジレは信徒たちが野たれ死にしないよう、駆けずりまわるのに忙しかった。そのせいで、なにより大事に思っていた務めに思う存分時間をかけられないのがもの足りなかった。その務めとは告解《こっかい》だ。犠牲者であるはずの人々が皆、どれほど罪の意識に苦しんでいるかを確かめることは、彼を夢中にさせた。デジレは次々と気前よく罪を赦したので、誰もが彼に告解をしたがった。


「神父様……」

それはフィリップだった。大樽みたいにがっちりしたベルギー人で、若い娘のような声をしている。彼には女房が二人いるんだろうかと、みんな訝《いぶか》しんでいた。というのも、いつもいっしょにいる双子の姉妹を連れていたから。電気技師をしていた彼のおかげで、デジレの鉱石ラジオはいちじるしく性能を向上させ、この礼拝堂も参謀本部と変わらないくらい最新情報が届くようになった。

「七時をすぎました……」

デジレ神父は縫物から目をあげた（彼は新来者のための寝袋を作りながら、ドイツ軍がシャロン＝シュール＝マルヌとサン＝ヴァレリー＝アン＝コーを占領したと報じるラジオの声に耳を傾けていた)。

「じゃあ、行こうか」

デジレは週に二度、モンタルジの役場へ出むいた。移動には、礼拝堂から数キロのところにガス欠で乗り捨ててあった軍用トラックを使った。ガソリンを見つけてトラックが動くようになると、防水シートを張りなおし、イエス・キリストの十字架像を前方にむけて運転席のキャビンに立てかけた。嵐のときに礼拝堂の壁から剝がれ落ちた、二メートル近くもある十字架だ。

「こうすれば、イエス様が道を拓《ひら》いてくださいます」とデジレは言った。

〝神様の乗り物〟は大きな羽飾りみたいな白い煙を絶えず吐き出しているので、ぐんぐん近づいてくるイエス様のあとには、真珠色の渦巻き雲がまるで天使のようにいつもつき従っていた。トラックがモンタルジの町に入ると、通行人たちは十字を切った。

郡長のロワゾーはトラックの音で、デジレ神父の来訪を察知した。はたしてほどなくデジレが、受付も通さずずんずんと執務室に入ってきた。このジョルジュ・ロワゾー以外、役所にはもう大した人員は残っていないのだから、それもしかたなかろう。ロワゾーは穏やかで意志の強い男で、侵略者に追い出されるまでは郡長の役目をまっとうしようと心に決めていた。

「わかってますよ、神父さん。わかってますとも」

「わかっているならけっこう。それで、どうしていただけるんですか？」

デジレ神父は担当者をつけてくれるよう、何度も掛け合っていた。それは今日日《きょうび》、難しい要求だった。ベロー礼拝堂の難民を調査し、彼らが法的な保護を受けられるようにして欲しい、行政当局から援助金を出して欲しい、寝場所や食料など難民たちの保護をする具体的な方策を講じて欲しい、医者や看護師を派遣して欲しい、と彼は主張した。

「神父さん、職員はもう誰もいないんです」

「あなたがいるじゃないですか。ご自分でいらしてください。イエス様はあなたに感謝なさることでしょう」

「イエス様本人が、その場におられると？」

いやはや、郡長はデジレ神父相手に平気でそんな冗談を飛ばした。それが仕事の疲れをつかのま忘れる、彼なりのやり方だった。彼は残っている部下に指示を出したり、地元にやって来る難民の援助策を講じたり、憲兵隊や社会福祉局、病院の手配をしたりで、もうくたくただった。

デジレはにっこりした。

「わたしに考えがあります」

「おやまあ」と郡長は天を仰いだ。

「どなたにおっしゃっているんで？」

「いやいや、お話をうかがいましょう」

「あなたは最悪のケースでないと、乗り出そうとしないようだ。わたしたちのところには、一度もいらしてないですよね。それはわたしたちが、なんとか自力で切り抜けているからです。じゃあ、十名ほどの難民が餓死するのもやむを得ないと言ったらどうしますか？」

「十名なんて、わずかなものだ……」

「何人の死者が出れば、手をさしのべていただけるんです、郡長さん？」

「神父さん、はっきり言って二十名以下では、わたしが出むくのは難しいですな」

「犠牲者には、真っ先に女子供を選びますが？」

「そこまでは、あなたの側でもふん切れないでしょう」

二人は微笑み合った。彼らの使命は同じだった。二人とも、戦争によってひらいた裂け目をふさごうと、日夜奮闘している。この手の応酬は挨拶みたいなものだった。そのあと、大事な本題に入った。デジレが手ぶらで郡長室をあとにすることは、決してなかった。ガソリンを何缶も手に入れたこともあれば（そのおかげで〝神様の乗り物〟を走らせ、郡長をうんざりさせに来ることもできた）、学校食堂の機材を下取りする許可を得たこともあった。

「おわかりですか、わたしが必要としているのは公的な支援です。健康管理のスタッフなんです」

都合をつけられる看護師がまだ何人か残っていることを、ロワゾーはずっと神父に隠していた。しかしベロー礼拝堂の状況は、日に日に不安の度合いを増している。ロワゾーはまだ現場を訪れたことがなかったが、急ごしらえの収容センターに難民が押し寄せている現状は、見捨てておくわけにいかなかった。彼は自分の目で、間近に確かめてみようと思った。

「看護師を一名、派遣しましょう」

「いいえ」

「どういうことです、いいえっていうのは？」

「あなたが派遣するのではなく、わたしが今すぐに連れてゆきます」

「けっこう。だが、あなたは決して返してよこさないだろうから、わたしがみずから迎えに行きます。それじゃあ、火曜日、十時に」

「調査していただけるんですね？」

「見てまわるくらいなら……」

「調査ですね？」

郡長は根負けして答えた。

「そういうことです」

「ハレルヤ！　かくも善き行ないに感謝し、あなたのためにミサを挙げましょう、ロワゾー郡長。どうです、ミサは？」

「それじゃあ、ミサのために……」

彼は心底疲れていた。


それは愛徳修道女会の若い修道女だった。青白い顔に、毅然とした表情が浮かんでいる。彼女はすらりとした白い手をフィリップに差し出した。

「シスター・セシルです」

ベルギー人の男は一瞬、どぎまぎしていたが、恭《うやうや》しくお辞儀をし、若い看護師が持ってきたボール箱とスーツケースを荷台に積んだ。

モンタルジからの帰り、トラックはあちこちまわり道をして近隣の農場に寄った。そしてデジレは、礼拝堂の住人たちに食べさせる食料を調達した。菜園を訪れ（「おやまあ、あそこに見えるのはトマトではないですか？」）、地下食料庫を探訪した（「攻囲戦に耐えられるくらい、たっぷりジャガイモがあるのですから、神様のために半分譲っていただけませんか？」）

「強請《ゆす》りたかりとおんなじだわ」とアリスは、初めて農場まわりに参加したときに言った。

「それは違います。ごらんなさい。彼らは喜んで差し出しているんです」

ヴァル＝レ＝ロッジュを走っている途中、デジレ神父は片手をあげて、野良仕事中のシプリアン・ポワレに挨拶をした。畑の少しむこうに、仔牛が一頭つながれている。

「右に曲がって」とデジレ神父は叫んだ。

ベルギー人のフィリップは車を止めた。デジレ神父を満足させるためではなく、街道はえんえんと続く軍用車の列で遮られていたからだ。

「あれがフランス軍だとしたら」とデジレ神父は思いきって言った。「むかう方向が間違っているんじゃないでしょうかね……ドイツ軍はあっちだろうに」と彼は反対側の道を指さしながら続けた。

若い修道女は微笑んだ。ロワゾー郡長の執務室では、午前中いっぱいその話で持ちきりだった。第七師団はロワール川まで後退するそうよ。目の前の車は、先頭の一団じゃないかしら。

「でも、どこへ行くつもりなんだろう？」とデジレはたずねた。

「モンシエンヌだっていう話でしたけど」とシスターは答えた。「本当かしら……」

車列は通りすぎ、神様のトラックはようやく通称ポワレ農場に続く長い土道に入った。農場と言っても、家が二軒あるだけだ。住んでいるのはとっつきにくい農夫のシプリアンと、母親のレオンティーヌ。けれども母子は昔から仲が悪く、お互い話もしなかった。並んで建つ二軒の家で別々に暮らし、窓ぎわに腰かけたままお互い面とむかって罵り合っている。

神様のトラックが中庭に停車すると、デジレ神父は車を降り、満足げな表情で建物を眺めた。あとを追った修道女が彼のそばまで来たちょうどそのとき、母親のポワレが家から出てきた。

「こんにちは、わが子よ」とデジレ神父は言った。

レオンティーヌはうなずいた。黒い法衣《スータン》を着た司祭と白衣の修道女を前にして、まるで主が代表団を遣わしたかのように畏《おそ》れ入っている。

「トレーラーの踏み板をお借りしにまいりました。どこにあるか教えていただけますか？」

「トレーラーの踏み板ですって。何に使うんですか、神父様？」

「仔牛をトラックに積みこむためですよ」

レオンティーヌは顔を蒼ざめさせた。シプリアンがあの仔牛をベロー礼拝堂に寄進してくれたのだと、デジレは説明した。

「でも、あの仔牛はあたしのものですよ」とレオンティーヌは抗議した。「シプリアンさんは自分のものだと言ってましたが……」

「あいつめはそう言ったかもしれませんが、仔牛はあたしのです」

「なるほど」とデジレ神父は言った。いかにも、ものわかりよさそうな口調だった。「ではシプリアンさんが神に捧げた仔牛を、あなたは神様から取り返した、そういうことですね」

デジレは踵《きびす》を返し、トラックのほうへ歩き出した。

「お待ちください、神父様」

レオンティーヌは腕を伸ばし、金網を張った囲い地を指さした。

「あいつめが仔牛を出したなら、あたしは鶏をさしあげます」

戻ってきたシプリアンは自分の鶏がトラックに積まれているのを見て逆上し、母親の仔牛を持っていけと言った。荷台に仔牛をのせるのに、シプリアンなら踏み板は必要なかった。

40

ガブリエルのまわりで五、六人の囚人が、窓の隙間から外をのぞいている。中庭で何が起きているのか、気がかりなのだろう。囚人たちはほとんど、眠れない夜をすごして、疲れきっていた。〝覆面団員《カグラール》〟のドルジュヴィルは、ひと晩じゅう、うめいていた。ちょうどみんなが眠りかけたとき、痛みで大声をあげるものだから、たまったものではない。

「くたばれ、死にぞこない！」と無政府主義者《アナキスト》たちが叫び、あとに共産主義者《コミュニスト》が続くこともあった。

まだ朝の六時にもなっていなかったが、窓の隙間から見るかぎり、兵士も機動憲兵隊員も活動に入っているようだ。軍服をきっちりと着こんで埃のなかで足踏みをし、火のついた煙草を順番にまわしながら、将校たちを見つめている。緊張した面持ちで円陣を組む将校の真ん中には、大柄な大尉がいた。

「どうしたんだろう？」若い共産主義者《コミュニスト》が体を起こし、よろめきながらたずねた。

「昨日の爆撃でびびってるのさ」と別の囚人が、窓の隙間に目をあてたまま答えた。「なにか話し合っているようだが……すんなりとは行きそうもないな」

毎度のことながら、誰かが不穏な空気を察知すると、ニュースはあっという間にバラックを駆け巡った。十数人の囚人たちが、窓のほうへと飛んでくる。どうかしたのか？　おれにも見せろ。

「やつらが何をたくらんでいるのかわからないが……曹長は大尉に反対しているみたいだ……」

若者は体力が戻らず、しょっちゅう震えていた。ガブリエルは彼の肩に手をあてた。

「休んだほうがいいぞ……」

ガブリエルは、また外をのぞいた。今度は曹長が意見を述べている。大尉のほうはもったいぶって、頑とした姿勢を続けているところから見て、納得していないのだろう……

曹長に対するガブリエルの見方は、絶えず変化した。ボルニエ兵長は昨日、酒が切れていらついていたのと生来の気質と、囚人に対する憎悪から、本性をむき出しにした。ところがフェルナンのほうは、終始一貫冷静だった。囚人も看守も等しく犠牲になる惨事に、手をこまぬいて呑みこまれまいとしているかのようだ。昨晩、わずかなりとも食事ができたのは彼のおかげだと、ガブリエルにはわかっていた。フェルナンがどうやって食べ物を手に入れたのか、訝《いぶか》しむ者は誰もいなかった。千人近い人間の飢えを満たすには充分な量でなかったし……腹が空《す》きすぎてあれこれ考える余裕などなかったから。

夕方遅く、曹長が怪我人のようすを見にやって来た。ラウールは水と清潔なタオルを要求した。彼は戻ってくると、どうにか手に入れたわずかな水をガブリエルと分け合った。ガブリエルは撃たれた太腿《ふともも》が痛くてたまらなかった。本当なら、鎮痛剤が必要なところだ。ドルジュヴィルの足は二倍に腫《は》れあがっていた。銃弾がなかに残っているので、こちらは外科医が要る。曹長も心配そうだった。

ガブリエルの傷は思ったよりも軽かった。銃弾が斜めに太腿を貫通したので、見た目は悲惨で痛々しいけれど、心配するほどではない。ラウールはほっとした。

「筋肉のところだけだからな、軍曹殿。二日もすれば、ウサギみたいに駆けまわれるさ」

夜になると、ドルジュヴィルのうめき声でひと晩じゅう苦しめられた。

ラウールはいつになく心配げなようすで、あおむけに寝ころがった。手にはずっと、ルイーズの手紙が握られている。手紙の文句はほとんど、脳裏に刻みこまれていた。ベルマンだかベルモンだかという名前には、聞き覚えがなかったが、この女は事情によく通じているようだ。生年月日は正確だったし、ヌイイの住所もそのとおりだ……オーベルジョン大通りのことを思い出すと、古傷が疼くように胸が痛んだ。あの大きな屋敷に暮らしていたときほど、不幸なことはなかった。おれはジェルメーヌ・ティリオンの餌食にされていた。あいつは頭のおかしい、偽善のかたまりのような女だった……

〝わたしとあなたは、半分血がつながっています。わたしたちは、同じ母親から生まれたのです〟と手紙には書かれていた。ルイーズはいくつなんだろう？　おれより年上なのか、年下なのか？　どちらもありうる。二十歳も歳の離れた兄弟だって、いるくらいだからな。けれども、とりわけ頭に引っかかって離れないのは、〝あなたに伝えねばならない、とても大事な話があります。あなたの出生と子供時代の境遇についてです〟という一節だった。

そのへんの経緯は、ルイーズのほうが詳しいようだ。おれはティリオン家に引き取られた日付なんか、知らなかったからな。

「寝ないのか？」とガブリエルがたずねた。

「いや、ちょっと寝よう……まだ痛むかい、軍曹殿」

「ずきずきするよ。化膿するんじゃないかな……」

「心配するな。傷口は消毒してあるから、自然に治るさ。まだしばらくは痛むだろうが、それだけですむ」

二人は数センチまで顔を近づけ、小声で話した。

「ちょっと訊いていいか？」

「なんだ?」

「その手紙なんだが……どうやって受け取ったんだ?」

ラウールは打ち明け話があんまり得意なほうではないし、手紙の話をすれば中身にも触れざるを得なくなる。それは勘弁して欲しい。虐待や不幸な生い立ちのせいで臆病になってしまう子供もいるが、ラウールは逆に性格が鍛えられ、ちょっとやそっとじゃへこたれない、挑発的な人間になった。その分うじうじしたり、心情を吐露したりは抵抗がある。けれども、突然降って湧いたこの手紙は彼のなかに沈殿し、心の奥底を掻き乱す化学物質を生成した。ラウールはこの謎に魅了された。本当の母親について、なにかわかるかもしれない。まさか、こんなことがあるなんて、心の準備ができていなかった。母親がいないのには、慣れることができる。憎むべき継母《ままはは》がいるなら、なおさらだ。けれどもラウールはずっと、もうひとりの、本当の母親のことは考えないようにしてきた。だっておれを〝捨てた〟母親なのだから。そのときどき、年齢によって、表現はいろいろ変わった。母親はおれを〝見失った〟のかもしれない。〝守ってくれた〟のかも、〝売った〟のかも。可能性はいくらでもある。

「無理に話さなくていいが……」

「あの曹長さ」とラウールは言った。「身体検査のとき、おれのポケットに押しこんだんだ」

ガブリエルはわけがわからなかった。ラウールは曹長と前から知り合いだったのか？でも、どうして将校が警備している囚人のために、郵便配達人代わりをするんだろう？

「姉の手紙なんだ……いや、もしかすると妹かも。そこがややこしくて……」

話がこんがらかってきたぞ。ラウールはアンリエットを、ずっと姉だと思ってきた。本当の姉でないのは、ちゃんとわかっていたけれど。ところが今度は会ったこともない女が、実の姉だか妹だかだと名乗り出てきた。どうせこれからも、会う機会はないだろう。キャンプを脱走する機会を逸してしまった。ガブリエルが怪我をした今、もう一度試みるのは不可能だ。ここから逃げ出して、ルイーズとかいう女を見つけるチャンスはほとんどない。

気にかかることはたくさんある。たとえば、おれがティリオン家に引き取られた一九〇七年十一月十七日という日付だ。

「赤ん坊っていうのは、いくつくらいで乳離れするんだ？」とラウールはたずねた。

あんまり唐突な質問だったので、ガブリエルは聞き間違えたかと思った。

「さあ、おれはひとりっ子で」と彼は答えた。「身近に乳児がいなかったからな。でも、生後九カ月から十二カ月のあいだくらいじゃないかな」

ティリオン家に引き取られたとき、ラウールは四カ月だったことになる。

さまざまな疑問がひしめき合い、彼は息苦しくなってすわりこんだ。

「具合が悪いのか？」ガブリエルがたずねた。

「いや、大丈夫」ラウールは嘘をつき、襟もとを緩めて深呼吸した。

ころころと印象が変わる男だ。初めはガブリエルに対して、攻撃的で暴力的だった。嘘をつくこともたびたびあったし、正直、悪意さえ感じられた。彼の態度が変わったのは、トレギエール川の橋の一件からだった、とガブリエルは思っている。軍事史に残るような手柄ではないが、彼ら二人でなし遂げた成果だ。〝戦友同士の連帯感〟なんてガブリエルの趣味ではなかった。小説のなかに腐るほど出てくる、ありふれた話じゃないか。そんなものに惑わされたくない。それでも彼は、ラウールとのあいだに絆が生まれたのを感じずにはおれなかった。

ラウールは襟を広げ、首を伸ばしてはあはあと大きく息をした。こんなに息苦しいのは、赤ん坊の話をしているうちに子供時代に引き戻されたからだろう。ガブリエルはそのようすを眺めているうち、ふと二つの光景が脳裏によみがえった。ひとつ目はブルジョワの屋敷に忍びこみ、夫婦の寝室のベッドに小便をしているラウール・ランドラードの姿だった。もうひとつは、たまたま記憶に残っていたものだ。シェルシュ＝ミディ軍事刑務所にいたとき、ラウールは看守と交渉して、姉に宛てた手紙を出してもらったことがあった。

「なんていう名前なんだ、きみの姉だか妹だかっていうのは？」

ラウールはじっとしていた。どう答えればいいんだろう？　アンリエット？　それともルイーズ？　〟わからない〟なんて言ったら馬鹿みたいだ。それがいちばん適切な答えだとしても。結局ラウールは、黙ってガブリエルに手紙を差し出した。

けれどもあたりは暗くて、とても手紙を読めそうになかった。部屋の隅に目をやると、将校の寝室に通じるドアの下から、わずかに光が漏れている。ガブリエルは足を引きずってそっとそこまで行き、床に這いつくばって手紙を光にあてた。こうして彼はルイーズ・ベルモンの手紙を読んだ。いや、読むというより判読したといったほうがいいだろうが。

「あの二人、殴り合いでもおっぱじめるつもりかい？」囚人のひとりが窓の隙間に目をあてたまま、突然言った。

中庭の真ん中では、曹長が大尉にむかってなにかきっぱりと答えている。いよいよ、こんな兆候が出始めたようだ。階級がうえだからと言って、部下はもうどんな命令でも聞くとはかぎらない。

「サン＝レミ＝シュール＝ロワールまで行くよう命令が出ている」

大尉は地図を示した。彼がどうやってそれを手に入れたのか、誰にもわからなかった。

この知らせは、大尉が期待したような歓迎をされなかった。一昨日に予定されていた補給は、ついに到着しなかった。ほかの誰よりも目端《めはし》の利く曹長が、奇跡的に食料を手に入れてこなければ、みんな飢え死にしていただろう。だからいい知らせとか上官の約束は、疑ってかかる癖がついてしまったのだ。

「サン＝レミから」と大尉は続けた。「囚人はトラックで、シェール県のボンヌラン・キャンプまで送られることになる」

それから大尉はフェルナンを睨みつけ、こう続けた。

「機動憲兵隊はサン＝レミで交替となる。任務は完了だ。別の部隊があとを継いでボンヌランまで行き、そこでまた交替する」

フェルナンは安堵のため息をついた。彼にとってこれ以上の朗報はない。サン＝レミはここから三十キロほど。トラックで行けば、二時間もかからないだろう。そこで正式に任務を解かれることになる。あとはヴィルヌーヴ＝シュール＝ロワールまで、十キロの道のりだ。いや、もっと短くてすむ。ベロー礼拝堂はその途中にあるのだから。昼には着いて、アリスと再会する。姉の家にしばらく滞在し、パリに戻る。ことのなりゆきは、そんなところだろう。

「理屈はそういうことなんだが」と大尉は締めくくった。

みんな固まりついている。

「実際のところ、サン＝レミへむかう車がないので、歩いていくことになる」

すぐにはなかなかぴんとこなかった。千人近い囚人をえんえん、徒歩で護送するだって？　怪我人もいるのだから、その面倒もみなければならない……ひとことで言って、狂気の沙汰だ。

大尉が黙っているところを見ると、まだほかにも悪い知らせが待ちかまえているのは明らかだった。

「防衛任務に割り当てられた部隊もあるので、われわれの人員は少し減ることになるだろう」

なにもかもが、残りの人員に委ねられた。そのほとんどが安南人と、モロッコ人狙撃兵だった。少なからぬ兵士が、すでに朝一番で出てしまっていた。

「われわれは三十四キロの道のりを歩くことになる。八時に出発すれば、午後六時にはサン＝レミに着くだろう。これで万事問題なしだな」

グラヴィエール・キャンプからサン＝レミまで、歩いてちょうど一日という計算だ。彼はいかにも自信家の男らしく、この偶然を無邪気に喜んでいた。

「囚人を百二十人ずつ八つの班に分け、それぞれに機動憲兵隊の下士官をひとりと部下十五名を割り当てることにした」

十五名で百人以上を見張るなんて……フェルナンはどう答えたらいいのかわからなかった。

「それは不可能です」

思わずそう叫んでいた。大尉は彼をふり返った。

「なんだって？」

ほかの下士官たちも、フェルナンを見つめている。こんなありえない状況に意見してくれる者がいて、ほっとしていた。

「千人もの囚人が徒歩で移動するのを見張るなんて、できませんよ……」

「しかしそれが、参謀本部から与えられた任務なんだ」

「トラックはないんですか？　列車は？」

大尉は黙って丹念に地図を巻いた。

「では行動開始！」

「待ってください、大尉……わたしのところには怪我人が二名います。ひとりは歩くのが困難で、もうひとりはまったく歩けません。だから……」

「こっちにも傷痍《しょうい》兵が」とつぶやく声がした。しかしとても遠慮がちだったので、誰が言ったのかわからなかった。

「その者たちには気の毒だが」

大尉はそこで少し間を置き、ひとことずつはっきり区切りながら先を続けた。

「誰も残していくなという命令を受けている」

脅し文句の意味は、明らかすぎるほど明らかだ。

「ということは、つまり……」フェルナンはそれでもあえてたずねた。わが耳がどうしても信じられなかった。

オウスレル大尉はその点について、今ここで説明する心の準備ができていなかった。しかし話の流れで覚悟を決め、断固たる口調でこう言った。

「去る五月十六日、パリ軍管区司令官エリング将軍は、逃亡兵の射殺を許可するよう国の最上層部に要請し、認められた。この決定はわれわれにも有効なはずだ。逃亡兵も落伍兵も変わらない」

続く沈黙には、こうした状況を人それぞれどうとらえるかが反映されていた。

「しかし、規則があります」とフェルナンは言った。

その落ち着いてしっかりとした声に、オウスレル大尉は一瞬はっとした。

「規則というと？」

「第二五一条には〝いかなる受刑者も医師の診察を受け、移送の負担に耐えられると判断されてからでないと動かすことはできない〟と規定されています」

「どこから見つけてきたんだ、そんなもの」

「憲兵隊の規則です」

「ほう、なるほど。だったらフランス軍は憲兵隊の規則に従うべしと決まってから、出なおすんだな。だが目下、きみはわたしの指揮下にある。きみの規則とやらも、わたしの考えに合わせてもらおう」

　話し合いは終わりということだった。

「さあ、行動開始だ。今夜はむこうで買い物もできるから、準備しておくといい。囚人たちに残った食べ物をやれ。八時ぴったりに出発するからな」

　フェルナンは部下を集めた。

「われわれは百人ほどの囚人を、三十キロ先まで護送していく。ただし、車はない」

「つまりそこまで……歩いていくってことですか？」とボルニエ兵長が憤慨したようにたずねた。

「ほかに手はないだろうが」

「あんなクズ野郎どものために、機銃掃射を浴びせられる危険を冒せと？」

ボルニエのまわりから、賛同のうなり声があがった。フェルナンはそれをぴしゃりと遮った。

「ああ、まさしくそうするってことだ」

彼はしばらく沈黙を続けたのち、できるだけ励ますような口調で続けた。

「それで任務は完了だ。今夜にはすべて終わり、明日は家に帰れるぞ」

フェルナンは唇を噛んだ。〝家に帰れる……〟だって？　それはますます信じがたいように思えた。

囚人たちの反応も、芳《かんば》しいものではなかった。

「サン＝レミか」とひとりが言った。「少なくとも三十キロはあるぞ」

ガブリエルは苦労して立ちあがり、太腿を指さした。

「ちょっと引きつるな……」

「見せてみろ」

ラウールは包帯をほどいた。彼は軍隊で、ありとあらゆる傷を目にしてきた。

「さほど悪くはなさそうだ……歩いてみろ」

ガブリエルは足を引きずりながら数歩歩いた。どうにかいけそうだ。

〝覆面団員《カグラール》〟の怪我は、もっと深刻だった。早く外科医に診てもらわないと、遠からず敗血症に侵されるだろう。

千人もの囚人を十時間以上歩かせるのだから、指をぱちんと鳴らすだけで支度がすむわけはない。準備はえんえんと続いた。荷物を運ばなくてもいいように、残りの食料はあらかじめひとりひとりに分けておくことにした。新たな騒動が持ちあがらないよう、下士官たちは公平に配られているか何度も確認せねばならなかった。オウスレル大尉は丸めた地図を乗馬鞭のように鳴らしながら、みんなのあいだを歩きまわった。順調にことが進んでいるのを見て、彼は満足そうだった。そして部下たちに、最後の指示を与えた。よそに送られずに残っていた兵士たちは、ふちなし帽をうなじのあたりまでずりさげ、大忙しの光景を眺めていた。

囚人たちは荷物をまとめた。シェルシュ＝ミディ軍事刑務所から持ち歩いてきたものだが、それも徐々に減って、今はもうわずかになっていた。陽光の下で二列に並び、待機する。うしろにつく見張りは、やけに数が少なそうだ。

もう午前十時近かった。

大尉は〝戦時における囚人の行動に関する指針を厳格に適用〟し、銃の装塡は彼らの前で行なうべしとした。銃の遊底をスライドさせれば、厳《おごそ》かで恐ろしい音もする。

「脱走しようなんていう気持ちは、これで吹き飛ぶってわけだ」と大尉は言った。

彼は列の前に出て、第一班の出発を命じた。そして合図の号笛が鳴り響くと、決然とした足どりでその先頭に立った。

最初の百人が一列になって、土埃を舞いあげながら遠ざかっていく。

「一班ずつ順番に出発する」とフェルナンは部下に説明した。「われわれは最後尾だ。列が長くなりすぎないよう、注意しろ。先頭と最後が離れすぎないこと。ひとかたまりになっているのが大事だ。前を歩く者は早足にならず、うしろをついていく者は遅れないように」

口で言うのはたやすいが、そううまくいくだろうかとみんな感じていた。ドイツ軍の攻勢が開始されて以来、数々の命令が下ったが、こんな馬鹿げた命令は初めてだ。

ほかの班が遠ざかるのを、しばらくじっと待っていた。

フェルナンはキャンプへの食料補給で札束の一部を使ってしまったので、リュックサックのなかは前よりもゆったりしていた。彼は人目を避け、よれよれになった『千一夜物語』の表紙にすばやくキスをし、ページをめくった。

彼が出発の合図を出すときが来た。

その頭上、空の高みをドイツ軍の飛行小隊が通過していく。午前十一時になるところだった。

41

ルイーズはがたつく荷車を押して野原を駆けた。赤ん坊は悲鳴をあげている。背後ではドイツ軍の戦闘機が再び街道に襲いかかり、機銃掃射を浴びせていた。こんな丸見え状態じゃ、格好の標的だわ、とルイーズは思い、走るスピードをさらにあげた。車輪が根っこにつまずき、荷車が危うくひっくり返りそうになる。ルイーズはぎりぎりのところでそれを押さえた。赤ん坊はさらに大声で泣きわめいた。ルイーズはまた走り出した。もちろん、野原の真ん中で荷車を押しながら逃げていく女を、わざわざ方向転換してまで狙い撃ちしようとするドイツ軍戦闘機などありはしないだろう。それでもルイーズは、撃ち殺される恐怖で頭がいっぱいだった。喉が締めつけられ、胸が苦しい。彼女は遥か前方に立ち並ぶ木々を見つめた。あそこまでは、とうていたどり着けそうもない。息が切れて、ぜいぜいと喘《あえ》ぎ始める。今にも肺が破れそうだ。

なにも持たずに逃げ出してしまった。文字どおり、一文無しだ。素っ裸で大通りを闇雲に走ったときのことが、一瞬、脳裏をよぎった……

彼女は息も絶え絶えに立ちどまり、ふり返った。街道はすでに遠く、ようすははっきりわからなかった。まだ頭上に戦闘機がいるかのように、鈍いエンジン音やサイレンに似た甲高《かんだか》い響きが聞こえてくる。ルイーズはまた走り出し、細い並木道までたどり着いた。彼女はそこを右に進んだ。体が燃えるように熱い。ようやく足を緩め、息を整えた。あたりはわずかに起伏があり、ところどころに木が生えている。農場がひとつだけ見えた。どうしよう？　あそこに行ってみようか？　けれど前にジュールさんといっしょのとき、農夫たちから受けた仕打ちを思い出して、このまま歩き続けることにした。一、二キロむこうに茂みが見える。おそらく森だろう。

そこでルイーズははっと気づいた。そういえば逃げ始めてからずっと、赤ん坊は泣き続けだった。大丈夫だろうか。

ルイーズは立ちどまって、にわか作りのゆりかごをのぞきこみ、三人の赤ん坊を初めてまじまじと見つめた。二人の男児は青い手編みの産着《うぶぎ》を着ていた。ルイーズはシーツの端をつまんで、たれている洟《はな》をぬぐった。それで少し興奮も収まったようだ。二人の前にもうひとり、女児の顔が見えた……

「さあ」ルイーズはひとり目の赤ん坊を抱きあげた。「もう立てるのかしら」

赤ん坊は立って、荷車の車輪につかまった。二人目もその隣に立った。ルイーズは二人にやさしく話しかけながら、左側に目をやった。遥か彼方の街道には、ドイツ軍による攻撃のあとはもうなかった。空は再び屍衣《しい》さながら、穏やかに静まり返っている。

ルイーズは遠くにあがる煙を見つめながら、もうひとりの乳児を腕に抱いた。きっと車が燃えているのだろう。子守歌を口ずさむと、赤ん坊は泣きやんだ。

彼女は顔をしかめて荷車を眺めた。赤ん坊が寝かされていたタオルやシーツの山を持ちあげると、ジャンヌの手紙を包んだ束が出てきた。逃げ出すとき、たまたま手に持っていたのを、荷車に放りこんだのだ。残った持ち物はそれだけだった。彼女は手紙の束をタオルの下にしまい、さらに荷車のなかを漁ってみた。皿が何枚か、ブリキのスプーンやフォーク、ばらばらの衣類、丸パン、水の入った容器がひとつ、果実のシロップ煮が二瓶、ビスケット数箱、溶けたチョコレートの包み、野菜の缶詰三つ、袋入りの白米が見つかった。小麦粉の袋は、赤ん坊にあげる離乳食用だろう。ルイーズは道端の草むらに腰かけ、小さいほうの赤ん坊を足のあいだに置いた。パンを細かくちぎり、双子の男の子に差し出す。すると二人とも同時に尻もちをつき、がつがつと食べ始めた。女の子は臭かった。ルイーズは使っていないおむつを見つけて、取り替えにかかった。三つの面をどういうむきに折ればいいのか、よくわからなかった。安全ピンが見つからなかったので、赤ん坊をくるんで端を縛るだけはしたけれど、すぐにまたほどけてしまった。汚れたおむつは持っていかずに、捨ててしまったほういいだろう。どうせ洗う場所などなさそうだから。

日が暮れ始めた。ルイーズはちょっと迷って、もう一度右側に目をやった。ひとつだけ見える農場は、孤独のなかで体を丸めているかのようだった。馬蹄形の建物は、そんなふうに不愛想な感じがするものだ。双子の男の子と女の赤ん坊を荷車に戻し、彼女はまた歩き始めた。

マルブルーは戦争へ
トントコ、トントン、トントコ、トン

子供のころに聞いた歌が、ルイーズの頭に浮かんだ。赤ん坊は三人とも、いっとき静かになった。遠くに見える茂みにむかって、右側の道をひとり進みながら、ルイーズはやらねばならないことを数えあげた。赤ん坊の下着を替え、食べ物をあげ、ゆっくり眠れる場所を見つける。そしてなにより、預かってくれる施設を探さねばならない。でも、捨て子をどこに連れていけばいいんだろう？

わたしが持ってきた知らせに
トントコ、トントン、トントコ、トン
わたしが持ってきた知らせに
あなたは涙を流すでしょう

街道に残されたジュールさんの姿が、はっとよみがえった。「さあ、行け、ルイーズ。逃げるんだ」と叫ぶ姿が。ボアシューズを履いたジュールさんは田舎の街道で、ドイツ軍の戦闘機に撃ち殺されてしまったのだろうか？

魂は飛び去っていきました
トントコ、トントン、トントコ、トン
魂は飛び去っていきました
月桂樹のあいだを

パンのかけらでとりあえずお腹がいっぱいになると、双子はうとうとし始め、女の子はまた泣き出した。ルイーズはむしゃくしゃした。とんだことになったわ。いきなり逃げ出したうえ、赤ん坊の世話まですするはめになるなんて……もっとよく考えて、行動すべきだったかもしれない。彼女は片手で荷車を押し、もう片方の手で首をすくめた女の赤ん坊を抱いてゆっくりと歩いた。

野原が夜の靄《もや》に包まれ始めたころ、ルイーズは茂みに着いた。それは彼女の予想とは違って森ではなく、二時間前に離れた街道の続きだった。難民の断続的な波が荷物を手に、機械的な足どりでのろのろと進んでいく。自転車も走っているが、車は一台もない……

ルイーズはどちらに行ったものか、判断がつかなかった。さっき半分焼け焦げたプジョーとジュールさんを残していった場所は右側？　それとも左側？　三人の赤ん坊は目覚めている。これからどうするのか、早急に考えねばならない。赤ん坊になにか実のあるものを食べさせ、おむつを替え、飲み物を与える算段をしなければ……〝まだ乳離れしてないので〟という保育士の言葉が、脳裏によみがえった。咀嚼《そしゃく》できない赤ん坊に、どうやって食べ物を与えればいいんだろう？　必要なものは、そろっているのだろうか？　さまざまな疑問に苛《さいな》まれながら、ルイーズは難民の波に呑まれてまた道を歩き始めた。きちんと考えがまとまるまでは、立ちどまるまい。彼女は荷車を震わす泣き声を静めようと、大声で歌い続けた。

ある者たちは妻と
トントコ、トントン、トントコ、トン
ある者たちは妻と
ほかの者たちはひとりで

沿道には驚くほどたくさんの乗用車やトラックが、まるで墓地の骸骨のように、溝に横たわっていた。エンジンはまだ煙をあげ、車体は傷だらけだ。大きくあいたドアから、ずたずたになったスーツケースの残骸が見える。ボール箱の中身も、大急ぎで持ち去られたあとだった。人波がまばらになってきたので、ルイーズは早足で歩いた。夜になったところでひと休みし、溝のむこうで野宿を始めた者もたくさんいた。防水シートや毛布、シーツを敷いて、寝ころがっている。雨が降り出さないことだけを、みんな祈っていたに違いない。そんなことになったら、まさしく泣きっ面《つら》に蜂だ。

ルイーズは焚火の前を通りすぎ、先へ進んだ。土手の脇で枯れ木を燃やし、家族がそのまわりで街道に背をむけ、がつがつと食事をしている。

ルイーズはその少し先で荷車を止めた。三人の赤ん坊の泣き声で、家族がふり返った。二人の少年は無関心で、父親は不愛想、母親は悲しげだとルイーズはすぐに見てとった。

ルイーズは双子を地面にすわらせ、乳児を抱いたまま、残っていたわずかな食べ物を地面に並べた。とてもまともな食事とは言えない、寄せ集めだ。彼女はまたパンを砕いて、双子に与えた。焚火の脇から、女が横目でこちらを見ている。野原では牛がいつまでも鳴き続けていた。ルイーズは小麦粉の袋をあけてブリキのカップに入れ、水を注いだ。小麦粉はかすかにバニラの香りがした。すぐに大きなだまができてしまった。双子はパンを食べながら、不思議そうにルイーズを見ている。乳児は待ちきれずに手を伸ばした。ルイーズはスプーンの背でだまを潰したが、粉は溶けそうもなかった。

「お湯でやらないと、うまくいかないわ」

女が目の前に立っていた。五十歳くらいだろうか、がっちりしていて、ベッドカバーのような花柄のワンピースを着ている。

「放っておけ、テレーズ」と、焚火の前にすわったまま男が言った。

女は夫の言うことを、日ごろから聞き流しているらしかった。彼女はルイーズの手からカップを取って、小さな鍋に中身を空《あ》けた。この家族のほうが、ルイーズよりもずっとものがそろっている。女が小麦粉のお粥を火で温めているあいだ、夫は彼女に小声でぶつぶつ話していた。よく聞き取れないが、高圧的でせかせかとした、喧嘩腰の口調だった。

ルイーズは小さな赤ん坊を下に置き、取っ手のついた木の笛のおもちゃを持たせた。赤ん坊はそれをふりあげて遊び始めた。ルイーズは果実のシロップ煮の瓶をあけようとしたが、蓋がきつくてびくともしない。彼女は男のほうへつかつかと歩み寄った。男は殴り合いでも始まるかのように身がまえ睨みつけた。ルイーズは二人の少年のうち、年上のほうの前で立ちどまった。

「わたしの力じゃ無理みたい。できるかしら……」

少年は瓶をつかみ、小声でえいっと言った。そして片手で瓶を、もう片方の手であいた蓋を、戦利品さながら誇らしげに差し出した。

「ありがとう」とルイーズは言った。「助かったわ……」

一夜の恋に誘われたとしても、少年はこんなに喜ばなかったろう。

母親はお粥をかき混ぜた。

「気をつけて。熱いから」と彼女は言った。

赤ん坊に食べさせるのは、思ったより難しかった。おっぱいか哺乳瓶が欲しくて、ずっと泣きっぱなしだ。ルイーズがなんとか口に入れたお粥も、たちまち吐き出してしまう。三十分にわたる悪戦苦闘でルイーズは疲れ果てたが、それは赤ん坊のほうも同じだった。双子はすぐ近くに腰かけ、毛布で遊んでいる。お粥をもっと薄めて液状にすればいいかもしれない、とルイーズは思いついた。そしてようやく、スプーンで赤ん坊の口に流しこむことができた。赤ん坊は力尽きて、突然眠りこんだ。彼女の虚しい努力に、うんざりしたみたいに。結局、ほとんどなにも食べていなかった。

そのとき初めてルイーズは、赤ん坊をじっくり眺めた。とても整った顔だった。眉毛はきれいな曲線を描き、小さいきゃしゃな耳と、薔薇色の唇をしている。あまりの可愛らしさに、ルイーズは胸を打たれた。ジャンヌの手紙に書かれていた〝ああ、赤ちゃんの小さな顔〟という言葉が、ちらりと頭に浮かんだ。母と自分の運命がたどった奇妙な筋道に、ルイーズは唖然とした。ジャンヌは生まれたばかりの赤ん坊を取りあげられ、わたしは身ごもることすらかなわなかった。なのに今、わたしは腕に三人の赤ん坊を抱えている。

双子は遊ぶのが好きで、よく笑った。ルイーズがスプーンや笛のおもちゃ、コップであやすと、双子はきゃっきゃっとはしゃいだ。二人の少年は焚火と父親に背をむけ、白い腕をしたきれいな若い女を見つめていた。疲れきった彼女の顔は、痛ましい笑みで輝いていた。

二時間後、すべてが落ち着いた。

おむつは取り替えた。目を覚ました女の赤ん坊には、冷たくなったお粥をスプーンに何杯か口に注ぎこんだ。

あとはもう、荷車のなかで体を丸めて眠るだけだ。小さな赤ん坊をお腹のうえにのせ、双子をそれぞれ両側に寝かせて。

頭上に広がる深い青色の空に星が輝いている。三人の赤ん坊の寝息は重く、穏やかだった。ルイーズはお腹にのせた赤ん坊の温かく柔らかな頭を撫でた。

42

フェルナンも出発の合図に、部下たちにむかって号笛を吹いた。しかしどんなふうに鳴らしたところで、オウスレル大尉のように勇ましい、自信たっぷりの音は出せなかったろう。そこにはどうしても、内心の不安がにじみ出てしまった。百名を超す囚人からなる七つの班が順番に出発するには、一時間以上かかった。囚人のなかには、疲れて歩けなくなる者が出てくるかもしれない。フェルナンはそう思い、出発の合図が出るまですわっていてもいいことにした。

彼は待っているあいだに戦略を練った。足の速い者たちがどんどん先を行き、遅い者たちが追いつけなくなるといけないので、自分が列の先頭に立つことにしよう。ボルニエ兵長は中ごろに置いておくのがいい。そこならば、いつもの攻撃性が発揮される機会がもっとも少ないだろう。

ラウールとガブリエルがいたのは、ちょうどボルニエが担当するあたりだった。列はアルファベット順だったが、二人はうまく並んで歩けるようにした。看守側もそれくらいは目をつぶってくれたけれど、弾をこめた銃や機動憲兵隊員の緊張した面持ち、安南人の興奮したようすを見ると、あまり多くは望めそうもなかった。

長々と待っているあいだは監視の目が少し緩んだので、囚人たちは小声で話すことができた。いったいどうやってここまで伝わるのか――それは刑務所という場所にかかわる永遠の謎だ――戦況の噂は囚人たちのあいだを駆け巡った。ウェイガン将軍は休戦を持ちかけるつもりらしい。この噂は、たちまち列の端から端まで知れ渡った。真偽のほどはどうでもいいと、みんなわかっていた。敗北という考えが、初めてはっきりと表明されたのだ。しかもその言葉がフランス軍総司令官のものだというのは、参謀本部による公式発表が信用されていない証拠だ。公式発表によれば、フランスはやすやすと侵略者の思いどおりにならないはずだったが。

「どうだろうな？」ラウールはだしぬけに訊いた。

ルイーズ・ベルモンと名乗る女から来た不可解な手紙を受け取って以来、彼はまるで別人のようだった。ずっとそのことばかり考えていたので、嫌気がさしたのだろう、今朝、突然頭に血をのぼらせ、手紙をびりびりに引き裂いてしまった。だからといって、なにも変わらない。中身は頭にこびりついていたから。

「きっとうまくいくさ」とガブリエルは言った。「その女を見つけ出して、すべてはっきりさせることができる」

　とはいえ二人は囚人の身だ。略奪と、おそらく脱走の罪にも問われている。それに今の状況からして、裁判にかけられるより移送の途中で殺される可能性のほうが高そうだ。楽観的にふるまうのは馬鹿げている、とガブリエルは思った。

「いや、おれが言ったのは……」

　ラウール・ランドラードはじっと靴を見つめている。そしてうつむいたまま続けた。

「歳の話だ。彼女、いくつだったろうって……三十か、三十五か……せいぜいそんなところだな。その歳ならまだガキをつくれるが……」

　いったい誰のことを言ってるんだ？　ガブリエルは首をひねったが、質問はしないことにした。

「おれが思うに……」ラウールはさらに続けた。「もしティリオンのばばあが本当のおふくろだったとしたら……年齢的にはありうるからな。そうだろ？」

「いったん捨てた子供を、どうして三カ月後にまた引き取ったんだ？」

「そこはおれにもわからない。しかたなかったんじゃないか。だからこそ、おれのことをあんなに憎んで……」

いつのまにか、言葉が口から飛び出していた。

「本当の母親が誰かは知りたいさ。でもそれが、あのクソ女かもしれないってわかるほうが嫌なんだ」

ラウールはガブリエルの腕を取り、強く握った。

「だって……ティリオンのじいさんが親父だとは思えない。だからばばあは、おれを引き取らざるを得なかったんだろう。おれが別の男とのあいだにできた子供だったから。それですべて説明がつく。じいさんは浮気されたのに怒って、女房におれを引き取らせたのさ。そして……」

たしかにあり得ない話ではないが、ガブリエルには信憑性が感じられなかった。冷静な判断の結果というより、怒りにまかせた妄想のように思われた。

「口を閉じてろ、おカマ野郎ども！」

ボルニエは列の脇を歩きまわって銃で脅しつけ、静かにしろとみんなに命じた。並んですわっている囚人に発砲するとは、誰も本気で思ってはいなかったが、頭や腰を銃尾で殴られるくらいはありえないわけじゃない。

曹長が鳴らす号笛の音が聞こえた。

出発のときが、ようやくやって来た。

ガブリエルはまだ少し足を引いているが、傷口はふさがっていた。ドルジュヴィルの容態は、もっと深刻だった。仲間に支えられてずるずると進むものの、サン＝レミまで三十キロ以上の道のりを歩けるとは思えない。若い共産主義者《コミュニスト》も仲間に付き添われ、列の最後についた。ガブリエルの位置からは見えないが、具合はよくなっていないだろう。

列はたちまち百五十メートル、さらには二百メートルの長さに伸びてしまった。フェルナンは定期的に道端でうしろの囚人を待ち、もっと速く歩くよう声をかけた。それからすぐに前をふり返り、歩を緩めるよう命じる。こんなふうに牧羊犬役を演じ続け、出発から二時間でくたくたになった。

午後の太陽が激しく照りつけ、街道の雰囲気は険悪になり始めた。サン＝レミにむかう難民たちは、囚人の列をやりすごそうと立ちどまるものの、どこまでも続いているのを見て、しかたなく並んでまた歩き出した。そのせいで、監視はいっそうやりづらくなった。機動憲兵隊員は難民たちにむかって、道から離れるようにと怒鳴ったが、逆にまわりからさらに口汚く罵られる結果になった。〝裏切り者〟〝スパイ〟〝第五列〟という声があちこちからあがった。罪状がよくわからないだけに、何百人という男たちがみな敵に見えてくるのだ。武装した兵士が見張っているのだから、難民たちが列に襲いかかってくることはないだろうとフェルナンは思ったが、周囲の攻撃的な雰囲気は、ただでさえ異常なこの状況に重くのしかかった。千人以上の囚人に対し、見張りはほんのひとにぎり。難民があふれる道を、それで歩いていくなんて、とんでもない命令を出したものだ。

午後のなかば（かれこれ四時間以上歩いていた）、フェルナンは囚人たちに小川で水を飲ませることにした。銃が届く範囲だから、大丈夫だろう。こいつらを歩かせるなら、水くらい飲ませないわけにはいかない。けれどもそんな、ちょっとした規則違反のせいで、歩みは絶えず乱された。曹長はもうお手あげだった。

うしろをふり返っても、列の最後尾は見えなかった。二、三人、あるいは三、四人のグループのあいだを、暑さでぐったりした機動憲兵隊員や兵士たちが勝手に歩いているようだ……脱走が起きてもおかしくないぞ、とフェルナンは思った。すでに何人か、見えなくなった顔もあるような気がする。いったん全員を集めて点呼をし、ますます遅れを広げるしか、対処の方法はなさそうだ。

午後四時ごろになっても、目的地までまだ六キロ以上あった。ときおり遠くから銃声が聞こえた。一発、また一発。まるで狩猟解禁後の日曜日に、アリスといっしょに田舎を散歩しているかのようだ。

オウスレル大尉もフェルナンと同じように、囚人たちの疲れたようすに不安を募らせていた。午後六時ごろ、彼は道端に立って、すべての班が順調に進んでいるかをたしかめた。

歩くテンポは落ち続けている。彼の顔に、不満げな表情が浮かんだ。ことが思いどおりに運ばないのを、苦々しく思っている男の顔だ。オウスレル大尉は囚人たちを恨めしそうに眺めた。兵士や機動憲兵隊員にも腹が立った。彼らだって囚人同様、体力の限界で、みんな哀れなうめき声をあげていた。いっぽう最初のグループは、すでに目的地まであと数キロに迫っていた。

軍用トラックが何台か通って道をふさいだせいで、フェルナンの班は二つに分かれてしまった。どこに行くトラックだろう？ それは誰にもわからなかったが、ともかくしばらく待つあいだ、腰をおろしてひと休みできた。

そのとき急に、ガブリエルが倒れた。脚ががくがくして、立っていられない。ラウールにも、支えるのはひと苦労だった。彼は数百メートル先で、捨てられた荷車に駆けより、一メートルほどの枠木をはがした。その端に丸めたシャツをくりつけ、松葉杖代わりにすればいい。おかげでガブリエルは前よりゆっくりだが、あまり痛まず歩けるようになった。

前を行くグループにも、疲れきって足を引きずり、看守から絶えず怒鳴られている者がたくさんいた。ラウールとガブリエルは彼らを追い抜き始めた。最後まで歩けそうもない囚人が、少しずつうしろに固まっていく。ドルジュヴィルは仲間たちが順番に運んだ。それでもしょっちゅう休まないと、体が持ちそうになかった。どんどんと引き離されるばかりだ。ドルジュヴィルを世話する男たちの姿は、百メートル以上うしろにかろうじて見えるだけだった。

フェルナンは道端に立つオウスレル大尉の前を通りすぎ、しばらく進んだところではっと気づいた。大尉があそこにいたのは、列の先頭を見張るためだけでなく、最後尾のようすもうかがうためだったのか。

フェルナンはあわててうしろをふり返り、走り出した。

ラウールはガブリエルの腕を自分の肩に乗せた。

「先に行け」とガブリエルは息を切らして言った。

「おれがいなくて、どうするんだ、馬鹿野郎」

二人は、警備が一瞬緩んだ隙にひと息ついた。しばらく前にはぐれた若い共産主義者《コミュニスト》が見つかった。前にもましてげっそりとし、まさに生ける屍《しかばね》だ。彼を引っぱっている二人の仲間も、疲れ果てているのに変わりはなかった。

そのとき、オウスレル大尉がいつものように敢然として、こちらにやって来るのが見えた。ぴんと背を伸ばした安南人の小隊とボルニエ兵長が、脇に付き添っている。

「きみはここに留まり、警備にあたれ」と大尉はボルニエに言った。

兵長は腰をそらせ、いかにもこの任務が誇らしいというように銃を取り、ガブリエル、ラウール、それに共産主義者《コミュニスト》たちを凶暴そうな顔で睨みつけた。

そのあいだに、大尉と安南人は列の最後部にむかった。落伍者が何人か、ぱらぱらと集まっている。両手をうしろで組み、街道の真ん中に立つオウスレル大尉の背の高いうしろ姿は遠くからも見えた。安南人の一隊は、遅れた囚人たちを全員、溝の前に集めた。

命令を下す声がした。

銃声が一発、鳴り響く。

次いでもう一発。

さらに三発目も。

ラウールはふり返った。反対側の二、三百メートル先から、曹長が駆けてくる。手をふりあげ、なにかわけのわからないことをわめきながら。ボルニエ兵長の顔は真っ青だった。

「立て！」

大尉はいつのまにかこっちに戻ってきて、ガブリエルと若い共産主義者《コミュニスト》にそう叫んだ。

二人がなかなか立ちあがれずにいると、大尉はまた叫んだ。

「みんなさがってろ」

彼は激高し、まだ元気な囚人たちにむかって腕を伸ばした。

「おまえらは離れるんだ」

そうか、とラウールは思った。さっさとすべて片づけて、面倒ごとを終わりにしようっていうんだな。

道端に目をやると、撃ち殺された三人の死体が溝に捨てられていた。

次は立てなくなった二人が、頭に銃弾をぶちこまれる番だ。

フェルナンは「待て、待て」と叫びながら走り続けた。息が苦しくてたまらなかった。

大尉はボルニエ兵長にむかって言った。

「おい、おまえ。この二人を処刑しろ。命令だ」

ラウールはゆっくりと腕を伸ばし、ガブリエルの松葉杖をつかんで手前に引き寄せた。

そしてしっかり持ちなおし、もう片方の手を地面についた。これでいつでも立ちあがれる。

安南人たちがやって来て、唇を震わせているボルニエを見つめた。

フェルナンの声が、こっちまで聞こえ始めた。

「待て！」

けれども、まだだいぶ距離があった。フェルナンは顔をしかめて胸の痛みをこらえ、脇腹を押さえながらゆっくりと進んだ。

「構え」と大尉が言って、拳銃を抜いた。

ボルニエは銃を構えたが、震えて視線が定まらなかった……ようやくガブリエルの頭に狙いをつけた。ガブリエルも震えながら、なにか言おうとした。脚が汗でびっしょりだ。

突きつけられたボルニエの銃身は、悪夢から抜け出てきたかのようだった。

ラウールはそのあいだに松葉杖を握りしめ、大尉や兵長、安南人たちとの距離を測った。

フェルナンが息を切らしてやって来た。

「待て」と彼はまた叫んだ。

「撃て！」と大尉が言った。

けれどもボルニエ兵長は、銃を持つ手を緩めていた。銃口はもう、下をむいている。彼は目に涙を浮かべて、首を横にふった。まるで自分が殺されようとしているかのように。

大尉は腕を伸ばし、若い共産主義者《コミュニスト》を狙って引き金を引いた。若者の頭は激しくうしろにのけぞった。大尉は腕を伸ばしたまま、こんどはガブリエルのほうをむいた。

あたりが凍りついた。みんなうえを見あげている。大尉は拳銃を構えたまま、一瞬動きを止めた。

一キロも離れていないだろう。街道をまっすぐ進んだ先で、ドイツ軍飛行小隊が地面にむけて急降下した。

安南人たちは走って溝に飛びこんだ。ボルニエは地面に伏せた。

ラウールはさっと立ちあがり、オウスレル大尉の脚に松葉杖を力いっぱい叩きつけた。大尉はひっくり返った。ラウールはうつ伏せになったフェルナンの前を通りすぎ、ガブリエルの体をつかんでひっぱり起こし、肩に抱きかかえて走り出した……

大尉は殴り倒され、ボルニエは石みたいに固まりつき、安南人は腕で頭を抱えている。飛行小隊が頭上を通りすぎた瞬間、フェルナンは拳銃を抜いて、ラウールの背中に狙いを定めた。ラウールはまだ、十メートルも先へ行っていない。

フェルナンは二度、引き金を引いた。

43

牝牛《めうし》は頭をゆすって、力強い鳴き声をあげた。

「そっとよ」

ルイーズは小声でそう言い、牛の声に合わせて手を動かした。少年はわかったというようにうなずいた。ルイーズはもうひとりの少年をふり返り、もっと右に寄るよう合図した。うしろをふりむくと、父親が溝の前で腕を組み、この光景を眺めていた。もう降参だと思っているのが、顔にあらわれている。年上の少年が綱を握っていた。けれども牝牛が逃げる気になったら、そんなもの役に立たないとルイーズはわかっていた。

ルイーズはもう一度手をふった。そして三人は、ゆっくりと近寄った。

「そらそら、いい子だから」ルイーズはやさしく話しかけた。

牝牛はうなずいたものの、動こうとしなかった。

街道の反対側の野原で、牝牛はひと晩じゅう鳴いていた。それを聞いて、ルイーズは思いついた。

「仔牛がもういないので」と彼女は少年たちに説明した。「お乳が張って痛むんだわ。だからミルクを……」

　女の赤ん坊は朝早くに目を覚ますなり、ずっと泣きどおしだった。少年たちは闘牛士さながらに胸を張って、どんな動物でも手なづけてやろうと意気ごんだ。なに、そんな必要はなかった。牝牛はじっとしていたので、ゆっくり近づくことができた。

「さあ、いい子ね」とルイーズは言った。「さあ……」

　彼女がウィンクをすると、少年たちもそばに来た。そして牛の大きさに圧倒されたように、指先で脇腹をやさしく叩いた。

　父親は道端で、まだ腕組みをしていた。ルイーズは一瞬、ジュールさんのことを思った。彼もあんなかっこうを、よく客たちの前でしていたっけ。

　ルイーズは鍋を地面に置き、どっしりとした乳房の前にひざまずいて、膨らんだ熱い乳首を握った。牝牛は苛立たしげにうしろ脚を曲げ、みんなをびっくりさせた。ルイーズは乳首をもみ始めたが、なにも出てこない。もっと力をこめてみたけれど、やはり成果なしだ。乳しぼりのやり方なんて知らなかった。ミルクはそこにあるのに、どうやって取り出したらいいのかわからない。

「うまくいかないの？」と年上の少年がたずねた。

彼も試してみた。牛は尻尾をふって、みんなの顔をはたいたが、前にもうしろにも動かなかった。乳をしぼってもらうのを、待っているのだろう。ルイーズはもう一度、押したり引いたりしてみたが、乳は出てこなかった。三人は無力感と失望で、顔を見合わせた。ルイーズは負けを認めたくなかった。なにか方法があるはずだ。

「ちょっとどいた……」

そう言ったのは父親だった。みんな下手くそで見てられんとばかりに手をふりながら、悠然と歩いてくる。おれは農家の小せがれだった。それを思い出すから嫌なんだ、こんなつまらん作業をするのは。ともかくさっさと片づけちまおう。

彼は乳房の前にひざまずいて、土くれのあいだに鍋を置き、両手で乳首をつかんで、いっきに乳を搾《しぼ》り出した。あまりに勢いよく噴き出したので、まわりの草に飛び散ったほどだった。滑らかな乳が金属の鍋にはね返る音が聞こえた。牝牛は頭をゆっくりとゆすっていた。

「おい」と父親は息子に言った。「もっと大きな入れ物を持ってこい。大急ぎで」

父親はルイーズに目をむけようとしなかった。彼女は小声で言った。

「ありがとうございます……」

父親は答えなかった。鍋のなかに乳がほとばしり、泡を立てている。息子はバケツを持ってきた。あまり清潔じゃなさそうね、とルイーズは思ったけれど、なにも言わないでおいた。今日一日、三人の赤ん坊に飲ませるくらいは充分ある。すぐに傷まなければ、明日もあげられるだろう……


果実の砂糖煮の空き瓶に、ミルクを詰めた。小さな赤ん坊はたっぷり飲むとげっぷして、眠り始めた。双子も口のまわりに白ひげをつけていた。ルイーズはそれを、お世辞にもきれいとは言えない布巾《ふきん》でぬぐった。

「じゃあ、気をつけて」と母親が言った。

「ありがとうございました」とルイーズは答えた。「みなさんも、お元気で」

少年たちは喉を詰まらせ、ルイーズが蜃気楼《しんきろう》のように遠ざかるのを見つめていた。

このままサン＝レミ＝シュール＝ロワールまで行かねばと、みんな言っていた。その町について、さまざまな噂が流れていた。避難場所や食べ物があって、治安もいいと言う者もいれば、ドイツ兵が夫の目の前で次々と女を犯しては首をはねていると言う者もいた。あいつら、共産主義者《コミュニスト》より質《たち》が悪いんだ。けれどもパリを発って以来、どこへ行っても同じような噂を聞かされた。なかにはもう、四、五日も逃げ続けている者もいる。だからすっかり麻痺してしまい、誰も震えあがったりしなかった。

ルイーズは何度も立ちどまっては、あたりで双子を走りまわらせた。やがて双子が疲れて眠ると、また歩き始めるのだった。

手もとの食べ物は、だいぶ少なくなった。水も足りないし、ミルクは午前中のうちに悪くなりかけた。そろそろおむつも取り替えねばならない。疲れて脚はずっしりと重かった。こんな悪夢を終わらせるためなら、少しくらい寿命が縮んでもいいかと思うほどだった。引き受けてくれる人がいるならば、赤ん坊をみんな預けてしまいたかった。

ルイーズは、ようやくサン＝レミ＝シュール＝ロワールと書かれた標識の前まで来た。ちょうどそのころ、女の赤ん坊が腹を下し始めた。


町は押し寄せた難民の波に、文字どおり呑まれていた。市役所は占領され、結婚式用の大広間にもたくさんの家族が身を寄せている。消防署の中庭や三つある公立学校、市役所の別館、ジョゼフ＝メルラン広場も同様だ。サン＝ティッポリット教会広場は、ジプシーのキャンプさながらだった。中学校の前では赤十字が大きなテントを張り、朝から夜遅くまでスープをふるまっていたが、それもすでに底をつき、いっこうに届かない補給を待っていた。そこは皆が集まり、噂が行き交う町の中心地だった。ルイーズも、まずは赤十字のテントに急いだ。

まるで昔の野蛮な時代に戻ったかのような、町のありさまだった。いったん荷車をどこかに置いたら、二度と見つからないだろう。いったん子供を下に降ろしたら、たちまち迷子になってしまう。「赤ちゃんが病気なんです」とルイーズは言いながら、赤十字のテントにむかって人ごみを掻き分けた。「だから？ ここに来る人は、みんな病気の子供を抱えてるのよ。あなただけが特別じゃないわ」と女が言い返す。荷車が邪魔だったらしく、今度は別の女が「車輪で足を踏まないようにしてちょうだい」と怒鳴った。ルイーズは平謝りに謝った。みんながテーブルに殺到するものだから、ボランティアたちはてんてこまいしていた。食料はいつ届くのかとたずねても、誰にもわからない。どこへ行っても大混乱で、すごすごと帰ってはまた出なおさねばならなかった。あらゆるものが不足していた。薬、清潔なタオル、スープを作るための野菜。

ルイーズはなにも手に入れられなかった。赤ん坊は泣き、双子はわめく。どうすればいいんだ。おまけに下痢も、ずっと続いていた。小さな赤ん坊には、牛の乳が濃すぎたのだろう……

そもそも、捨て子をどこに預ければいいのか？

市役所でたずねても、埒《らち》が明かなかった。赤十字には行ってきたばかりだ。今は無理です、と職員は答えた。二、三日後ならどうにかなるかもしれませんが、今は設備もないし、ボランティアも不足しているので。赤ん坊は猛烈な悪臭を放ち、ルイーズの腕には肘まで汚物がついていた。

　水飲み場へむかうと、そこも長蛇の列だった。けれども赤ん坊の悲惨なようすを見て、みんな道を空《あ》けてくれた。ルイーズは歯を食いしばった。本当なら、三人分の人手が必要なくらいだ。わたしの子供じゃありません、拾った子供なんです、と彼女は言った。どこに預ければいいのか、わかりませんか？

　腹を下している赤ん坊は、急いで手当てをしなければ。ルイーズの絶望は怒りに変わった。

　ぐずぐず考えていてもしかたない。なるようになれだわ。彼女はカフェの店先までいきなり荷車を押していくと、双子をその場に残し、女の赤ん坊を抱いてなかに入った。つかつかとカウンターに歩み寄り、どうにか掻き集めてきた米と人参三本、ジャガイモを置いた。

「この子は病気です。スープを作ってあげないといけないんです」とルイーズは店主に言った。

　店には何人も客がいたが、いったいどんな人たちなのかわからなかった。飲んだり食べたりしながら、絶えず町を駆け巡るわずかなニュースについてあれこれ論じている。

「ノルウェーが降伏したが……」

「状況は絶望的だとウェイガンが言ったそうだ……」

「ノルウェーにとって？」

「いや、われわれにとってだ」

「お客さん、うちじゃスープをやってないんだ。そもそも材料がないんでね。赤十字に行ってみたら……」

それは髪の薄く黄色い歯をした、赤ら顔の男だった。ルイーズは腕をあげ、泣きわめく赤ん坊をカウンターに乗せた。

「なにか食べさせないと、この子は数時間で死んでしまいます」

「だからって……おれに言われてもな」

「あなたに言ってるんです。だってあなたは、この子の命を救うことができるんですから。ガスと水を使わせてください。それだけでいいんです」

「いや、まあ、しかし……」

店主はこのあつかましい願いに、二の句が継げなかった。

「だったらこの子が死ぬまで、カウンターに置いておきます。死ぬところをみんなが見られるように……さあ」

店内は静まり返っていた。

「さあ、こっちに来て。死にかけているんですよ……」

蛇がとぐろを解くように、気まずい雰囲気が沈黙のなかに広がり始めた。苦しそうに身をよじり、下痢の悪臭をさせている赤ん坊のまわりを、うしろめたさが包んだ。

「しかたないな……今回だけだよ」

女がやって来た。歳はよくわからない。三十歳と言っても、五十歳と言ってもあてはまりそうな気がする。

「赤ちゃんを見ててあげるわ。男の子？」

「女の子です」とルイーズは答えた。

「名前は？」

一瞬、間があった。

「マドレーヌ」

女は微笑んだ。

「きれいな名前ね、マドレーヌって……」

ルイーズは双子のために野菜スープを作り、その汁で米を煮て、小さい赤ん坊に飲ませることにした。支度をしながら、彼女は考えていた。あの名前は、いったいどこから飛び出したんだろう？　けれど、なにも思いあたらなかった。

44

格子状になった木箱が八つ。そのなかで雌鶏が十二羽、若鶏も同じだけ、七面鳥が三羽、あひるが五羽、鵞鳥が二羽、コケッコ、クック、ガアガア、グワグワと鳴いている。みんな首をちょん切られるのが待ち遠しいかのように、格子の隙間から頭を出していた。大変なのは仔牛だった。首にかけた縄をトラックの荷台枠に縛りつけ、ガタゴト運ばれていく。神様のトラックはスピードがのろかった。カーブにさしかかるたび、仔牛は落っこちそうになった。

「ところで神父様、この仔牛はどうなさるおつもりなんですか？」とシスター・セシルはたずねた。

「そりゃ、もちろん食べるのさ」

「でも金曜日は、肉抜きの食事をする日ですよ」

「シスター」とデジレ神父は懇願するような口調で答えた。「われわれは五日のうち四日は肉抜きをしているんだ。神様だって、それはよくご存じのはずだから……」

ベルギー人のフィリップはしょっちゅうふり返っては、仔牛がちゃんとつながっているかを確かめた。シスターはまだ粘っている。

「神父様ご自身で、屠《ほふ》るのですか？」

デジレ神父はすばやく十字を切った。イエス様、マリア様、ヨゼフ様。

「とんでもない。神様だって、そんな試練は勘弁してくださるさ」

二人は見事な仔牛をふり返った。左右に大きく離れた耳、やさしげな目、湿った鼻先……

「たしかに、そこのところは難しい問題だな、シスター」

「肉屋がいるといいんですが……」ベルギー人のフィリップが、いきなり甲高《かんだか》い声でそう言ったものだから、二人は飛びあがった。

「信徒のなかにいますか、神父様？」とセシルはたずねた。「きっと神様は、そんな必要が出てくることもお見通しだったはずでは？」

主の思《おぼ》し召しどおり、とでも言うように、デジレは両腕を広げただけだった。

仔牛を積んで戻ってきた神様のトラックは、ベロー礼拝堂で熱狂的な大歓迎を受けた。まずは家禽類を降ろし、仔牛は墓地の隣の牧場につないだ。家禽の羽をむしるため、さっそくお湯が沸かされた。

「すばらしいおかたですよね」とアリスはシスター・セシルに言った。

二人が見つめる先では、デジレ神父が鶩鳥を囲いに入れながら、まわりに集まった子供たちを笑わせている。

「ええ、本当にすばらしいかただわ」とセシルは答えた。

二人の女は側廊の隅へ行った。アリスはそこに仕切り代わりのシーツを張って、重病人と思われる人たちを収容した。疲労、栄養失調、劣悪な衛生状態、ふさがらない傷……。

修道女は静脈瘤性潰瘍《かいよう》を焼灼《しょうしゃく》するためにガーゼを取り替えながら（「お肉が来てよかったわ。プロテインを摂ると治りがよくなるから」）、アリスの結婚指輪に気づいた。

「結婚されてるんですか？」

「二十年になるわ」

「旦那様は軍のかた？」

「勤続二十二年。機動憲兵隊員よ」

アリスはにわかに感情が昂《たかぶ》って、目を伏せた。一瞬、気まずい間があった。

「しばらく音沙汰なしなんです。夫はなぜかパリに留まることになり、あとから来るはずだったんですけど……」

アリスはポケットを探ってハンカチを取り出し、申しわけなさそうに目を拭った。

「今、どうしているのかわかりません」

彼女は微笑もうとした。

「わたしは夫のフェルナンが早く来るよう、毎日デジレ神父と祈っています」

シスター・セシルは彼女をぽんと叩いた。

修道女は病人の世話を終えると、いっしょにデジレ神父のところへ行って欲しいとアリスに頼んだ。

「神父様、入院が必要な患者が三名います」

セシルはそう言うと、アリスをふり返った。

「静脈瘤性潰瘍は壊疽《えそ》になるかもしれません。あなたがさっき見せた少年には、糖尿病の症状があります。確かめるための設備がないので、断言はできませんが。それからあの男性、数日前から血便が出ているということなので、腸の重大な炎症が疑われます……」

アリスは罪悪感に囚われて、震え出した。デジレ神父は彼女を抱きよせた。

「あなたの責任ではありません、わが子よ。薬もなにもほとんどない状況で、できるかぎりのことをしたのですから。ここにいる者たちが皆、まだ生きていられるのは、奇跡そのものです。誰も亡くなった者はいません。その奇跡を起こしたのは、あなたなのです」

シスター・セシルは現実的な話に入った。

「モンタルジの病院には、もう空きがありません。ほかの病院にもです」

「ああ」とデジレは言った。「それでは、神のご加護を求めるしかないでしょう。だが、神の助けが届くまでは、われわれは自分たちで最善を尽くさねばならない。どう思いますか？」

デジレはベルギー人のフィリップに、トラックの準備をするよう言った。出かけるときはいつも、そんなふうにした。まるで馬車に馬をつながねばならないかのように。修道女はその間にアリスの腕を取り、そっと陰に引っぱっていった。

「あなたはがんばったと思うわ、アリス。簡単にできることじゃないもの……」

なにかほのめかすような口調だ、とアリスは思った。だからすぐには答えなかった。

「でもわたしたちは、持てる力以上のものは与えられないのだから……」

つまり重病人をあのまま放っておけ、見捨てろってことだろうか？　アリスは曖昧にうなずいた。話はこれで終わりらしい。けれども一歩歩きかけたところで、セシルが腕を取って引き留めた。看護師は片手をアリスの手首にあて、もう片方の手を顔にあてて、親指で目の下を押した。

「急を要する患者は三名ではなく……四名らしいわね。アリス、あなたもお体がすぐれないのでは?」

セシルはそう言いながらアリスの脈を取り、喉を触診した。臨床検査の話題になると、アリスは話をそらそうとした。

「動かないで」とシスター・セシルは、きっぱりとした口調で言った。

そして、いきなり手をアリスの胸にあてた。ちょうど心臓のあたりに。

「まだ答えてないですよ。体がすぐれないのでは?」

「少し心配なことはあるけれど……」

「心臓ですね?」

アリスは黙ってうなずいた。修道女は微笑んだ。

「少し休んだほうがいいと思いますよ。病院には空きがないし、デジレ神父にも対処のしようがないでしょうが……」

「ああ」とアリスは遮った。「きっとなんとかしてくださいます。心配いらないわ。きっとなんとか」

自信に満ちたアリスの声に、修道女は気持ちが揺らいだ。

「シスター・セシル」神父がトラックのステップに立ち、満面の笑みを浮かべて呼びかけた。トラックは礼拝堂を出ようとしている。「さあ、神の摂理をいただきにまいりましょう。神様がわれわれに救いの手をさしのべてくださるよう、道々祈らねばなりません。あいつら二人のことまでは手がまわらんとは、神様もおっしゃらないでしょうよ……」

約一時間後、神様のトラックはモンシエンヌの兵舎に入った。そこは第二十九歩兵師団の部隊が、数多く宿営していた。シプリアン・ポワレの農場近くを通るのが見えた部隊だ。突然あらわれた神様のトラックに、誰もがはっと目をむけた。退却命令を受けて、兵士たちはもとより意気消沈していた。休戦の噂も、鼠《ねずみ》が走りまわるみたいに広まった。そこにこの大きな十字架と、苦しみに耐えるイエス・キリストが、白い煙をたなびかせてやって来るのを見て、みんな胸を揺さぶられた。おまけにその足もとでは、黒い法衣《スータン》を着た司祭が両手をあげ、神のご加護を求めて天に祈っている。

あたりが静まり、男たちはあわてて十字を切った。ボーゼルフーユ大佐が庭に駆けつける。

若い修道女がトラックの運転席から降りてくるのを見て、みんな喉が締めつけられた。愛徳修道女会の大きな白頭巾に感じ入る者もいれば、白衣の天使姿に目を奪われる者もいた。

続いてデジレ神父もやって来た。二人とも威厳に満ちていた。

「神父様……」と大佐は言った。四角い箱のような顔と、薄い色の目をした男だった。頬ひげはもじゃもじゃとした白いあごひげに続き、そのうえにほとんどオレンジがかった赤い口ひげが生えている。

「わが子よ……」

大佐は神父にむかって恭《うやうや》しく頭を下げた。デジレはそのようすから、信仰心に篤い男だと見抜いた。

「神様があなたがたのもとへ、わたしを遣わされました……」

大佐の部屋で話し合いが始まった。

中庭では兵士たちが煙草に火をつけ、トラックの脇で待っている修道女にちらちら目をやっていた。運転席のフィリップは、車を盗まれないか心配しているかのように、しっかりハンドルを握っている。ひとりの兵士が、思いきってシスター・セシルに近づいた。修道女のまわりに、たちまち興味津々の人だかりができた。コーヒーでもいかがですか？

彼女はにっこりしただけだった。それじゃあ、お水でも？　けっこうです、とセシルは答えた。

「でも、コーヒーや砂糖、ラスクをいくらか譲っていただけるなら、ありがたくちょうだいするのですが……」

そのころデジレ神父とボーゼルフーユ大佐は、窓から外を眺めていた。視線の先にあるものをめぐって、話し合いが持たれているところだった。赤十字のマークが大きく書かれた、どっしりとした車。野戦病院の救急診察車だ。

「無理ですよ、神父様。あなただっておわかりでしょう……」

「ひとつ、たずねてもいいですか、わが子よ」

大佐は黙って続きを待った。

「数時間前にラジオで聞いたのですが、パリはドイツ軍に占領されたそうです。エッフェル塔にはドイツ帝国の旗がたなびいているとか。あとどれくらいで、政府は敵に屈すると思われますか？」

ずいぶんと手厳しいもの言いじゃないか。休戦を持ちかけるというのは和平の提案だが、敵に屈するというのは敗北を認めることだ。

「なんの話なのか……」

「ご説明しましょう。ここには何名の怪我人がいますか？」

「ええと……目下のところ……」

「ゼロです。ひとりもいません。しかるにわたしの礼拝堂には、明日にも死にそうな者が十人、あさって死にそうな者がさらに十人おります。あなたが上になんと言うかはどうでもいい、大事なのは、あなたが主の前に召されたときになんと言うかです。良心よりも上官に従うことを選んだと、ためらわずに言うことができますか？　思い出してください。聖書にもこうあります。〝イスラエルの子供たちは神に言った。われらに道をお示しください。されればその道を行きましょう。われらに指針をお与えください。されればそれをわれらのものとし……〟」

陸軍士官学校《サン＝シール》を優秀な成績で出る前、大佐は神学校に通っていた。しかしいくら頭をひねっても、こんな一節は記憶になかった。

けれどもデジレ神父はもう、先を続けていた。

「いざとなれば、車は二時間とかからずここに戻ってこられます。それまでは、なくて困る人はおりません。けれどもわれわれには、あの車が必要なのです、わが子よ……〝ひとの心が信仰を捧げるところに、神の手は置かれる〟」

どうやら大佐の記憶は、本人が思っている以上に遥か彼方へ消えかけているらしい。なぜなら彼はこの一節にも、まったく聞き覚えがなかったから。

デジレにとっては、まんざらでもない思いつきだった。ああ、だからこの稼業はやめられない。みずから聖書を書き換えるようなものじゃないか、即興で新たな一節を創り出すんだから。

救急診察車はUターンし、神様のトラックのあとについた。大佐は走り去る車を見送り、十字を切った。車には医薬品、包帯、医療機器が積まれ、軍医がひとり乗りこんでいた。彼は遅くとも四十八時間以内に、それらを返却することになっていた。

運転席でシスター・セシルはデジレをふり返った。

「神父様のお話は、とても説得力がありますが……どちらの修道会のご出身でしたかしら？」

「聖イグナティウス修道会です」

「聖イグナティウス……妙だわね……」

デジレ神父が不思議そうに見つめているのに気づき、彼女はあわてて言い添えた。

「つまりその、あまり聞いたことのない修道会なので」

デジレは若い修道女の声に、身がまえるような微妙なニュアンスを感じた。彼はそれににこやかな笑みで答えた。誰をも魅了する、とっておきの笑みだった。

誤解なきようつけ加えておくと、デジレはいわゆる女たらしではない。もちろん、チャンスはいくらでもあった。女性にもてる職業を、これまでずいぶん演じてきたから。弁護士、外科医、パイロット、教師。何をしても人気者だった。しかし彼には、決して破ったことのない規則があった。仕事のあいだは女を断つ、という規則だ。仕事の前ならかまわないし、あとも好きにすればいい。しかし、ひとたび仕事にかかったら、女性に気を取られてはならない。その点、デジレはプロだった。

だから彼がシスター・セシルににっこり微笑んだのも、もっぱら時間稼ぎのためだった。質問に答えるまでの、その場しのぎの時間ではない。もうしばらく安全でいられるための時間だ。ひとは誰でも、心惹かれる相手のことは深く追及すまいと思うものだから。魅力は不信をひととき棚あげする。かりそめの人情にほだされて、疑念を確かめるのをあとまわしにしてしまうのだ。

シスター・セシルの口調に、冗談めかした感じはなかった。デジレのなかに警報が発せられた。彼は決してそれを見逃さなかった。誰かがおれの正体を疑っている。

こんな前兆があったあとは、早晩撤退を余儀なくさせられた。例外は一度もない。だからもう慣れっこだ。でも、ひとつ気になることがあった。どうしてこんなに早く、感づかれそうになったのだろう？　セシルと知り合ってから、まだ一日とたっていないのに……

45

ラウールは友を背負って森のなかを百メートルほど走り、ぜいぜい喘《あえ》ぎながら地面におろした。

「くそったれめ。あの馬鹿ども、みんな殺《や》られちまったのか？」

彼は息を詰まらせ、自分でも信じられないと言うように周囲を見まわして、またガブリエルを抱き起こした。

「ぐずぐずしてられない、さあ、行くぞ」

ガブリエルはショックから抜け切れていなかった。大尉の拳銃が、まだ目の前に突きつけられているような気がする。共産主義者《コミュニスト》の青年が頭に銃弾を撃ちこまれるさまが、繰り返し脳裏によみがえった。銃声が耳に鳴り響き、吐き気がした。脚に力が入らず、立っていられない。倒れたらもう動けないだろう。見つかって、殺されるのを待つしかないんだ。

実のところドイツ軍の飛行小隊は、街道にむかって機銃掃射をしなかった。偵察機だったのかもしれない。だとしたら、どうして地面にむかって急降下したのだろう？　逃げまどう人々を怖がらせるため？　そうかもしれない。この戦争では、もう何があるかわからなかった。

森のなかを三百メートルも進んだだろうか、茂みのむこうに街道が見えた。前に通った街道だ、とガブリエルは気づいた。

もと来た道へ引き返してしまったのだ。

もう少し先では、溝に捨てられたドルジュヴィルの死体が、やがて腐り出すだろう。若い共産主義者《コミュニスト》の死体も、硬直し始めるころだ。ほかにも殺された連中がいる。

「ほら、あっちだ、軍曹殿。あのなかに隠れよう」

それは路肩に停まった引っ越しのトラックだった。防水シートに書かれたイタリアの名前に見覚えがある。その前を通りすぎた直後、大尉が拳銃を持ってあらわれたのだ。続いて安南人や、息を切らして「やめろ」と叫ぶ曹長も。

「まさかこっちに戻ってきちまったなんて、やつらだって思いもしないだろう」ラウールはガブリエルを車のステップに引っぱりあげながら言った。「だから前方を捜しているはずだ。逃げた方向まっすぐに、ロワール川にむかって。うしろには目もむけないさ」

ガブリエルはひどい吐き気に襲われ、体を丸めた。ラウールはシートの穴から街道をうかがった。

「休んでろ」と彼はふり返らずに言った。「そうすりゃよくなる」

ガブリエルは疲れ果て、たちまち眠りに落ちた。


朝、目を覚ましたのは憶えている。けれども、まだショックが続いているかのように、ガブリエルはまた眠りこんだ。

今、彼はひとりだった。

ガブリエルは体を横に転がし、なんとかシートまで這っていった。車が停まっているのは、くねくねとした街道の脇だった。街道は朝日のなかで、緩やかなカーブを描いている。歩いて避難する人々の波は、少し途絶え始めていた。難民の多寡《たか》はそのときどきで変わる偶然の規則に左右されていた。さっきまで何百人もいたかと思えば、そのあと数時間にわたってほとんど見かけなくなることもある。今、ガブリエルの目の前を通りすぎるのは、自転車にバッグをくくりつけた人々だった。ガソリンが足りないのだろう、自動車はもうほとんど走っていない。

ガブリエルはさっと床に伏せた。軍用車が何台も連なって、通りすぎていく。フランス軍だ。彼らはまだガソリンがあるらしい。難民と同じように、ロワール川に沿って進んでいるのだろう。でも、どこへむかっているんだ？　そこでガブリエルは思い出した。「ここを動くなよ。おれはひとまわりしてくる」とラウールは言っていた。やれやれ……おれたちは道端で、危うく撃ち殺されるところだった。大尉に立ちむかって怪我を負わせ、逃げ出したのだから、捕まったら銃殺されるのは間違いない。なのにラウールは、〝ひとまわり〟しに行くなんて言って。まるで外国の町でホテルに部屋を取り、ひと足先に物見遊山に出るみたいな口ぶりじゃないか。軍用車の車列は街道を震わせた。もしラウールが捕まったら、おれはどうなるんだ？　そう思ったら、ガブリエルは横っ面《つら》をはたかれたような心持ちがした。ラウール・ランドラードはおれの命を救ってくれた。なのにおれは、自分の心配ばかりしている……

そんな良心の呵責《かしやく》も、軍用車が立ち去るころには消えていた。車列はまるで黙々と働き続ける虫のようだった。そしてあとには恐ろしい空虚、脱走の虚しさが残った。ガブリエルはあたりを見まわした。彼が乗っているのは小さなトラックだった。荷台枠にくくりつけられたアンリ二世様式の食器棚が、スペースの大半を占めている。こんなものまで、運び出してきたのだ……床には切り裂かれたジュートの袋や叩き壊された箱、麦藁《むぎわら》が散乱していた。すでに略奪者たちが、ここらを荒らしまわったあとだった。

脚がずきずきと痛み始めたが、包帯代わりのタオルに血がにじんでいるようすはなかった。タオルをほどいてみると、傷口が化膿している。ガブリエルは恐ろしくなった。そのとき突然、声が聞こえ、彼は食器棚に張りついた。それはラウールの声だった。

「ウサギがまるごと一匹だ。すごいだろ」

ラウールがシートから顔を出した。

「軍曹殿、ご気分はいかが？」

けれどもガブリエルが反応する間もなく、ラウールは街道をふり返ってこう繰り返した。

「どうだ、ちくしょうめ。ウサギが一匹、悪くないぞ」

ウサギと聞いて、ガブリエルはにわかに空腹を覚えた。そういや、いつから食べていないだろう？　これじゃあ、体が弱るのも無理はない。でも、ウサギが手に入ったなら……

「どうやって焼こうか？」と彼はたずねた。

ラウールが満面の笑みを浮かべ、また顔を出した。

「案ずるまでもないさ。ウサギはもうないんだから。こいつが全部、食っちまったよ」

ガブリエルはトラックの外に身を乗り出した。

「紹介しよう、ミシェルだ」とラウールは言った。

それは馬鹿でかい犬だった。背中は灰色の縞模様で、胸のあたりに白い斑点がある。黒い大きな鼻面《づら》、三十センチはありそうなピンク色の長い舌……体重は七十キロにもなるだろうか。

「そんなわけで、ミシェルと友達になったのさ。おれが見つけたウサギを、こいつに食べさせてね。いまやこいつとおれは刎頸《ふんけい》の友だ。なあ、そうだろ、ミシェル」

「でも、そのウサギを」とガブリエルはおずおずと言い返した。「焼いて食べてもよかったじゃないか」

「たしかにね。だが善行には、必ず報いがあるものさ。それが証拠に、ほら、いいものを持ってきてやったぞ。なんだと思う？」

ガブリエルがトラックから顔を出すと、鉄の車輪が四つついた大きな木箱が見えた。〝わたしの石鹸《モン・サヴォン》はモンサヴォン〟という青い文字の広告ポスターがまだ張ってある。ラウールが犬の胸にロープを巻きつけるのを見て、ガブリエルはようやく合点がいった。

「さて男爵様、お手数ですがどうぞ……」

こうしてガブリエルはミシェルが引く石鹸箱に乗りこみ、ラウール・ランドラードはそのあとを大声で歌いながらついていくこととなった。

「やつらを倒せ！　われらは勝利する、なぜならわれらは最強だから」

犬は楽々と荷車を引いた。どんな苦役も平然とこなす、屈強で穏やかな性格のカネ・コルソ犬がつくられたのと同じ、交配の妙から生まれたのだろう。ラウールが歌をやめると、旅の道づれはただ、鉄の車輪がきしむ鋭い音だけになった。それは聞く者の心を切り刻んだ。

ラウールは今朝、出かけたついでに、方角をたしかめておいた。

「サン＝レミ＝シュール＝ロワールはむこう側の十二キロ先だ」と彼は説明した。「でもあっちへ行くと、見つかる危険性がある。だからサン＝レミは避けてヴィルヌーヴまで行ったほうがいいだろう。そこなら追っ手も来ないし、脚の怪我も治療できる」

ラウールの計画は南に行くことだった。彼らは二人とも略奪の罪を犯した脱走兵で、脱獄囚でもある。おそらく手配もされているだろう。人通りの多い街道や橋は避けるのが賢明だ。それから再び東にむかい、ロワール川を渡ってヴィルヌーヴに入ったら、あとのことはまた考えよう。

最初に休憩をとったところで、二人ともこの巧妙な計画に早くも限界が来たことを悟った。ミシェルは水をたくさん飲みたがった。この分だと、餌も大量に必要だろう。ラウールがこの犬を見つけたのは、村はずれの家の庭だった。ミシェルは鎖につながれていた。飼い主は、犬があとをついて来ないようにしようと思ったのだ。二人が立ちどまると、ミシェルはラウールのそばにやって来て、鼻先を膝にすり寄せた。

「可愛いじゃないか、この犬は」

ガブリエルはサーカスの小さな猿のことを、忘れていなかった。ラウールは夢中になったが、最後はろくなことにならなかった。ミシェルはこのでかさだから、溝に投げこむなんてできないが、ラウールの新たな気まぐれにいい結末は期待できなかった。

まっすぐ目的地にむかう難民の群れに巻きこまれないよう、彼らは脇道を行ったり来たりしながら進まねばならなかった。その分、道のりは長くなる。食べ物を見つけるのも難しいだろうし……ガブリエルの傷の手当ても必要だ。

「大したことないさ」とラウールは言った。「でも、膿《うみ》は出さないとな」

そのための道具や薬など、もちろんなにもなかった。

46

ルイーズは外に停めた荷車から赤ん坊を連れてきて、店のなかで食べ物をあげた。彼女が米とスープを用意しているあいだ、女が赤ん坊を店の奥で見てくれた。

「おい」とカウンターからカフェの主人が怒鳴った。「ビリヤード台のうえに乗せるんじゃない。汚れちまうじゃないか」

「うるさいわね、レイモン……」女は彼のほうを見もしないで答えた。

この女が何者か、ルイーズには見当がつかなかった。奥さん？　それとも母親？　客か隣人か、もしかしたら愛人かも？

カウンターにグラスを置く音。パーコレーターがしゅうしゅういう音。磁器が亜鉛板にあたる音……店のざわめきは〈ラ・プティット・ボエーム〉を思わせた。ジュールさんはどうなったろう？　彼が死ぬなんて、想像できない。きっと生きているはずだ、と自分に言い聞かせた。そして、なんとかずっとそう信じてきた。

この数時間で、彼女はもうへとへとだった。もうずっと満足な食事をしていないし、体じゅう汚れ放題だ。

女はルイーズを、水道と流しのついた奥の部屋に連れていった。そして戸棚から洗いざらしの布巾《ふきん》を二枚取り出し、石鹼のかけらを指さして言った。

「鍵をかけておくから、終わったらドアをノックしなさい」

なんだかホテルの部屋で娼婦が体を洗ってるみたいだわ。ルイーズはふとそう思った。

下着も洗って、濡れたままはいた。

ドアをノックする前に、つま先立ちして戸棚をあけた。布巾を何枚か取ってブラウスの下に隠し、大きく深呼吸した。けれどもルイーズは、布巾をもとに戻した。

「持っていっていいわよ」と女が言った。「あとで必要になるでしょうから」

女はルイーズがいないあいだに、赤ん坊のおむつも替えておいた。そろそろ行かなければ。女はできることをほとんどすべてしてくれた。

「ありがとうございます」とルイーズは言った。「赤ん坊をどこに預けたらいいか、わかりますか？　わたしの子供じゃないんです」

ええ、市役所へは行きました。赤十字も無理だとか。それなら、県庁まで行ってみたら？　そう言う女の声は、どことなくそわそわしていた。ルイーズが三人の赤ん坊をビリヤード台に乗せたまま、逃げ出すのではないかと心配しているみたいに。

こうしてルイーズは、再び通りに出た。

水を瓶二本とピクルスの瓶に入れた重湯、それに布巾をもらってきた。女は石鹸のかけらも新聞紙に包んでくれた。ルイーズは少し体がさっぱりした。赤ん坊もおむつを替えてもらい、ものも食べた。けれども数時間後には、また一から始めねばならないだろう。彼女は激しい疲労感に襲われた。そういえば小さな赤ん坊は、双子といっしょに荷車に乗せていなかった。ひとりを腕に抱いたまま、もう片方の手で荷車を押すのはひと苦労だ。

ルイーズは頭のなかで、どうしても見つけねばならないもののリストを作った。

そのとき、ベビーカーを押している女とすれ違った。

「すみません、おむつを譲っていただけませんか？」

女はおむつを持っていなかった。水飲み場の近くで、別の女にもたずねた。

「洗剤を少しいただけませんか？」

ルイーズは一文無しだったので、こんなたのみごともした。

「二フラン、めぐんでもらえませんか。むこうでリンゴを売っているのですが……」

いつのまにかルイーズは、物乞いの身になってしまった。

ラウール・ランドラードという名の男を見つけるため、パリを発ったはずなのに。労働組合会館で見かけたような、写真を掲げて人ごみのあいだをうろうろする女のひとりになる覚悟だった。けれども今、彼女は難民たちに手を差し出し、ひと切れのパン、一杯の水、ひとかけらの砂糖を乞うている。

貧窮は無謬《むびゅう》の教師である。ルイーズは数時間で、場合に応じた頼み方を身につけた。相手が男か女か、若者か年寄りかで、かける言葉も違えば、恥ずかしそうに顔を赤らめるか、絶望にうちひしがれた表情をするかも変わってくる。

「この子はマドレーヌっていうんです。あなたのお子さんは？」

そんなふうに声をかけたあと、さりげなくこうたのむ。

「うえの男の子に譲ってもらえる肌着はありませんか？　二歳児用だと都合がいいんですけど」

こうしてルイーズは夕方までに、赤ん坊三人分のおむつや（中心街の水飲み場にまた並んだ）双子の食べ物を手に入れた。リンゴ一キロ、産着《うぶぎ》三枚、洗濯ばさみ、長さ一メートルあまりのロープなどだ。若い父親が妻に内緒で遊び着をくれたけれど、双子のひとりに着せてみたらぶかぶかだった。防水シートももらって、雨が降ってきたときのために荷車を包んだ。荷車はだいぶ動きが悪くなった。物乞いから泥棒まではほんの一歩だ。ルイーズはベビーカーを横目でうかがった。人待ちをしているふりをしてじっとたたずみ、母親がベビーカーを一瞬、歩道に置きっぱなしにする隙を狙った。けれども、いざ行動に移そうとして思いとどまり、急いでその場を立ち去った。盗みに手を染めようとしたのが、恥ずかしかったからではない。ふん切りをつけられなかった自分が腹立たしかったのだ。母親失格だわ、とルイーズは思った。それでも彼女は右手で小さな赤ん坊を抱き、左手で荷車を押し続けた。腕のなかの赤ん坊にはずっと話しかけたり、子守歌を歌ってあげたりした。こんなふうに着の身着のままのかっこうで、町の通りをさまよった。彼女は狂女のようだった。

日が暮れるころ、彼女は疲れきっていた。いまやルイーズは物乞いと変わらなかった（ジュールさんなら、〝おもらいさん〟と言っただろう）。だからこの町に反感を抱いていた。赤ん坊を預ける場所が見つからないなら、よそへ行ったほうがいい。田舎のほうが期待できそうだ。県庁へも行ってみたけれど、農園に赤ん坊を預けるよう言われただけだった。『レ・ミゼラブル』に登場するテナルディエ夫妻（孤児のコゼットを預かっていた、意地悪で守銭奴の夫婦）を思い出し、彼女は震えあがって歩を速めた。

ルイーズは町を出て、ヴィルヌーヴへむかう本街道に入った。

小さな赤ん坊がまたお腹を下し始め、続けて二度、おむつを替えた。それもすぐに汚れてしまい、布巾もすべて使わねばならなかった。見ればお腹がぱんぱんに張っている。赤ん坊は苦しげに泣き続けた。

そのとき、雨が降り始めた。ますます激しくなりそうな、大粒の雨だった。頭上に真っ黒な空が広がっている。街道を走るわずかな車は、路肩に水を撥《は》ねかけていった。ルイーズは足が凍えてきた。すぐさま防水シートを取り出して赤ん坊のうえに広げ、ロープと洗濯ばさみで留めようとしたけれど、風に吹き飛ばされてしまった。防水シートが舞いあがり、輪差《わさ》にかかった鷹《たか》みたいに空をくるくると羽ばたくのが見えた。

手もとの布切れをすべて寄せ集め、赤ん坊を包んだ。稲妻が光り出すと、三人とも怯えて泣き始めた。

ルイーズは双子を捨てていこうかと思った。道を引き返し、教会に置いてくればいいんだ。もともと拾った赤ん坊なのだし、別の誰かが引き取ってくれるだろう。彼女は泣いていた。けれども、雨がすべてを呑みこんでしまった。涙も、道も、木々も。もう、三メートル先も見えない。ルイーズは赤ん坊のうえに、ウールの服を次々積み重ねた。怖がらないで。彼女は、雷鳴を掻き消そうとするかのように叫んだ。そうよ、誰かが面倒を見てくれるわ。わたしみたいじゃない誰かが。雷が畑のどこか右側に落ちた。その音で、三人の赤ん坊は泣きわめいた。

ルイーズは空を眺め、両手を広げた。もう終わりだ。

激しい雨に貫かれ、彼女は錯乱した。頭上に渦巻く巨大な黒雲のなかに、恐ろしい顔がいくつも見える。稲妻のなかに、剣と槍がきらめいた。わたしは雷に打たれたんだ、と思った瞬間、人喰い鬼さながら恐ろしい唸り声をあげる雲の奥から、大きな十字架が浮かびあがるのが見えた。十字架は街道をまっすぐ、彼女のうえまでやって来た。それはトラックにくくりつけた本物の十字架だった。

男がひとり、ルイーズのところまで飛んできた。雨に濡れた髪が、頭にぺったり張りついている。それは天使のように微笑む、黒い法衣《スータン》姿の若い男だった。

「シスター」と彼は雷鳴を掻き消すような大声で叫んだ。「神はあなたをお憐れみくださいました……」

47

囚人たちの大移動はあたりが暗くなったころ、サン＝レミの北にある大きな飛行場で終わった。

そして彼らは今、思い思いに寄り集まって、コンクリートの滑走路にすわりこんでいた。

「全員、いるか？」とオウスレル大尉がたずねた。

「もしかすると……」とフェルナンが答える。

大尉は蒼ざめた。たしかに囚人は、出発のときよりも減っている。

「点呼にかかれ」と大尉は叫んだ。

下士官たちはくしゃくしゃになった囚人リストを取り出し、名前を読みあげ始めた。しかし、沈黙が応じることもしばしばだった。下士官はそのたびに声を張りあげ、「返事なし」と叫んだ。大尉は足をわずかに引きながら、行ったり来たりを続けた。ラウール・ランドラードに殴られたふくらはぎが、まだ痛むのだ。フェルナンが結果を集計することになった。彼は自分のリストにそれをメモし、大尉に報告した。

「四百三十六名の返事がありませんでした」

囚人の約半分が逃げ去ったわけだ。今や五百人近い略奪者、泥棒、無政府主義者《アナキスト》、共産主義者《コミュニスト》、兵役忌避者、破壊工作者が、大手をふって街道を歩きまわっている。参謀本部から見れば、軍がみずから裏切り者やスパイのストックを大量に放出して、〝第五列〟の強化に手を貸したようなものだ……

「返事がなかった者の多くが、死亡していると思われます……」

そう聞いて、大尉は少しほっとした。戦争で行方不明者が出るのは失敗だが、死者を出すのは勝利の証《あかし》でもある。下士官たちは死亡者を数え、死因をメモして報告することになった。

「全部で十三名です、大尉殿」とフェルナンは言った。「逃亡をくわだてた六名が射殺され、残り七名の囚人は……」

フェルナンは言葉が思いつかなかった。

「囚人は？」と大尉がうながす。

なんて言ったらいいんだ？

「つまり、彼らは……」

「落伍者ってことだな、曹長。落伍者だ」

「そのとおりです、大尉殿。落伍者も銃殺されました」

「命令に従って」

「ええ、もちろん命令に従ってです、大尉殿」


期待していなかった補給が用意されていた。しかも約千名分。グラヴィエールのキャンプでは飢え死にしそうだったのに、今度は配りきれないほどたっぷり食べ物にありつける。

「ちょっといいかね、曹長」

フェルナンがふり返ると、大尉は彼を脇に呼んだ。

「二十四キロ地点で起こったことを、報告してくれたまえ」

彼が直接かかわったあの事件は、こうして〝二十四キロ〟と呼ばれるようになった。

「できるだけ早急に、大尉殿」

「まず口頭で、ざっと聞かせてくれ。きみがどう書くのか、把握しておきたいんでね」

「そうですね」

「さあ、さあ」

「わかりました。二十三キロ地点で三名の落伍者を銃殺したあと、大尉殿はさらに一キロ先で病人一名の頭を銃で撃ち、処刑しました。それからもう一名、脚に傷を負っていた囚人も処刑しようとしたとき……」

「脚を引きずっていた囚人だな」

「ええ、そうです、大尉殿。そのときドイツ軍飛行小隊が街道の上空を通過し、牽制攻撃を行ないました。その機に乗じて囚人のひとりが大尉殿の脚に一撃を加え、共犯者一名とともに逃亡しました」

大尉は口をあけて、初めて見るかのようにフェルナンを凝視した。

「けっこう、曹長。なるほど、そのとおりだ。で、きみはどうしたんだ、逃亡がなされたとき?」

「銃を二発撃ちました、大尉殿。けれども残念ながら、狙いが定まらず……」

「どうして?」

「怪我をした上官に手を貸さねばならないかと、気がかりだったので」

「完璧だ。それできみは、逃亡犯を追跡したんだね?」

「はい、大尉殿。もちろん二人を追いかけました」

「それから?」

「わたしは左に曲がりましたが、逃亡犯は右に曲がったようです」

「ふむ……」

「けれども、わたしの職務は二名の逃亡犯を追跡することではなく、百二十名の囚人をサン＝レミ＝シュール＝ロワールまで護送することです」

「たしかに……」

大尉は満足していた。皆が自分の責を果たした。みずからとがめるべき点は誰にもない。

「もちろん、ここを発つ前に報告書は出してもらわんと」

フェルナンはこの言葉に身がまえた。

「そういえば、いつ任務完了となるのか、部下から訊かれているのですが」

「囚人がボヌラン基地にむけて出発したらだ」

「というと？」

「まだわからんよ、曹長。一日かかるか、二日かかるか。指示を待っているところだ」

任務は続いていた。


六百人の囚人たちを収容するのに、飛行場はグラヴィエールのキャンプよりも設備に乏しかった。野戦用のテントはあったが、ベッドはなかった。食料は充分な量が到着したが、温める手段がなかった。だからスープも冷たいまま飲んだ。温かかったらといって、もっとおいしくなるとは思えなかったけれど。

フェルナンは担当する囚人を集めた。出発したときは百名ほどだったのに、今は六十七名だった。〝三十三パーセントがいなくなったってことか〟と彼は思った。〝でも、平均よりはずっとましだ〟

フェルナンは必要に応じて規律を緩めることにした。

「あとどれくらい、ここで待機することになるのかわからないからな」と彼は部下たちに説明した。

「長引くかもしれないってことですか？」

ボルニエはたいてい、一度で話が通じない。フェルナンはもう慣れっこだった。

「そこは誰にもわからない。もしそうなれば、囚人どもがまた苛立ち始めるだろう。だったら今から、あまり締めつけないほうがいい」

ボルニエ兵長は先を見越すことがなにより苦手だった。けれどもこのときばかりは、いつものようにぶうぶう文句をたれなかった。〝二十四キロ〟地点の出来事では彼も激しいショックを受け、その重みをまだ引きずっているのだ。

そんなこんなで囚人たちは、好き勝手におしゃべりを始めた。またいくつものグループができた。群れをなすのは人のつねだが、概して囚人たちは仲間同士で固まりたがった。

せっかくのチャンスを逃してしまった、自分たちも逃げるべきだったと悔やんでいる者もいれば、まだ生きていられるのはおかしな気を起こさなかったからだと思っている者もいた。共産主義者《コミュニスト》は仲間を三人失い、〝覆面団員《カグラール》〟は二人、無政府主義者《アナキスト》も二人失った。ともかく今は全員が、看守の脅しは口先だけではないと実感していた。

夜の帳《とばり》が飛行場を包んだ。あたりは静まり返っている。聞こえるのは、空高く飛ぶドイツ軍機の音だけ。それにはみんな、慣れてしまった。

フェルナンは自己嫌悪に苛《さいな》まれていた。ほかに手ごろなものもなかったので、リュックサックを枕代わりにしていた。おれは今、五十万フランのうえで寝ている。アリスといっしょにパリを発たなかったのは、この金のためだった。こんなもの、くそくらえだ。なんてつまらないことをしてしまったんだ。幻を手に入れようとして、おれは泥棒になってしまった。けれども戦争が、その幻を吹き飛ばしてしまった。任務をきちんと遂行することを、考えるべきだったのに……泥棒、嘘つき、卑怯者。自責の念が胸に渦巻いた。そのリストに今、もうひとつ、裏切り者が加わった。逃亡する二人の背中を、おれは照準器のなかに捕らえた。なのにわざと、宙にむけて撃ってしまった。なにも考えずに。今なら、どうしてあんなことをしたのかがわかる。おれは大尉が囚人の頭を撃ち抜くのを目にしたばかりだった。丸腰の男の背中を撃つなんて、自分にできるとは思えなかった。それにあの囚人は数時間前、恋人らしい女からの手紙を取り次いでやった男だった。だからっておれとあいつのあいだになんの関係もないが、ほんの少し親近感を感じていた。

フェルナンは怒ったように寝返りを打った。リュックサックに手を入れ、札束に触れた。探しているのは本だ。ようやく見つけた本を、彼は握りしめた。アリスに会いたくてたまらなかった。

48

「雷雨はここまでやって来なかったのですね？」デジレ神父はトラックから降りると、びっくりしたようにたずねた。

「ええ、神様のご加護で」とアリスは答えた。雷雨がベロー礼拝堂でひと休みを決めこんでいたら、屋外で寝泊まりしている人たちを保護するため、急いで何をすべきだったろうかと考えていたところだった。

「ええ、神様のご加護で」とデジレ神父も言った。

「どうしたんですか、神父様」

デジレは頭のてっぺんからつま先までびしょ濡れだった。法衣《スータン》から水が滴《したた》り落ちている。

「天からの贈り物ですよ。しかも四つも」

彼はそう言いながら、トラックのドアをあけ、取り乱したような目をした若い女を降ろした。見れば腕に赤ん坊を抱いている。アリスはその姿に、たちまち心打たれた。聖母マリアが小柄で豊満な女に描かれることはない。けれどももし、聖母はどんな女だと思うかとたずねられたら、アリスはこう答えただろう。彼女みたいな女《ひと》だと。表情は毅然として、ほとんど峻厳と言ってもいいくらいだった。苦労を重ねたらしく、やつれた顔をしている。けれども、赤ん坊をしっかり胸に抱きしめているせいか、どこか野性動物を思わせる素朴な官能性を発散させていた。彼女も全身ずぶ濡れだった。アリスは毛布を取りに走り、女の肩にかけてあげた。

デジレ神父は若い女と三人の赤ん坊に運転席の場所をゆずり、自分は雷雨が吹きつける荷台に乗って戻ってきた。ルイーズがうしろの小窓からのぞいてみると、トラックの揺れにもめげずに立ったまま両手を大きく広げ、荒れ狂う空に顔をむけている神父の姿が見えた。彼はイエス・キリストの十字架像にむかって叫んでいた。「主よ、あなたのご慈悲に感謝します」

デジレは元気いっぱいだった。

ルイーズは数歩歩いて笑みを浮かべ、アリスに赤ん坊を差し出した。そして運転席から双子を降ろした。双子は怯えたように、あたりをきょろきょろと見まわしている。

「あらまあ、神様……」とアリスは言った。

「わたしも同じことを、心のなかで唱えたよ」デジレ神父が答える。

ルイーズは目の前の光景が、にわかには信じられなかった。

彼女は戦争で荒廃した町からやって来た。あの町で三人の赤ん坊を生きながらえさせるのは、至難の業だった。ところが、ここには流民のキャンプさながらに暮らす人々がいる。あちこちにロープが張られ、シーツがかかっていた。藁《わら》を詰めた寝袋、山積みになった箱、活気に満ちた雰囲気。あっちでは焼肉機《ロースター》のうえで鳥の丸焼きがまわり、うしろでは菜園に引いた灰色の菅から水が噴き出ている。さらに遠くの草地には、柵のなかにやさしげで素朴な目をした仔牛の姿もあった。すぐ近くの荒れ地には、豚が四匹歩きまわっていた。キャンプの中央には赤十字の大きな救急診察車がでんと停まり、ドアに続く金属製のステップのうえに、にわか作りの庇《ひさし》がかけてあった。洗濯物を干したり、墓石のうえに板を敷いてテーブルを作ったりと、男も女も忙しそうに立ち働いていた。テントのあいだを走りまわる子供たち。草のうえに並べた新鮮な魚を、包丁でさばく女たち。右側では年長者が集まり、古ぼけた肘掛け椅子やらに腰かけて、おしゃべりに興じている。左側には、鶏の飼育場のような囲い地があった。そこで子供たちが笑いながら、顔に水をかけ合っていた。走って転んでまた立ちあがりと楽しそうだ。やがて黒い上っ張りを着た農民風の女が、やさしいけれどもきっぱりした口調で「みんな、いいかげんになさい。さあ、静かにね」と言った。

「ようこそ、主の家へ、シスター」

ルイーズはふり返り、幻のようにあらわれた若い司祭をまじまじと見つめた。歳は三十くらいだろうか、輝く目とくっきりした眉、意志の強そうなあごをしている。笑顔は素朴で率直そうで、晴れやかだった。

「で、どうしました、この赤ちゃんは？」

シスター・セシルが不安げに見ながら、さっそくお腹を触診した。

「食べ物をあげられなくて……まったく……」

「哺乳瓶で重湯をあげればよくなります。心配しないで」

セシルは別の仕事にかかるため、すぐに遠ざかった。

「それじゃあ、あなたの面倒はアリスに見てもらうことにしましょう。この赤ちゃんが重湯を飲み終えたら、あなたが休む場所を準備します。こっちの二人はわたしが見ますから、ご心配なく。おや、双子なんですね？」

「わたしの子供じゃないんです……」ルイーズは説明しかけたが、そのときにはもう司祭は立ち去っていた。

礼拝堂の反対側には即席の乳児室があり、洗ったおむつを乾かしたり、雑多な衛生用品を保管したりしていた。石鹸、ベビーパウダー、ローション、洗濯洗剤、哺乳瓶、おしゃぶり。メーカーもさまざまなら、入手先もさまざまだった。

ルイーズは赤ん坊のおむつを替えた。アリスは重湯の哺乳瓶を準備し、手の甲で温度をたしかめた。これで大丈夫そうだ。ルイーズはうらやましげな目で、アリスを、彼女の胸をちらりと見た。女なら誰もがうらやむような胸だわ。

そんなことを考えながら、ルイーズはおむつと格闘した。

「端をこちら側に折ったほうが、うまくいくわ……」

「ええ、そうですね」ルイーズは口ごもった。「疲れてて……」

「それから、こんなふうに下に。またここを折って……」

赤ん坊はようやく産着《うぶぎ》にくるまれた。

「この子、名前はなんていうの？」

「マドレーヌです」

「あなたは？」

「ルイーズ」

そのあと哺乳瓶にかかると、赤ん坊は貪るように飲んだ。

「こっちへ来て」とアリスは言って、ルイーズを引っぱっていった。「ほら、気持ちがいいわ」

デジレ神父がトンカチ片手に、豚を入れた囲い地の柵を修理している。あたりが暗くなり始めた。二人の女は礼拝堂の入り口の脇で、石のベンチに腰かけた。そこから、キャンプ全体が見渡せた。

「びっくりしたわ……」とルイーズは言った。

彼女は心からそう思っていた。

「ええ」とアリスが答える。

「神父さんのことを言ったんです」

「わたしもよ」

二人は微笑み合った。

「どこからいらしたんでしょう?」

「わたしもよく知らないのだけれど」アリスは眉をひそめた。「神父様がおっしゃるには……いえ、どうでもいいことだわ。大事なのは、あのかたが今、ここにいらっしゃるということ。あなたはどこから来たの?」

「パリです。月曜に発って……」

赤ん坊がげっぷをして、まどろみ始めた。

「ドイツ軍が来たから?」

「いいえ……」

返事を急ぎすぎたかもしれない。パリを発ったのは父親の違う兄を捜すためで、そんな兄がいることを知ったのは数日前で、難民でごったがえす街道にあとさき考えずに飛び出してしまい、レストランの主人がいっしょに来てくれたのだけど、ボアシューズを履いた彼は……だめだ、とうてい説明しきれないわ。

「まあ、そうです」と彼女は言いなおした。「ドイツ軍のせいで」

アリスはこのキャンプについて知っていることを、ルイーズに説明した。デジレ神父がどうやって自力で、ここを創りあげたのかを。倦《う》むことのない彼の働きぶりを語るとき、彼女の声は感嘆に満ちていたが、そこには少し面白がるような、からかうようなニュアンスも感じられた。

「デジレ神父は面白い人だと？」

「ええ、正直言って。それはあのかたをどうとらえるか次第ね。一方で司祭様ですが、もう一方では子供みたいな人です。どちらがうえに来るのかは、そのときどきでまったく予想がつきません。本当にびっくりさせられるわ」

アリスは言葉を探して少し沈黙を続けたあと、思いきってたずねた。

「あなたの赤ちゃん、お父さんはいるの？」

ルイーズは顔を赤らめた。口をひらきかけたけれど、どう言ったらいいのかわからなかった。アリスはよそをむいている。

「双子はむこうにいるわ」彼女は礼拝堂を指さした。「昼間は小さな子供をあそこに集めて、女三人で順番に面倒を見ているの」

「わたしも手伝えるなら……」

アリスはやさしく微笑んだ。

「あなたは来たばかりなんだから、しばらくゆっくりなさい」

49

彼らは果樹園からくすねた果物を分け合い、生野菜をかじったあと、最初の晩は納屋で眠った。犬のミシェルは果物や野菜の匂いを嗅いで、どこかへ行ってしまった。藁《わら》は心地よく、平野は穏やかだった。ガブリエルの脚のことさえこんなに心配でなければ、ほとんど幸せな眠りにつくことができたろう。

「あいつ、戻ってくるかな?」ラウールは不安そうにたずねた。

納屋は闇に包まれている。

「腹が減ってるのさ」とガブリエルは答えた。ここは率直に言おう。「そんなに遠くまで行かなくても、なにか見つけるだろうよ。でも、そのあと戻ってくるかどうかわからないな」

二人の足のあいだを、ときおり鼠《ねずみ》がすり抜けていく。

「どうして手紙を破ってしまったんだ」ガブリエルはしばらく沈黙を続けたあと、そうたずねた。

「考えるのにうんざりしちまってよ……でもまだあの手紙のせいで、気持ちが落ち着かねえんだ」

「それはつまり……」

「あのクソ女のせいさ」

「そんなにひどい目に遭わされたのか？」

「あんたにはわからんだろうな。真っ暗な地下室に何時間も閉じこめられた子供なんて、そうそういやしないさ。けれどもおれは、決して音《ね》をあげなかった。それであの女は、ますますいきり立った。あいつが望んでいたのは、おれが泣きわめくことなんだ。おれが泣きわめくところを見たかったんだ。おれが許しを請うところをな。でも、あいつに折檻されたり、閉じこめられたりすればするほど、おれは意地になって逆らい続けた。十歳のときにはもう、あいつを叩き殺せるくらいの力もあった。けれどもおれは、想像するだけにして、決してむかってはいかなかった。弱音を吐くところも見せなかったし、手も出さなかった。黙ってただじっと睨みつけてやったんだ。それであの女は、ますますおかしくなっちまった」

「どうしてそんなひどい仕打ちをされるのか、考えたことは……」

「もっと別の男の子なら、よかったんだろうな。女の子のあとに男の子が欲しかったのに、もう子供ができなかった。そうとしか考えられないさ。それで児童養護施設からおれを貰ったけれど……」

しっくりこない説明だったが、ラウールはそう思っていまだに苦しんでいた。ほかに説明がつかなかった。

「おれが期待にそぐわなかったのさ」

恐ろしい言葉だった。

「でもあいつら、おれを返すことはできなかった。それはだめだって、法律で決まってる。ガキをもらったら、はずれくじを引いちまったとしても、ずっと置いとくしかないんだ」

「四カ月の乳児を養子にしたのは……」

「本当の子だって、思いこみたかったんだ。それには小さいほどいいからな」

ラウールは長年考え続けた末、こんな解釈にいたったのだろう、何を訊いてもすぐに答えが返ってきた。

「家族のなかに、守ってくれる人はいなかったのか？」

「姉のアンリエットがいたけれど、まだ小さかったからな。じじいはいつも出かけていて、ほとんど家にはいなかった。あるいは診察室にこもってるかさ。待合室には夜遅くまで患者がいて、家族はじじいと顔を合わせなかった。おれのことを、育てにくい子供だって思ってたんだろう。女房にそうこぼしていたっけ……」

夜更けにミシェルが納屋に戻ってきた。犬は腐肉の悪臭をぷんぷんとさせていたけれど、ラウールはすり寄ってくるのを拒まなかった。


夜のあいだにガブリエルの傷は悪化した。

朝になると、傷口は昨日よりも化膿していた。

ラウールはきっぱりと言った。

「軍曹殿、こうなったら医者に診てもらわねば。排膿管《ドレーン》やら清潔な包帯やら、治療の備品も要るだろうし」

どうすればそんなことが可能なのか、思いつかなかった。いちばん近い町はサン＝レミ＝シュール＝ロワールだ。そこへ行くのは避けたかったが、こうなったらまっすぐむかわざるを得ない。左に進めばロワール川に出るはずだが、橋を見つけるには何キロも歩かねばならないだろう。

二人はミシェルを荷車につなぎ、ロワール川をめざした。

むこう岸に渡る手段が見つかったら、犬はこちら側に残していこう。ラウールはそう決心した。餌やりが難しいだろうし、こんな犬を連れていたんじゃ、目立ってしょうがない。ミシェルを旅の道づれにはできなかった。

困ったことになったな、とガブリエルも感じていた。ラウールがいつになくふさぎこみ、緊張した不安げな顔をしていたから。いかに抜け目のない彼でも、どうやってロワール川を渡り、サン＝レミまでたどり着いたらいいのかわからなかった。憲兵か兵士に捕まる危険もあるし、どこにドイツ軍がいるかもわからない。飼い主がしたみたいにミシェルを捨てていかねばならないかと思うと、ラウールは憂鬱だった。

昼近くなって、ロワール川が見えてきた。このあたりの川幅はさほど広くないけれど、それでも堂々たる大河だ。むこう岸へ渡るには、まだあと百メートルほど進み、川を越えねばならない。

「さあ」とラウールはミシェルに言った。「おまえは見張りに立て。誰か来たら嚙みついて、腹いっぱい食っちまえ」

そしてラウールは姿を消した。

一時間がすぎ、二時間がすぎた。ラウールが逃げてしまうはずないと、ガブリエルは信じていた。それは奇妙な確信だった。そう信じることが、彼には必要だったのだろう。脚はずきずきと痛み、もう触れることすらできないほどだ。壊疽《えそ》という言葉が、頭から離れなかった。そのうえラウールに見捨てられたかもしれないと思ったら、もう気力が持たなかった。

午後四時ごろ、突然ミシェルが起きあがり、くんくんと鼻を鳴らしてどこかへ行った。二十分後、犬はラウールといっしょに戻ってきた。ラウールはなにやら毒づいているようだ。けれどもその声が聞こえるのは、野原からでも左の道からでもなく、右側、つまり大河のほうからだった。彼は上流へずっとさかのぼったところから、一艘の釣り舟を見つけだし、岸から曳いてここまで運んできたのだ。さぞかし大変だったことだろう。

「漕いで川を渡るのか?」ガブリエルは不安になってたずねた。

「いや」とラウールが答える。「舟は見つけたがオールはなかった」

ラウールは膝まで泥だらけで、汗びっしょりだった。もう力を使い果たしてしまったようだ。オールがなければ、小舟も役に立たないだろう。

「でも、ミシェルに引っぱってもらえば……」

こうして数十分後、犬に再び装具がつけられた。今度はモンサヴォン石鹸の箱を引くのではなく、小舟を引っぱるために。犬は鼻面《づら》を水面に出して必死に泳ぎ、われらが二人の逃亡者を乗せた小舟を曳いてロワール川を渡った。

むこう岸に着いたとき、哀れな犬は疲れきったように草のうえに倒れこみ、はあはあと重い息をした。舌がたれさがり、目が曇っている。ガブリエルはなんとか片足立ちで石鹸の箱を引っぱりあげ、舟から降ろした。ラウールは彼の脇腹を小突いて言った。

「川で溺れてるやつを助けるのは、さぞかし大変だろうな。こんな大事じゃなくても、くたばる場合はいくらでもある」

犬は元気がなかった。まともな餌にありついていないうえ、絶えず急流に呑まれかける小舟を苦労して引っぱったものだから、さすがの巨体にも無理があった。脚から力が抜け、息も絶え絶えだった。


二人の男と一匹の犬は、ラ・セルパンティエールと呼ばれる集落に入っていった。男のひとりは野原で拾った棒切れを松葉杖代わりにし、もうひとりが引く荷車のなかでは仔牛ほどもある大きな犬が死にかけていた。彼らは四、五軒ある家のうち一軒だけ、鎧戸が閉まっていない家の呼び鈴を押した。

年とった女が顔を出した。警戒しているようにドアを数センチだけひらき、なんの用かとたずねる。

「お医者さんを探しているんですが」

女の顔は、もう何十年もそんな言葉は聞いたことがないとでも言いたげだった。

「だったら……サン＝レミへ行かなければ。でも、まだ残っているかどうか」

さっき標示板の前を通りすぎたが、ここからあと八キロだ。老女はガブリエルを上から下まで見まわし、最後に包帯と松葉杖をじろじろと眺めた。点検の結果は芳《かんば》しくなかったらしい。

「それしかないわね。サン＝レミに行くしか」

老女はドアを閉めかけて、ふと荷車に目を留めた。ラウールはふたを少しあけてあった。女はなんだろうと首を伸ばし、目を細めた。

「あそこにいるのは犬なの？」

ラウールは体をどかした。

「ミシェルっていうんですが、あいつも具合が悪くて……」

たちまち老女の表情が変わった。今にも戸口で泣き出すかと思うほどだった。

「あらまあ……」

「心臓が弱っているんだろうと思います」

老女は素早く十字を切った。そっけない返答を後悔したらしい。

「サン＝レミは遠いので」とラウールは言った。

「だったら……そう、デジレ神父のところへ行くといいわ」

「医者なんですか？」

「聖人のようなかたよ」

「医者を探しているんです。獣医でもいいんです」

「デジレ神父はお医者様じゃないけれど、奇跡を起こしてくれるの」

「奇跡も悪くないですが……」

「ベロー礼拝堂へ行けば見つかるから」

老女は腕を伸ばし、左にむかう細い道を指さした。

「ここから一キロもないわ」

50

護送団はまだ飛行場で命令を待っていた。地元の住人、とりわけ農民たちのなかには、飛行場の近くへやって来て、ラジオで仕入れたニュースを伝えていく者もいた。

こうしてみんな、パリに関する休戦条約が結ばれたことを知った。町を焼きはらうというドイツ軍の脅しに屈したのだ。公共の建物からはすべてフランス国旗がはずされ、代わりに鉤十字の旗がたなびいているという。新聞はすでに発行を停止していた。その晩、車が町をまわり、スピーカーで住民にドイツ軍の首都占領が伝えられた。

飛行場では二日目、三日目と待機が続いた。そして誰もが驚いたことに、ようやく日曜の昼ごろ、第二十九歩兵師団部隊のトラックが二十台ほどやって来た。大佐がひとり降りてきて、名前を名乗った。囚人たちをボヌランまで護送していくよう、命令されているという。

フェルナンにとっても、彼の部下にとっても、これで一件落着だった。

オウスレル大尉が任務の終了を確認したあと、フェルナンは部下を隅へ呼び集めた。そのむこうで、兵士たちがテントを片づけ始めている。フェルナンは仲間ひとりひとりと握手をした。これからどうするか、それぞれ計画を語った。パリ行きの列車を探そうという者たちがいた。それを聞いて笑う者たちもいた。彼らはさらに南へと下るつもりだった。もう一度任務につこうという者は、誰もいなかった。どうせもう、命令系統はめちゃくちゃだろう。彼らの上官はただひとり、フェルナンだけだ。「それじゃあ、またいつか。みんな、元気でな」と曹長は言った。

彼はボルニエ兵長を脇に呼んだ。

「囚人を撃ち殺せという命令だが……あれはけったくそ悪い仕事だった。そう思うだろ？」

ボルニエはうつむいていた。

「妙な話さ」とフェルナンは続けた。「命令に従ってるときのおまえは、ただの馬鹿野郎だが、自分で考えねばならないときは、ちゃんとしたことができるんだ」

ボルニエは顔をあげ、にっこりした。ほっと心が軽くなり、嬉しかった。

フェルナンは彼の肩をぽんと叩き、リュックサックを背負って歩き出した。

自分が汚らしいと感じた。それは比喩的な意味だけではない。二日前から、まともに体を洗っていなかった。たぶん、熊みたいな悪臭を放っていることだろう。彼はロワール川のほうへと曲がった。どこか水浴をするのに適当な場所を見つけよう。リュックサックの奥から、石鹼のかけらも見つけておいた。大河に下る小道に入り、立ちどまった。穏やかな川。谷のあいだを曲がりくねって進む流れ。すべてが息を呑むほど美しかった。

フェルナンはシャツや靴、靴下を脱ぎ、ズボンの裾を膝までまくりあげた。

午後五時ごろ、彼はサン＝レミ＝シュール＝ロワールに近づいた。

この哀れな町がどんな状態だったか、読者は覚えておられるだろう。押し寄せる難民の波に文字どおり包囲され、わずかに残った行政組織はやらねばならない仕事に忙殺されていた。郡長のロワゾーは前日、モンタルジを出て視察にまわったが、その結果たるや恐るべきものだった。それでも彼は精力的に働き、せっせとリストをチェックしては、難民が集まっている場所に職員を派遣した。そのほとんどは、四日前から寝ていないような者たちだった。午前中に市のガレージを徴発して、そこで救援活動を行なうことにした。あちこちからテーブルを集めてきた。学校もからっぽにされたけれど、紙は見つかっても鉛筆はなかった。

フェルナンは県庁に出頭し、指示を仰ぐつもりだったが、結局それはやめにした。ベロー礼拝堂はすぐ近くだ。標示板には三キロと書いてある。心にかかっていた不安や落胆が薄れ始め、アリスの姿が再び大きく脳裏に浮かんだ。彼女の健康状態が心配じゃないのか？　数日前にはすぐにでもトラックに飛び乗り、彼女を迎えに行こうとまで思ったのに、こうしてぐずぐずと道草を喰い、水浴びなんかしたりして。彼は歩を速めた。

背中にしょったリュックサックのなかで、『千一夜物語』の本が百フラン札の束に挟まれ揺れていた。

51

ラウール・ランドラードは石鹸の箱を引っぱるよりも押すほうがいいと思ったが、そのせいでかえって大変なことになってしまった。箱はしょっちゅう方向がそれるものだから、手足をあっちへやったりこっちへやったりしなければならず、小舟を曳いてロワール川沿いを歩いたときからの疲れがいっそう増すはめになった。

「引いたほうがいいんじゃないか」とガブリエルは言ってみた。

けれどもラウールは頑としてゆずらなかった。こうしてうしろから押していれば、ミシェルのようすを見ていられるからだ。なにかしてやれることがあるからではない。どのみち犬は死にかけていた。もうじっと動かず、大きな頭を横に倒し、舌を垂らしている。脚には力が入らず、目はガラス玉のようだった。鉄の車輪がついた荷車の音は、神経を逆撫でした。ラウールはまわり道してでも、道のくぼみや裂け目を避けて進んだ。必死の努力に歪《ゆが》んだ顔は、白粉《おしろい》をまぶしたみたいに蒼ざめていた。

ガブリエルは交代しようかと思ったが、松葉杖をついている身ではそうもいかなかった。ミシェルは具合が悪そうだが、ガブリエルの傷もほとんどよくなっていなかった。ラウールがずっと戦いを共にした戦友より、ほんの二日前に拾った犬のほうを心配しているのを見たら、誰だってむっとしただろうが、ガブリエルは腹を立てていなかった。ここ数日で、彼が変わったのを目にしていたから。それはあの手紙が来たときからだ。ラウールはかっとなった拍子に破り捨ててしまったが、とても衝撃を受けていた。あの手紙が突きつけた疑問、そこから導き出される答えは、彼が生きる拠り所として築いた心の壁にひびを入れた。ガブリエルはラウールという人間が少しわかり始めた。彼は思い悩んでいるのだ。

ベロー礼拝堂はすぐそこだったが、ガブリエルは不安でいっぱいだった。いま必要なのは医者、それも外科医だというのに、司祭を探してどうなるんだ？　彼は片脚をなくした自分を想像した。そういえば子供のころ、ディジョンで手や脚を欠いた傷痍《しょうい》軍人を見たことがあった。前の大戦の帰還兵だった彼らは、生きのびるために宝くじを売っていた。

体を乗り出すと、こわばったラウールの横顔のむこうに、死にかけたミシェルの大きな頭が見えた。

そんな思いを胸に抱いて、二人はベロー礼拝堂の門扉のまえに着いたのだった。ひらいた鉄柵の扉には、なんの標示もなかった。

「ここかい、奇跡が行なわれているっていうのは？」

ラウールは疑わしそうに言った。まるでジプシーのキャンプだ。

「そのとおりです」という声がした。「ここですとも」

二人は顔をあげ、この明るく子供っぽい叫びがどこから来るのかきょろきょろした。礼拝堂の入り口を守るようにして立つ楡《にれ》の木の枝に、カラスかと見まがう黒い法衣《スータン》がはためいている。それは司祭だった。司祭はロープを伝ってするすると地面に降りてきた。若くて、にこやかな男だ。

「これはまた、お利口そうな犬ですね」司祭は荷車に身を乗り出してそう言うと、ガブリエルに目をむけた。「それに兵隊さんも、主の助けを必要とされているようだ」

そのとき、まさかと思うことが起きた。ガブリエルにも予想外だった。ラウールがばったり倒れこんだのだ。

ガブリエルはあわてて友を支えようとしたけれど、松葉杖が邪魔でうまくいかなかった。ラウールの頭が石にぶつかり、鈍い嫌な音を立てた。

「神よ！」とデジレ神父がさけんだ。「誰かこちらへ、手を貸して」

アリスとシスター・セシルが同時に駆けつけた。

修道女はラウールの脇にひざまずき、頭を持ちあげて傷の具合をたしかめた。それからまた、頭をそっと地面に戻した。

「アリス、担架を持ってきて」

アリスは救急診察車にむかって走った。セシルはラウールの脈を取りながら目をあげて、松葉杖につかまってよろめいている若い男を見つめた。

「疲れきっていたんですね、この人は……すっかり、疲れきっていたんです。で、あなたのほうは？」とセシルはガブリエルにたずねた。

「太腿《ふともも》を銃で撃ち抜かれて……」

修道女は目を細め、驚くほどてきぱきとガブリエルの包帯をほどいた。

「ひどい状態だけど……（彼女は傷の周囲を触ってみた）まだ間に合うわ。すぐお医者さんに診てもらいましょう」

ガブリエルはうなずき、ぐったりと横たわるラウールと荷車をふり返った。

「どなたか、犬の具合を診てくれる人は？」

「人間を診るお医者さんはいますけど、獣医までは……」とシスター・セシルが答える。

ガブリエルはその言葉がよほどつらかったのだろう、顔をひきつらせた。なにか言おうと口をひらきかけたとき、デジレ神父がさっと遮った。

「神様はみずからがお造りになったものすべてを愛していらっしゃいます。例外はありません。ここにいるお医者様も同じはずです。そうですよね、シスター・セシル？」

彼女が答える間もなく、デジレ神父はガブリエルをふり返った。

「あなたはゆっくりお休みなさい。犬の世話はわたしがします」

彼はそう言うと、陸軍の救急診察車のほうへ荷車を押していった。

アリスが担架を持ってやって来た。二本の棒のあいだに布を張っただけの、簡素なものだった。前とうしろから棒を持ちあげ、患者を運ぶのだ。シスター・セシルはアリスを見つめた。アリスの顔は真っ青だった。

「大丈夫？」

アリスは笑顔を作った。大丈夫よ……

「ここにいて」と修道女は言った。「誰か呼んでくるわ。フィリップ！」

ベルギー人のフィリップは神様のトラックのオイル交換をしていたが、すたこらこっちへやって来た。セシルとフィリップは地面に置いた担架に二人がかりでラウールを乗せ、診察車のほうへ急いで運んだ。

彼らが遠ざかったところでガブリエルは気づいた。見ればアリスが口をひらき、胸を押さえている……やがて彼女はがっくりと膝をついた。

今日はやたらと、人が倒れる。そういうご時勢ってことだろう。

ガブリエルはあわてて松葉杖を放り出し、アリスを抱き起こして足を引きずりながら診察車へ急いだ。その姿は、初夜の床へむかう新婚カップルのようだった。

ルイーズはその場面を遠くから逐一眺めていたが、手を貸す余裕はなかった。あまりに急な展開だったし、今は十歳以下の子供たちの子守をしている最中だ。〝双子を取るか、ほかの子供を取るか〟という緊迫した状況が次々続くとあっては、それをほっぽり出しては行けない。腕のなかですやすや眠っている女の赤ん坊だって、どこに置いたらいいのか。

ようやくみんな、救急診察車に着いた。ドアがあくとまずは担架がなかに入り、アリスを抱きかかえたガブリエルがあとに続いた。しばらく混乱が続いたあと、ガブリエルが押し出されてドアがばたんと閉まった。金属製のステップの前に残ったのはガブリエルとベルギー人のフィリップ、それにデジレ神父がここまで運んできた荷車と、なかで苦しんでいる犬のミシェルだけだった。

気絶したアリスを若い男が抱きかかえ、足を引きながらキャンプを横ぎるのを見て、ルイーズは胸を打たれた。アリスはこの二日、彼女と三人の赤ん坊の世話をしてくれた恩人だった。

ルイーズは男を観察した。

彼は犬をじっと見ていたが、突然、意を決したように診察車のステップをのぼり始め、拳でノックしようとした瞬間、いきなりドアがあいた。修道女が注射器を手に出てきた。足を踏んでるわよ、とでもいうように、彼女は肘で男を押しのけた。そしてステップを駆けおり、犬のうえに身を乗り出し、皮膚をつまんで針を突き刺した。

「これでよくなるわ」とセシルは言った。「この手の動物は頑強だから。さあ、そこをどいてちょうだい」

彼女は肩でガブリエルを押しのけ、ステップをのぼって診察車のなかに戻ると、背後でまたばたんとドアを閉めた。

ガブリエルは犬をのぞきこんだ。まるで死んでいるかのようだ。胸に手をあててみると、眠っているだけだった。

彼はひき返して松葉杖と、修道女がほどいた包帯を拾いあげた。そして少し離れた石のベンチに、崩れ落ちるように腰かけた。

「ちょっといいかしら」ルイーズは声をかけた。

ガブリエルは松葉杖を肩にもたせかけ、にっこり笑って少し体をずらした。

「男の子ですか、それとも女の子？」と彼はたずねた。

「女の子よ。マドレーヌっていうんです」

そのあとルイーズは、つぶやくようにつけ加えた。

「ああ、そうだわ……」

「どうかしましたか?」とガブリエルがたずねる。

「いえ、なんでもありません」

〝マドレーヌ〟のことを、ルイーズはたったいま思い出した。それはエドゥアール・ペリクールの姉の名前だった。エドゥアールは砲弾の破片で顔の下半分を吹き飛ばされた若い帰還兵で、ベルモン夫人が大戦後、物置小屋の二階に下宿させていたのだ。一生懸命彼の面倒を見ていた戦友のアルベール・マイヤールは、マドレーヌのことをとても親切な人だと言っていた。もっともある日、アルベールはペリクール家の夕食に招待され、すっかり落ちこんで帰ってきたけれど。ルイーズも一度だけ、マドレーヌを見かけたことがある。その後、彼女がどうなったのかは知らないが、エドゥアールはよく姉のことを話していた。自分のことを本当に愛してくれたのは、家族のなかで彼女だけだったと。

「とても可愛いですね、マドレーヌちゃんは……」

本当は母親のほうを褒めていたのだけれど、こんな状況だからはっきりとは言えなかった。ルイーズも心得たもので、ガブリエルがストレートにそう言ったかのように、にっこり笑ってこの言葉を受け入れた。

ガブリエルはキャンプをぐるりと指さしてたずねた。

「ここはどういう場所なんですか、要するに？」

「要するに、誰にもわからないわ。難民のキャンプみたいだけれど、教会でもあるし。村の小教区、ボーイスカウトのキャンプ……いえ、むしろ、教派の壁を超えた世界教会主義《エキュメニスム》のキャンプと言ったほうがいいかも」

「だから修道女が何人もいるんですね？」

「いえ、シスター・セシルだけです。デジレ神父にとっては、身代金みたいなものね。郡長さんを強請《ゆす》って勝ち取った……」

「救急診察車もですか？」

「デジレ神父は戦利品だと思っているでしょう。一時的に借りているだけですけど」

ルイーズはガブリエルの脚の傷を見た。

「太腿を撃ち抜かれたんです。最初は順調に治っていたんですけど、途中から化膿し始めて……」

「すぐにお医者さんが診てくれるわ」

「そうですね。シスターの見立てでは、大したことないそうですが、医者にも診てもらったほうが……でも、愚痴は言ってられません。友人のほうが心配ですから。ここに来るまでで、もうへとへとだったので……」

「遠くからいらしたんですか？」

「パリからです。そのあと、オルレアンにまわって。あなたは？」

「どうやらみんな、同じコースをたどってるようね」

そのあと彼らは長いこと黙りこみ、難民がひしめくキャンプを眺めた。ようやくどこかへたどり着いた。二人はともに、そんなたたずまいだった。ここには雑然として活気に満ち、工夫を凝らした暮らしがある。どこかほっとするような、心休まるものがある。それは二人が、もうずっと前から忘れていたものだった。ルイーズはジュールさんのことを考えた。ここに来てから、心配でしかたなかった。彼も避難場所を見つけただろうか？ジュールさんが死んだなんて、彼女は決して思わないことにした。

ルイーズがいっしょにこのベンチに腰かけ、赤ん坊をのぞきこんでいるようすを目にしたときから、ガブリエルにはずっと気になっている疑問があった。

「マドレーヌちゃんの父親は……兵士なんですか？」

「父親はいません」

そう言うと、ルイーズは微笑んだ。つらい事実を告げている女の顔ではなかった。ガブリエルはもの思わしげに脚をさすり続けた。

「診察車の前まで行って、ステップの下で順番を待ったほうがいいわ」とルイーズは言った。

ガブリエルはうなずいた。

「そうですね。でも、その前に……なにか食べるものをもらえますかね？」

ルイーズは菜園の近くに置かれた焼肉機《ロースター》を指さした。

「あそこでビュルニエさんに頼んでみたら？　まだ時間じゃないとぶうぶう言うかもしれないけど、夕食までお腹を持たせるくらいなら、どうにかしてくれるでしょう」

ガブリエルは笑ってルイーズに一礼し、にぎやかなキャンプの奥へむかった。

52

ガブリエルはこの瞬間を恐れていた。鉄のステップを四段のぼり、診察車のなかに入って軍医に脚を診てもらわねばならない。シスター・セシルは大丈夫と言っていたけれど、人をなだめるのが修道女の役目だ。そもそも修道女が傷を診て、切断するしないを判断できるとは思えない。

真実に直面するのが恐ろしくて、傷がいっそう痛んだ。

「おやまあ、こんなところでどうしたんだ？」

軍医はいきなりそう言った。ガブリエルは驚きのあまり、一瞬痛みを忘れるほどだった。

「じゃあ、みんなそろってマイアンベール要塞からここに来たってわけか？」

それはガブリエルがかつてマジノ線で、チェスの対戦をした軍医だった（あれ以来、時が倍の速さで流れたような気がする）。彼のおかげで、主計下士官の代役をすることができたのだ。

「そう、さっきも診たぞ……あの男、なんていう名前だったかな」

軍医はファイルを確かめた。

「ラウール・ランドラード！　あいつもマイアンベール要塞にいたじゃないか。マジノ線がすっかり退却したんじゃ、こいつはとても勝ち目はないな」

軍医はそう言いながら、ガブリエルを診察台に寝かせ、包帯をほどいて傷口の消毒を始めた。

「喘息《ぜんそく》の代わりに今度は銃弾か。そりゃ無謀だな」

「ドイツ軍に撃たれたんです」

ガブリエルそう言いながら、ぐっと歯を食いしばっていた。すぐに話題を変えなくては。

「先生はここに……」

この医者と話すときは、いつでも皆まで言う必要がない。最初の一言《ひとこと》、二言《ふたこと》で充分だった。

「そりゃもう、大混乱さ。八週間で四回も配属先が変わったよ。転勤リストを見たら、このくそったれな戦争に負けるわけがよくわかるだろうよ。このわたしをどう使えばいいのか、誰もわかっちゃいないんだ。勝利のためにわたしが必要だとは言わんが、役に立つことはできる。もう、どうでもいいがね」

彼はそこで言葉を切り、曖昧な身ぶりをしてあたりを指さした。

「そんなこんなで、今はここにいるってわけだ……」

ガブリエルは痛みで体をこわばらせた。

「これは痛むかね？」

「ええ、少し……」

軍医は疑わしそうだった。彼の見立てと違うらしい。

「野戦病院がここに設置されたってことですか？」ガブリエルはベッドの支柱を握りしめながらたずねた。

軍医は話に熱中すると、長々と手を止める癖があった。外科医でないから、まだよかったけれど。

「デジレ神父はどんなところにも押しかけるからね。救急診察車が要るとなれば、探しに行く。そして軍の診察車ともども、わたしも連れてこられたのさ。みんな言っているよ。デジレ神父が相手では、どうしようもない。彼がいったんこうと決めたら、話はそれで決まりなんだって。たしかにそのとおりだと、わたしも断言できる」

軍医は診察を続けながら、いやはやとでもいうように首をふった。

「いやはや、ここにはベルギー人、ルクセンブルク人、オランダ人がいる。フランスでは外国人のほうが、避難先を見つけるのもひと苦労だろう。神父はそう言って、一人、二人、三人と迎え入れた、今ははたして何人いることやら。ともかく、相当な数になる。昨日から、ひっきりなしに診てきたよ。デジレ神父は郡長と直談判し、調査に人をよこせと掛け合ったらしい。外国人にも権利があると主張してね。戦争中だっていうのに、あきれたもんだ。まあ、誰も来なかったがね。そこで司祭は、また郡長に会いに行った。結果は例によって例のごとし。郡長が火曜日、ここまで出むくことになった。それに合わせて野外ミサを執り行なう、と司祭は言っている。変わった男だよ、まったく」

「それで、先生は……」とガブリエルは言いかけた。

「ああ、わたしかね」と軍医は、質問を聞くまでもなく答えた。「ボーゼルフーユ大佐には二日の予定でここに派遣されたが、ことの成り行きを見ると、きみと同じく、しまいには……」

「しまいには……どうなるんです？」

「ドイツ軍の捕虜ってところかな。さあ、立ちあがって」

軍医は机代わりのテーブルに歩みより、うえに腰かけてガブリエルを眺めた。

「わたしもきみも、結局ずっと囚われの身なのさ。前はマイアンベール要塞で、今はここで。次はドイツの監獄だろう。だったら前の二つのほうがましだが、自分では選べないからな」

　ガブリエルはテーブルに腰かけたままだった。

「ぼくの脚は？」

「えっ、きみの脚？　ああ、そう、きみの脚ね」

　軍医は書類に目を落とし、じっと考えこんだ。

「きみの太腿《ふともも》を撃ち抜いたのは、ドイツ軍の銃弾じゃない。わたしを見くびっちゃ困るな」

　ガブリエルは医者から、まだなんの診断ももらっていない。それを待っているのに、どうなってるんだ。彼は怒りを爆発させた。

「そのとおりですとも、先生。真実を知りたいなら言いますが、ぼくはフランス軍の銃弾で、脚を撃ち抜かれたんですよ。さあ、教えてください。くそったれなこの脚は治るんですか？　それとも切り落として、豚の餌になるんですか？」

　軍医は夢想から醒めたらしい。気を悪くしているようすはまったくない。彼はどんなことにもすべて達観していた。

「一つ、フランス軍の銃弾だった話は、聞かなかったことにしよう。二つ、悪いが豚には、よそで餌を探してもらう。三つ、排膿管《ドレーン》を入れたので、六時間おきに替えること。わたしの処方どおりにすれば、来週にはいちばん近い売春宿まで歩いていけるぞ。四つ、今晩、チェスのお手合わせを願おうか」

その晩、軍医は二度負けたけれど、大いに満足だった。

ガブリエルが寝床にむかったとき、すでに夜も更けていた。ラウールのもとへ行くには、キャンプを横ぎらねばならない。いちばんの近道は礼拝堂を抜けることだが、彼はまだなかに入ったことがなかった。入り口で立ちどまり、なかをのぞきこんだ。身廊、中央交差廊、そして内陣まで、寝藁《ねわら》や簡易ベッド、マットレスが敷き詰めてある。そこで何十人もの人々、いくつもの家族が眠っていた。ガブリエルはうえを見あげた。屋根にはそこかしこに穴があいていて、まるできれいな星空のようだ。あたりに漂う雰囲気は、人がすし詰めになっているとは思えない。いや、それどころか……ガブリエルは言葉を探した。

「調和……」

ガブリエルはふり返った。

デジレ神父が両手を背中にまわし、近くに立っていた。眠りこけている人の群れを、彼もじっと眺めている。

「それで」とデジレ神父はたずねた。「脚のお具合は?」

「大丈夫だと、軍医さんが言ってくれました」

「心配性のところはありますが、医者としての腕はいい。信頼できるかたです」

　ガブリエルはアリスの容態についてたずねた。

「彼女は元気です。いきなり倒れたのでみんなびっくりしましたが、大したことはありません。彼女には休息が必要なのです。主はまだあのかたを必要とされているのですから」

　ガブリエルはほっとしたけれど、ラウールのことも心配だった。デジレ神父はそれを感じ取ったようだ。

「あなたのお友達も元気ですよ。頭に大きなこぶができるでしょうが、こぶひとつで戦争を終えられるなら、これぞ主のお恵みではないですか」

　ガブリエルはそのとおりだと、身ぶりで認めねばならなかった。主のおかげかどうかはわからないが、ラウールもおれ自身も、どうにかこの戦争を乗り切ることができた。

「次の火曜日」とデジレ神父は続けた。「郡長さんを歓迎するため、ミサを執り行なう予定です。ああ、もちろん義務ではありませんから、無理して参列しなくてもけっこうです。聖書のなかにも、こんな一節があります。〝イエスは使徒たちにおっしゃいました。わたしのあとを追ってはなりません。あなたがた自身の道を行きなさい。なぜならその道は、あなたがたをわたしのもとへ導くでしょうから〟」

デジレ神父はぷっと小さな笑い声をあげたが、馬鹿なことを言ってしまった子供みたいに目をきょろきょろさせ、あわてて手を口にあてた。

「ぐっすりお眠りなさい、わが子よ」

神父はそう言って、そっと十字を切った。

はたしてガブリエルは穏やかな一夜をすごした。彼とラウールは豚の飼い桶からほど近いところに寝かされた。あたりは臭かったし、豚はひと晩じゅう騒がしかった。餌をついたり、穴を掘ったり、ぶうぶうなったりで、たまったものじゃないけれど、二人は早く眠りたい一心で気にならなかった。ガブリエルが思ったとおり、ラウールの脇にはミシェルも横になっていた。ガブリエルもその頭を撫でた。犬は穏やかな寝息を立てて、ぐっすりと眠っていた。


二人は朝早く目覚めた。戦場にいたときの習慣だ。

ガブリエルが松葉杖をついて中庭まで行ったとき、ラウールはすでにコーヒーカップを手にしていた。もう片方の手で、脇にすわったミシェルの頭を撫でている。

「見たところ、ミシェルも元気そうだな」とガブリエルは言った。

ラウールは不機嫌そうな目をしていた。

「ここにいつまでもいる気はないんだ」

何を言い出すかと思えば。でも、どこへ行くつもりなんだ。パリはもうベルリン時間に変わっているらしい。デジレ神父がラジオで聞いたところによると、政府はボルドーに移ったという。最終的な無条件降伏を待つしかないだろう。それなら、ほかに行ってもここにいても同じじゃないか。

ガブリエルはラウールがシスター・セシルを見つめているのに気づいた。セシルは礼拝堂の近くで、デジレ神父と話している。

「彼女はミシェルが食いすぎだと思ってるんだ。人間が食べるだけでぎりぎりなんだから、〝犬の食べ物はあとまわし〟だってね」

ラウールはコーヒーを飲み干した。

「ちょっと支度をしたら、医者のところへ行ってミシェルの薬をもらい、出ていくよ」

ガブリエルはとりなそうとしたが、ラウールはさっさとむこうへ行ってしまった。ミシェルが疲れきった足どりで、のろのろとそのあとをついていく。ガブリエルはデジレ神父に会って、この件をどうにかしてもらおうと思った。その途中、ルイーズとすれ違った。彼女は双子を託児所に連れていき、コーヒーをもらってきたところだった。

「脚はどうですか？」

「心配ないって、軍医さんが太鼓判を押してくれました。次の戦争にも出られるだろうってね」

二人は墓石のうえに腰かけた。ガブリエルはびっくりしたように言った。

「罰《ばち》があたりませんかね？」

「デジレ神父は、むしろ望ましいことだと思ってます。彼に言わせると、墓石には叡智《えいち》が詰まっているのだとか。こうやってそこに浸るのが、世界教会主義流《エキユメニスム》なんでしょう。座浴みたいに」

ルイーズはそんな連想をしたことに、顔を赤らめた。

「そういえば、まだお名前をうかがってませんでしたね」

彼は手を差し出した。

「ぼくはガブリエルといいます」

「わたしはルイーズです」

ガブリエルは彼女の手を握った。たぶん、偶然だろう。ルイーズという名前は、珍しくない……でも、ラウールがあの手紙を受け取ったのは、ほんの三、四日前だ。まだ差出人がこのあたりにいても不思議はない。手紙の仲介をしたのは、見張りの曹長だったことだし……

「ルイーズ……ベルモンさん？」

「ええ、ベルモンです」と彼女はびっくりして答えた。

ガブリエルはもう立ちあがっていた。

どうしてなのだろう、ルイーズははっと気づいた。

「連れてきたい男がいるので、ここで待っててください。いいですね……」

ほどなくガブリエルは、友人をともない戻ってきた。彼にはひとこと、〝ルイーズがここにいる〟とだけ言ってあった。

「ルイーズさん、友人を紹介します。ラウール・ランドラード。あとは二人で話してください……」

ガブリエルはその場を離れた。

われわれもそうすることにしよう。ルイーズとラウールには、水入らずになることが必要だ。話の続きはいずれわかるだろう。ただ眺めていよう、感動的な場面を。ラウールはルイーズの隣に腰かけた。二人はまだひとことも言葉を発していない。彼はポケットの奥から、小さな紙切れを取り出した。手もとに残っていた手紙のかけらは、それだけだった。そこには彼女の署名があった。ルイーズ、と。

二人は一日じゅう話した。その場を離れたのは、ルイーズがマドレーヌの世話に行かねばならないときだけだった。それでも二人は話し続けた。ラウールは母親について、すべて知りたがった。常軌を逸した恋の物語、ジャンヌが憂鬱のなかですごした後半生は、彼に激しい苦しみをもたらした。母親はパリに住んでいた、少し手を伸ばせば届くところに。ドクターが真実を話してくれさえしていたら、母親に会えたのに……ジャンヌも息子がヌイイにいることを、ずっと知らないままだった。ほんの目と鼻の先、かつて小間使いとして仕えた屋敷に、大切な子供がいたことを。そう思うと、ラウールは胸が掻きむしられるようだった。彼にとってとりわけ恐ろしく、つらかったのは、自分をあの女、あの継母《ままはは》の手に委ねたドクターが、実の父親だとわかったことだった。父親は彼を継母から守るため、小指一本あげてはくれなかったのだ。

そろそろ昼が近づいてきたころ、神様のトラックで食料を調達してきたデジレ神父がそばを通り、立ちどまって二人を眺めた。握り合った手、寄せ合った顔と顔、ラウールが不器用そうに拭っている涙から、なにか痛ましいことが起きているのだとわかった。

「主はあなたがたを同じ道に導かれました」とデジレ神父は声をかけた。「あなたがたが今、どんな悲しみに打ちひしがれようと、主は善きことをされたのです。なぜならその悲しみゆえ、あなたがたは強くなれるのですから」

神父は二人の頭のうえで十字を切り、立ち去った。

正午、ラウールは小さな手紙の包みを手にしていた。それはルイーズが逃げまどうあいだも奇跡的に持ち続けていたジャンヌの手紙だった。

「これを読んで」とルイーズは言った。

「あとでな」とラウールは答えた。まだ決心がつかなかった。

さらに二人は、数えきれないほど質問をし合った。彼らの物語に、ようやく隅々まで光があたり始めた。ラウールは思いきって包みの紐をほどいた。

「いや、ここにいてくれ」と彼は言った。

そして読み始めた――〝一九〇五年四月五日〟。


午後七時ごろ。日が沈みかけている。デジレ神父は夕食を早く出すようにと、いつものように発破《はっぱ》をかけた。子供たちのために、と彼は言っていた。〝家族で夕食を取るのは大事なことですが、子供は早く寝なければなりません。だから遅くならないうちに、食卓を整えましょう〟と。夕食の時間は新参者にとって、最大の驚きだった。昼食はみんないっしょではなく、それぞれ好きなように取ればいい。しかし夕食となると、話は別だ。

「それがわれわれのミサみたいなものなんです」とデジレ神父は言っていた。

予定の時間になると、家族やグループが墓石のうえに三々五々、集まってくる。いくつか並んでいるテーブルは、小さな子供と高齢の難民専用だ。デジレ神父が食前の祈りを唱えるまでは、まだ誰も食べ始めない。顔という顔が神父のほうをむき、ナイフとスプーンは天を仰いでいる。やがて神父は力強い声で、雲を見つめながらこう言う。

「主よ、分かち合いの時を讃えたまえ。主にお仕えする力を、われらの体に授けたまえ。主のまなざしにより、われらの魂を鍛えさせたまえ。アーメン」

「アーメン！」

こうして皆が、静かに食べ始める。ほどなくささやき声が聞こえ始め、やがてそれは学生食堂のようなざわめきに変わる。人々のそんなようすに、デジレ神父は満足そうだった。彼はこの瞬間が好きだった。食前の祈りはその日、そのときの状況に合わせるようにした。ここがいちばんの見せ場とばかりに力を入れた。

その晩の祈りは、次のようなものだった。

「主よ、あなたはわれわれに、この体を養う糧をお与えくださいました。そしてまた、この魂も養ってくださいました。なぜならあなたのおかげで、われわれは他者と出会えたのですから。自分とよく似ているけれど、自分とはまったく違う人。われわれはそのなかに、わが姿を認めるのです。あなたのお力で、われわれは他者に心をひらくことができました。

あなたがわれわれに、御心をひらいてくださったように。アーメン」

「アーメン！」

皆が食べ始めた。

アリスはお祈りのとき、いつも恍惚の表情を浮かべていた。まるで主の慈悲とデジレ神父の愛、この美しい一瞬に呑みこまれたような。

けれどもその晩は違っていた。

庭の入り口に立つ薄暗い人影に、彼女は目を奪われていた。それは汚れた制服を着た、ひげだらけの男だった。片方の腕の先に、リュックサックをぶらさげている。

「フェルナン！」

アリスは立ちあがり、両手を口にあてて言った。

「神様……」

「アーメン」とデジレ神父が言った。

「アーメン！」と人々が繰り返した。

53

「それとこれとは話が別だ」とフェルナンは言い張った。「あいつがいる。わかるか？あいつら二人とも、そこにいるんだぞ」

彼は声を潜めて話した。共同寝室は満杯だった。

アリスは彼を抱きよせた。フェルナンはいつもそうするように、彼女の胸に手をあてた。丸々と引き締まった胸。いつでもやさしく迎えてくれる、母親のような、恋人のような胸。サテンの輝きをした艶のある胸。アリスの胸を言いあらわすには、いくら言葉を尽くしても足りない。再びこの感覚を味わって、フェルナンは感動のあまり涙ぐんだ。山ほど質問もした。心臓の具合は大丈夫なのかい？　どうしてここに来たんだ？　無理をしないほうがいいのでは？　要するに、きみの役割は？　だったらきみのほかに、手助けするひとはいないのか？　あの神父、いろんな顔を持ってるみたいだが、悪いけど神父だけには見えないな。ヴィルヌーヴに帰って、休んだほうがいい。だめだって？　どうしてだめなんだ？　などなど。

アリスは自分で編んだセーターみたいに、フェルナンのことを熟知していた。彼がこんなふうに質問攻めにしてくるのは、別にうわべを取り繕っているのではない。真剣にたずね、答えを求めている。けれどもそれは、内心の不安や心配のあらわれだった。彼は気に病む質《たち》なのだ。アリスは忍耐強く、「ええ」とか「いいえ」とか答え続ける。すると決まって、最後にそれが顔を出す。それはまず、こんな形でやって来た。フェルナンは彼女の胸を押さえ（彼はなぜか熱い手をしていた。それは安心感に満ちた手だった）、こう言った。

「もとはといえば、ごみ収集人がきっかけだった。そこでおれは、『千一夜物語』のことを思った。つまり、ペルシャのことを。わかるかな？」

アリスは小さく口を鳴らした。ごみ収集人と『千一夜物語』がどこでどう結びつくのか、彼女にはわからなかった。

フェルナンは一部始終を語った。

アリスは彼を非難するどころか、とてもわくわくするような冒険だと思った。『千一夜物語』にふさわしいわ。ただわたしの夢を実現するために、フェルナンがこんなことをするなんて。アリスは涙があふれた。フェルナンは彼女ががっかりするだろう、彼女に責められるだろうと思っていた。けれども、アリスが口にしたのは愛の言葉、欲望の言葉だった。彼女はフェルナンのうえに覆いかぶさり、抱きしめた。音が聞こえているかもしれないなんて、頭になかった。ここは貧しい大家族のようなものだ。みんな丸聞こえでも、誰もなにも言わなかった。

ようやく二人はひと息ついた。いつもならフェルナンはすぐに寝息を立て始めるのだが、その晩はなかなか眠れなかった。

彼はまだすべてを話していない、とアリスにはわかった。

「お金の一部は、ここに持ってきた。リュックサックに入ってる。まだ五十万フランくらいあるはずだ」

このときまで、フェルナンは〝お金〟と言うだけで、金額までは明らかにしなかった。だからアリスは〝お金の入ったバッグ〟と聞いても、ハンドバッグ程度にしか思っていなかった。でも、このリュックサックに五十万フランも入っているのだとしたら……

「それで、パリの地下室には？」と彼女はたずねた。

フェルナンにもよくわからなかった。きちんと数えていなかったから。

「おおよそ……八百万か……一千万か……」

アリスは呆気《あっけ》にとられた。

「そう、一千万以上あるはずだ」

大金を前にすれば、誰だってびっくりする。さらに額が大きくなれば、恐ろしくなる。けれどもこれほどの額になると……アリスはぷっと吹き出した。フェルナンは彼女の口を手で押さえたが、笑いは止まらなかった。アリスは枕代わりのリュックサックに噛みついた。あなた、すごいわ、と彼女は言った。いいえ、お金じゃなく、そんなとてつもない思いつきがすごいわよ。アリスはまたもやフェルナンに覆いかぶさり、もう一度彼に貫かれた。いつ心臓が止まって死んでもいい。今が最高のタイミングだわ。

それでもフェルナンは、ますます眠れなくなった。

じゃあ、まだ続きがあるのね。アリスは夫がこの一週間で、ひとの三倍も生きたような気がした。彼はさらにどんな告白をするのだろう？

「殺人さ、アリス、あれは殺人だ」

彼女は震えあがった。フェルナンは人を殺したのだろうか？　話はシェルシュ＝ミディ軍事刑務所とパリ地方交通公社《TCRP》のバスから始まり、若い男の頭に撃ちこまれた銃弾、職務を果たしたと満足している厳格な大尉のことへ至った。それから、フェルナン自身のことにも。あのときおれは逃げ出した二人の囚人に、銃で狙いをつけた。けれども、撃つ勇気がなかった。

「その二人が、ここにいたんだ。信じられない」とフェルナンは言った。「やつらが墓地でテーブルについているのを目にしたとき、すぐさま飛びかかって首根っこを押さえつけ、法の名のもとに逮捕するべきだったのに、おれはなにもしなかった。やつらは逃亡者なんだ、アリス。脱走兵で、略奪者なんだ。でももう、それも終わりだ。戦争は終わった。おれも終わった」

悲しくはなかった。けれどもフェルナンは、打ちひしがれていた。彼が気がかりだったのは逃亡者のことというより、自分の弱さ、無気力だった。おれはすっかりだめになっちまった。

義務の問題は、お金のこととはまた別だ。アリスは彼をなだめることができなかった。フェルナンは理屈が通じる男ではない。二人とも、一睡もできなかった。毎朝五時ごろ、雄鶏の鳴き声で人々は目を覚ました（「さっさと串焼きにしちまいましょう」と、みんなデジレ神父にたのんだけれど、いくら言っても無駄だった。「あの鶏は、賛課のときを告げてくれるのです。イエスはわれらの〝日の出〟なのです」）。けれど鶏が鳴いたときも、二人はまだ星空を眺めていた。アリスはフェルナンをふり返った。

「ねえ、あなた、こっそり教会に行っていたわよね。わけは知らないし、どうでもいいわ。でも神父さんに告解《こっかい》をしたら、気持ちが楽になるんじゃないかしら……」

どうしてアリスがそれを知っているのか、フェルナンは不思議に思わなかった。彼女はなんでもお見通しなんだ。別段、驚くにはあたらない。しかし、告解の相手がデジレ神父となると、どうしたものだろう？　彼とはその晩、少しいっしょに過ごしただけだが、あまり信頼できそうに思えなかった。

「信頼できないですって？」

「それはつまり……」

「あのかたは聖人よ、フェルナン。聖人様に告解をする機会なんて、そうそうあるもんじゃないわ……」

こうして五時半ごろ、フェルナンはデジレ神父の部屋の前で待ち（神父は毎朝六時前にそこから出てくる）、彼の姿を見るなりこう言った。

「神父様、告解したいことがあります。急いで……」

すでに礼拝堂はないも同じだった。ずっと前から、椅子も祈禱《きとう》台も祭壇も取り払われている。けれども告解室はそのままだった。この教会に残っている備品は、罪を流し去る排水口だけというわけだ。

フェルナンはすべてを語った。逃亡者の問題は、とりわけ彼の心を苛《さいな》んでいた。

「わが子よ、それならあなたの義務とはなんでしょう？」

「彼らを捕まえることです、神父様。そのためにわたしは……いえ、神はわたしをここに遣わしたのです」

「つまり主は、彼らを捕まえるためにあなたをここに遣わしたのであり、彼らを殺すためではなかった。もしも主がそれをお望みだったなら、あの二人はとっくに死んでいたことでしょう」

フェルナンはこの理屈に黙りこんだ。

「あなたは良心に従い行動しました。すなわち、主のご意思にのっとって。だから思い悩むことはなにもありません」

〝それだけ？〟とフェルナンは言いたかった。

「ところでそのお金は」とデジレ神父はたずねた。「いっしょに持ってきたと言いましたね」

「全部ではありませんが。一部だけです……それは盗んだお金で……」

するとデジレ神父は、今にも怒り出しそうな勢いで言った。

「違いますよ、わが子よ。まったく違います。当局は錯乱と狂気のなかで、われわれみんなの財産であるべき貴重な富を、大量に焼きはらってしまった。けれどもあなたが、その一部を守った。これが真実です」

「だったら……お金は返さねばなりません」

「場合によってはね。それが間違いなく善きことのために使われるのなら、お返しなさい。さもなければ、あなたがその一部を手もとに置き、ご自分で善行のために使うことです」

フェルナンは告解室を出るとき、くたくたになっていた。奇妙なことに、デジレ神父はまるで弁護士のように告解を聞いた。けれどもフェルナンは心が軽くなっていた。それは認めねばならない。

54

時を忘れて話し続けたおかげで、ルイーズもラウールも心が慰められた。ルイーズはなにかが償われ、正義が戻ったように感じた。

「もちろん、母には遅すぎたけれど……」

ルイーズは〝ジャンヌ〟と言うつもりだったが、彼女にとってジャンヌはまた母親に戻っていた。

ラウールの顔つきは、数時間のうちにすっかり変わった。二人を遠くから眺めていたガブリエルにはよくわかった。それはアラスの町での裁判でジャン・ヴァルジャンの髪が突然白くなるのに匹敵する、劇的な変化だった。ラウールはこれまでの半生を、訥々《とつとつ》と語った。ルイーズは言葉を補いながら、彼が話すのを助けた。ラウールの身に起きたことはすべて、彼のせいではなかった。彼は厄介払いできないせいで虐待され続けた、期待はずれの子供ではなかった。彼は自分が悪意に満ちた女の犠牲者だったことを知り、気持ちが楽になった。

けれども、父親に対するラウールの怒りは大きかった。あの男は二度にわたり、実の息子を捨てたのだ。まずは児童養護施設に、それから妻の手のなかに。

それにあの男は、ルイーズに対してもずいぶん残酷な仕打ちをしたものだ。

「いいえ、違うわ」とルイーズは言った。「ドクターは決してわたしを苦しめようとしたんじゃない。あの人には、ほかにどうすることもできなかったのよ。彼はわたしを愛していた……でも絶望のあまり、あんなことをしてしまった」

ラウールは自分でも意外なほど重々しくうなずいた。ルイーズと話しているうちに、長い病気のような子供時代の苦しみから抜け出し、回復期に入っていくのを感じた。

その間、二人のまわりでは、キャンプじゅうが喧騒《けんそう》に包まれていた。郡長の来訪を機に行なわれるミサの話に、みんな奮い立った。というのも、それはちょうど特別な日にあたっていたから。前日、ペタン元帥は〝胸が締めつけられる思いで〟戦闘の中止を呼びかけた。ドイツ軍部隊は、すでにロワール川を渡った。ここまでやって来るのも、時間の問題だろう。そこでこのささやかな小集団は、去年、政府首脳が行なったのと同じことをした。つまりは、今後のなりゆきを神のご意思に委ねることにしたのだ。野外ミサの予定に変わりはなかったが、ここはもうひと工夫あってもいい。こうして月曜日の昼間、みんなの了解を取って話が決まった。この際、身廊と翼廊、内陣を空《から》にして、明日のミサは礼拝堂のなかで執り行なうようにしようと。

デジレ神父は信者たちがこんなにも熱心にショーの準備をしているのを見て、大喜びだった。「あなたに神のお恵みを」と彼は話しかけてくる人々に言った。祭壇代わりの高く掲げたテーブルにみんながむき合えるよう、充分なスペースが確保され、古びた石は洗い清められた。火曜日、デジレ神父は、行列を作って礼拝堂に入ってはどうかと持ちかけた。荘厳な雰囲気を盛りあげるこの提案は大歓迎された。デジレは讃美歌をひとつも知らなかったので、シスター・セシルとアリスにたのんで行列の先頭に立ってもらい、二人が讃美歌を歌い始めたら信者たちがあとにつくことにした。ベルギー人のフィリップにはミサに持っていく十字架を、アリスには白っぽいシーツで苦行会員のような法服を作らせた。

予定どおり、十時ごろ郡長が到着した。彼は行列に遮られ、庭でしばらく待たされた。シスター・セシルが先頭で歌い始めた。「主よ、あなたはわれらの命に委ねられた一片のパン！　主よ、あなたはわれらを統《す》べるもの、復活したイエス！」

続いて白装束のデジレ神父がやって来る。重い荷物のように十字架を手にし、うつむきかげんになって。デジレは司教になった気でいた。いや、教皇に。

ミサが始まると、ロワゾー郡長は最前列に陣取った。左には厳しい顔のシスター・セシルが、右にはうっとりとした顔のアリスとフェルナンがいた。

うしろはガブリエルと、赤ん坊を抱いたルイーズ。双子は脚のあいだに挟んでいる。ラウールは結局キャンプを出ていかなかった。そんなことをしたところで、もうなんの意味もない。彼はミシェルをミサに連れてきたけれど、誰も奇異には思わなかった。犬は信者よろしく、おとなしくラウールの脇にすわっていた。

「アルセ・ディエム・リデンド・アルマ・クルパ・ベネ・センサ・スピナ・ポプリ・ボミネム・フトゥリ・ディグニタテ……アーメン」

「アーメン！」

デジレ神父のおかしな儀式のことは、みんなもうよく心得ていた。起立の合図、着席の合図、〝古いラテン語〟で滔々《とうとう》と唱えられる長い祈りの文句。そして次々に続く奇妙な所作。それはミサでよく見る所作をどことなく彷彿させるが、きちんと順序立てられてはいなかった。

「パテル・プルヴィス・マルム・アウディテ・ヴィンシ・ペクトル・サルテ・クリスティ……アーメン」

「アーメン！」

シスター・セシルは憤慨したように、何度もロワゾー郡長をふり返った。けれども彼は、この珍しい典礼に文字どおり魅了されているらしい。もっとも古い作法にのっとった典礼だと、郡長はあらかじめ説明を受けていた。

デジレ神父はすぐさま説教に移った。告解と並んで説教は、とりわけ彼の好みだった。その才能が荘厳なまでに発揮される瞬間だ。

「親愛なる兄弟、親愛なる姉妹のみなさん、主に感謝しましょう（デジレはそこで両手を天にあげ、穴だらけの丸天井を苦悩と希望に満ちたまなざしで仰ぎ見た）。こうしてわれわれがここに集《つど》うことになったのは、主のおかげです。主よ、われらはあなたに呼びかけました。主よ（彼は頭語反復が大好きだった）、われらはあなたにお願いしました。主よ……」

デジレが堂々たる長広舌にかかったところで、聴衆はいっせいに礼拝堂の入り口をふり返った。みんな、きょろきょろしている。

「主よ、あなたはわれらのもとにいらして……」

エンジン音が響いた。車、何台分もありそうだ。たぶん、トラックだろう。外で声がする。

「主よ、われらはあなたのまばゆい光を目にして……」

デジレはそこで言葉を切った。

人々は、礼拝堂の入り口に立つ三人のドイツ人将校を見つめていた。墓地から、車のドアを閉める音も聞こえた。

どうしたらいいのか、誰にもわからなかった。

ロワゾー郡長はため息をつき、敵を迎えるために立ちあがろうとした。そのとき、デジレ神父の声が轟《とどろ》いた。

「主よ、試練のときが来ました！」

聴衆は再びデジレをふり返った。ドイツ軍将校は微動だにせず、両手を背中にまわしてじっと立っている。

デジレは聖書を手に取り、熱に浮かされたようにページをめくった。

「姉妹たち、兄弟たちよ、出エジプト記を思い起こしましょう。ファラオがやって来ました（彼は礼拝堂の入り口にむかって腕を伸ばした）。専横《せんおう》で残忍なファラオが、威圧的で不道徳な悪魔の手先が。ファラオは民衆を服従させ、ヘブライ人を押さえつけました。そのとき、主よ、あなたはひとりのつましい男を、救済者としてお示しになりました。あなたはエジプトに十の災いを科して、彼の迷いを解きました」

デジレは天にむかって腕をあげた。

「そう、ファラオは悔い改めました。しかしその魂は邪《よこしま》で、その心根は曲がったままでした。ファラオはヘブライ人を憎み続けました。彼らを根絶やしにしたいと思っていたのです」

幻覚に捕らわれた説教師さながら、デジレは礼拝堂のなかに怒声を響かせた。

「世界の独裁者になること、それがファラオの野望でした。ヘブライ人はエジプトから脱出しました。彼らは街道を進み、小道を行き、ファラオのすさまじい怒りを恐れて身を隠しながら、必死に逃げました。身も心も疲れ果てて、ひたすらどこまでも歩き続けました。この大移動は、いつ終わるとも知れませんでした」

そこでデジレはしばらくじっと黙って、聴衆を見渡した。人々のうしろには兵士たちが立っている。彼らは眉ひとつ動かさず、冷たい決然とした目で静かに司祭を見つめていた。

「やがてファラオが、すぐうしろに迫ってきました。ふり返らずとも、その忌まわしい気配が感じられるほど近くまで。彼らは負けたのです。降伏するか、死を選ぶか。人々は絶望に襲われました。彼らはあきらめ、ファラオの野望に屈するのでしょうか？　あるいはこのまま前に進み続け、海の藻屑《もくず》となるのでしょうか？　そのときです、主よ、あなたのご意思が示されたのは。あなたはヘブライ人をお助けになりました。なんとなれば、彼らはあなたを必要としていたから。そう、あなたは海を二つに分かち、波間に道を通したのです。あなたのおかげで、ヘブライ人は海を越え、逃げることができました。あなたはさらに情け容赦なく、正義を貫かれました。分かれた海はまたひとつに戻り、ファラオとその兵士たちを呑みこんだのです」

デジレは両腕を大きく広げ、微笑んだ。

「そして今日、われわれは、こうしてあなたの前におります。主よ、試練の覚悟はできています。しかし、われわれにはわかっています。あなたがそこにおられると、われらの犠牲が無駄ではないと、遅かれ早かれファラオがあなたのご意思に屈すると。アーメン」

「アーメン！」

見てのとおりデジレ神父は、聖書の文言をいくつも自由に変えているが、その意図、言わんとするところは明白だった。

デジレは命を賭けたのだ。

彼は説教を終えると中央の通路を進み、ドイツ軍将校に歩み寄った。三つの黒い人影は、背後のドアに縁どられていた。

デジレは両手を差し出し、歩を緩めた。そして隊長とおぼしきひとりの前に立った。

さあ、この身を犠牲に、とでもいうように、彼は腕を大きく広げた。

「ハイル、ヒトラー」と将校は腕を突き出して叫んだ。

そこで、人々は気づいた。三人のドイツ人は皆、ひとこともフランス語がわからないのだと。

そんなわけで午後になり、祭壇代わりに使われた大きなテーブルが中庭に持ち出され、難民がひとりひとりドイツ軍将校に身分証を提示するさいも、将校は右にいるロワゾー郡長をふり返って人々の言い分を通訳してもらったのだった。デジレ神父は左に腰かけ、あれこれ口を挟んでいたが、そちらは郡長も逐一訳さず、二言《ふたこと》、三言《みこと》ですましていた。

まずは小さな子供のいる家族が呼ばれた。

ルイーズが双子を連れ、マドレーヌを腕に抱いてやって来た。彼女は双子を指さし、事情を説明した。保育士のこと、名前も聞いたことのない町や退去を命じた市役所のこと、子供を迎えに来なかった親のこと。彼女はとても興奮していた。

郡長はドイツ軍将校の質問をルイーズに伝えた。

「赤ん坊の身分証はあるのか、たずねています」

「なにもありません」

ルイーズの声は震えていた。将校は整った、無表情な顔の男だった。何を考えているのか、うかがい知るのは難しい。

「こちらの赤ん坊は？」とロワゾー郡長はたずねた。

デジレ神父が爆笑した。

「いやいや、これは彼女の子供ですよ。彼女の赤ちゃんです」

それから彼は、郡長のほうに身を乗り出した。

「このご婦人と赤ちゃんのために身分証を再発行するよう、たのんでいただけますか。持ちものは途中、すべて失くしてしまったので」

将校はうなずくと、次の家族を連れてくるよう合図した。

デジレ神父がすぐに立ちあがって、ガブリエルのところまで連れていってくれなかったら、ルイーズはぶっ倒れていただろう。ガブリエルは彼女を介抱してくれた。

行列は一日じゅう続いた。

こうして全員が、テーブルの前を通過した。

フェルナンが身分証を提示すると、将校はそれを一語一句訳すようにと言った。その理由は、誰にもわからなかった。

ガブリエルとラウールが所属していた隊を言うのに、なんの問題もなかった。それからどんな経緯《いきさつ》で、ほかの兵士たちと同じように街道をさまようことになったのかは、必ずしも本当のことばかりではなかった。ともあれ彼らは、すぐに身の証《あかし》を立てることができた。

ようやく将校は帳簿を閉じ、郡長と握手をした。そして二人の男は、二言、三言、ていねいに言葉を交わした。将校はデジレ神父にも挨拶しようとしたが、そういえば何時間も前から姿が見えなかった。結局神父は見つからなかったので、ドイツ軍はそのまま立ち去った。キャンプを取り壊し、難民を移送するため、明日また出なおす段取りになっていた。

そのあともあちこちデジレ神父を捜したけれど、無駄だった。結局彼の行方は、杳《よう》として知れずじまいだった。

フェルナンはその晩遅く、リュックサックが消えていることに気づいた。

シスター・セシルはデジレがいなくなったのを知って激怒したが、アリスはただ笑っていた。

「ロワゾー郡長も、怪しいって思ってたのよ。前に言ってました。あいつはペテン師だ。ペテン師そのものだって」

「ええ、そうでしょうね」とアリスは、あいかわらず微笑みながら言った。

「あら……わかってたの？」

シスター・セシルは憤慨していた。

「ええ、もちろん……」

「なのになにも言わなかったってわけ？」

アリスはキャンプに目をむけ、ここに逃れてきた人々を眺めた。

「だって、司祭だろうがなかろうが、どうでもいいことだわ」と彼女は答えた。「あのかたは、主がわたしたちのもとにお遣わしになったのよ」

エピローグ

まずはジュールさんの話から始めよう。彼がわれわれの物語から姿を消して、ずいぶんになる。ご安心あれ。ルイーズとは離れ離れになってしまったが、ジュールさんは無事にドイツ軍の爆撃を逃れた。どうにか南にくだり続け、ラ・シャリテ＝シュール＝ロワールで休戦の一報を聞いた。そこで彼は道を引き返し、パリに戻ることにした。「やつらが馬鹿をやめたんだから、おれもレストランを再開しなくちゃな」と彼は、やって来る人ごとに言った。ジュールさんがパリへたどり着くまでの長旅を語れば、またひとつ別の物語ができるだろう。お察しのとおり、それは波乱万丈のエピソードに事欠かなかった。彼は一九四〇年七月二十七日にパリに着き、翌日にはもう〈ラ・プティット・ボエーム〉をあけた。

ルイーズは一九四一年三月十五日、パリでガブリエルと結婚した。二人には子供ができなかった。ガブリエルは私立学校で数学教師の職につき、十年後に校長になった。継娘《ままむすめ》のマドレーヌのことは、たいへんな可愛がりようだった。そんなあふれんばかりの愛情ゆえにか、その子はすばらしい数学の才を示し、フランス最年少の女性教授資格者《アグレジエ》の記録を長年保持していた。初めは彼女の先生役だったガブリエルだが、ほどなく生徒役にまわった。そのときマドレーヌは十六歳にもなっていなかった。娘がフランスを離れてアメリカの研究所へ渡ったとき、ガブリエルはいっきに十歳も老けこんでしまった。彼は自分の能力の限界まで、マドレーヌの業績を追い続けた。そしてある日ルイーズに、こう告白した。マドレーヌの論文を読んでも、理解できなくなったと。美しい音楽性を楽しむためだけに、外国語の詩を読むみたいなものさ。

ご想像どおり、ルイーズはダムレモン通りの公立小学校へは戻らず、マドレーヌの世話に専念した。娘の誕生日祝いを〈ラ・プティット・ポエーム〉でやるのが、毎年の恒例行事となった。ジュールさんはマドレーヌのために、特別な料理とお菓子を用意した。そして死ぬ前の日に、そのレシピをあげると言った。マドレーヌの八回目の誕生日、ジュールさんは心臓発作に襲われた。マドレーヌは病院のベッドの脇で、泣きながら彼の手を握った。おれはまだ死なんよ、レシピをあげてないからな、とジュールさんは言った。その言葉どおり、彼は一命を取り留めたが、いずにせよ昔どおりには戻れなかった。彼はレストランを引き継がないかとルイーズに持ちかけ、彼女はその申し出を受け入れた。ルイーズは見事な料理の腕を発揮した。ジュールさんがやっていたとき同様、店はいつもいっぱいだった。彼女は内装にいっさい手を加えなかったけれど、ひとつだけ変わったのは、ドクターが二十年近くすわっていた席を取り除き、そこにジュークボックスを置いたことだった。

ジュールさんは一九五九年に亡くなった。いわゆる、愛する人々に見守られての死だった。

一九八〇年、七十歳になったルイーズはレストランをやめることにした。ガブリエルが前の年に亡くなり、彼女はもう働く意欲が失せてしまった。マドレーヌは別の銀河に暮らしている。ルイーズは店を売る決心をした。そこは今、靴屋になっている。

双子の両親は絶望に突き落とされた。どうやら保育士はドイツ軍がやって来るという知らせに恐慌をきたし、両親が迎えに来るのを待たずに、文字どおり三人の赤ん坊を抱えて逃げ出すことにしたらしい。こうして双子は、大脱出《エクソダス》の偶然により両親から突然引き離されてしまった何千人もの子供たちの仲間になってしまったのだった。今日《こんにち》では想像しがたいことだけれど、その多くが再び両親のもとに帰ることはなかった。何ヵ月ものあいだ、父親、母親の絶望的な呼びかけが続き、何百もの尋ね人広告が出された。なかには写真入りのものもあった。こうした離別が引き起こした苦悩と悔恨を、それはよくあらわしている。

その点、双子は幸運だった。

いっぽう、ルイーズが手もとに置いた女の子を引き取りに来る者は、その村に誰もいなかった。確証はないけれど、その朝、保育所に赤ん坊を預けていった母親の身に、なにか不幸があったのだろう。

ラウール・ランドラードはルイーズから明かされた過去から、なかなか立ちなおることができなかった。姉のアンリエットはすべてを知りながら、ずっと真実を隠していた。なんて卑怯者なんだと、彼は腹を立てた。

これからどうしたらいいかもわからず、結局軍隊生活を続けることにした。「ほかにできることもないからな」と彼はルイーズに言った。たしかにラウール好みのケチな闇商売にはうってつけの場所かもしれないが、それは間違った選択だとラウールもルイーズも気づかなかった。専横な権力（ジェルメーヌ・ティリオンが体現していたような）に反抗することを人生の目的としてきた人間にとって、軍隊に入るのは決して得策ではない。だから彼の軍隊生活は、あまりぱっとしたものではなかった。けれどもさまざまな出来事を経て、彼は本来の自分を取り戻すことができた。ガブリエルとのあいだに培《つちか》った友情を、軍隊のなかに見出した。そして一九六〇年代初頭、ラウールは友人たちの影響で秘密軍事組《OA》織《S》（アルジェリアの独立に反対した極右の非合法組織）にかかわるようになった。彼がその主張に共鳴したのは、ド・ゴール将軍に対する反抗を掲げていたこともあっただろう。ド・ゴールは、立ちむかうべき父親像の象徴ともいうべき存在だったから。ラウールがOASに加わったことを知ったとき、ルイーズは彼を抱きしめてこう言った。「兄さんのことはよかったと思っているけど、もう会いたくないわ。その手で何をしてるんだろうって、考えてしまうから」

そこでラウールは、アンリエットに会いに行った。アンリエットは昨日別れたばかりみたいに彼を迎えた。

ラウールのことで、マドレーヌは初めて母親に反抗した。マドレーヌにとってラウールは、つねに変わらない〝アメリカの伯父さん〟（アメリカで大成功をし、財を築いたと信じられている、家族のなかの伝説的人物のこと）だった。彼女がちっちゃなころから、訪ねて来るときは決しておみやげを忘れなかった。喜んで彼女とおしゃべりし、お話もたくさん聞かせてくれた。マドレーヌは彼がとてもハンサムだと思った。それになんと言っても、父親の命の恩人だ。小さな女の子なら、夢中にならないわけがない……

さらにさまざまな出来事を経て、やがてみんなは和解した。

一九六一年十一月、ラウールは秘密軍事組織《OAS》と共同体運動《MPC》（ド・ゴールのアルジェリア政策を支持するための組織）が激しくぶつかり合ったさいに死亡した（ちなみに共同体運動《MPC》で戦ったなかには、元兵長のボルニエもいた。彼はド・ゴールのことを、頭から信じて疑わなかった。酒がやめられないのと同じなのだろう）。

ルイーズとマドレーヌはラウールのことで、いつも意見が分かれたが、二人が激しくぶつかり合うことはめったになかった。マドレーヌはときどき父親に、〝トレギエール川の橋爆破〟の話をしてとせがんだ。それは彼女にとって、ナポレオン戦争のエピソードのようなものだった。

休戦の数週間後、アリスとフェルナンもパリに戻った。スーツケースに詰めた札束は、地下室にそっくりそのままあったけれど、彼らはそれに一度も手をつけなかった。

フェルナンは、ヴィシー政権の命令下で行なわれる警察の活動に積極的に加わりたくなかったので、機動憲兵隊本部の下級職に異動させてもらった。彼はそこで四年近く、各部署に郵便物を配る仕事をしながら、雌伏《しふく》のときをすごした。機が訪れたのは、一九四四年八月十三日のことだった。その日、彼は国家憲兵隊のストライキを率いるリーダーのひとりだった。二日後、警察のストライキも続いた。フェルナンはフランス《F》国内《F》軍《I》（ドイツ占領下におけるレジスタンス組織）とともにパリ解放のために戦った。そして一九四四年八月二十二日、サン＝プラシッド通りの角で殺された（シェルシュ＝ミディ軍事刑務所からほど近い場所だった）。

アリスは生涯、何度も心臓発作に襲われたものの、八十七歳の天寿をまっとうすることができた。フェルナンが亡くなった数カ月後、彼女はアパルトマンと地下室を引き払ってシュリー＝シュール＝ロワールの近くに引っ越し、あんなにも愛した夫の姉を世話することにした。彼女はそこで、慈善事業にも精を出した。財産はすべて救援組織や連帯活動のために投じた。彼女はシュリー地方のミリエル司教（『レ・ミゼラブル』に登場する、寛大で慈愛に満ちた人物）となった。サント＝セシル児童養護施設が入っている立派な建物が造られたのは、アリスの尽力によるものだった（そして彼女が亡くなるまで、維持することができたのも）。現在、その建物は民間銀行の所有になっているはずだが（講演会やセミナーといった類《たぐい》の催し物がひらかれている）、主要な部分は昔のままになっている。有名な庭園ももちろんそのひとつだし、荘厳な〝サント＝セシル児童養護施設の大菜園〟には世界じゅうから観光客が訪れている。

残るはデジレだが、大した話はできそうもない。彼について伝わっている事実のうち、確証のあるものはほとんど皆無だからだ。デジレを扱った数少ない学術研究から判明したところによると、一九四〇年から四五年までが、彼に関して〝唯一確かな足跡〟が確認された時期なのは明白である（こんなもってまわった言い方は、小説の最後で使う以外、いったいどこで使えばいいのか？）。デジレが一九四〇年早々、レジスタンス運動に加わったのは間違いない。そこには戦争以上に、この非凡な男が多種多様な人物を演じるのに適した機会があふれていた。デジレはレジスタンス運動のなかにあって、まさに水を得た魚の心境だったろう。彼の痕跡とおぼしきものは、さまざまな場所、さまざまな時に残されている。なかでもフィリップ・ジェルビエがリヨンの射撃演習場からロープと発煙筒を使って逃走した大胆不敵な事件（一九四二年の末だったか、一九四三年の初めだったか、よく覚えていないが）で、ジエドリウス・アダムなる男――明らかにデジレ・ミゴーのアナグラムだ――が首謀者だったのは議論の余地がない。さらにレジスタンスの数あるエピソードで、彼の痕跡（あるいは痕跡と思われるもの）は認められる。歴史家のなかには、デジレが一九四四年八月二十六日、ド・ゴール将軍らとともにシャンゼリゼ大通りを練り歩いていたと信じる者もいる（写真はかなりぼやけているけれど）。それもあり得ない話ではないだろう。デジレ・ミゴー（名前はミニョンなどと多少、変わることもあるが）は、偉大な人物たちに擬せられるかもしれない。ひとは彼に多くを託そうとする。あとは熱意にあふれた歴史家の研究を、鶴首《かくしゅ》して待つことにしよう。彼はロラン・バルトが〝デジレの神話〟と呼んだものについて、踏みこんだ著作を予告している（版元の言うところによれば、そこには注目すべき新発見がいくつもあるという）。

フォンヴィエイユにて　二〇一九年九月

いつものことながら……

最後に、謝辞を述べねばならない。わたしは喜んで、心からの感謝を捧げよう。

まずはカミーユ・クレレに。わたしは彼女を質問攻めにしたが、いつも打てば響くように明快で的確な答えが返ってきた。

何人かの友人たちは、この小説を繰り返し読み、有益な意見を寄せてくれた。ジェラルド・オベールとカミーユ・トリュメルの忍耐強く、注意深い助力に感謝したい。それにジャン＝ダニエル・バルタサ、ジャン＝ポール・ヴォルミュス、カトリーヌ・ボゾルガン、ソレーヌ・シャバネ、フロランス・ゴドフェルノー、ナタリー・コラールにも。わが友人にして共犯者のティエリ・ドパンブールが、この小説を熱心かつ的確に読んでくれたことも、わたしにはとても役立った。二十二章の終わり、鳩とカラスの場面は彼に負うところが大きい。それにもうひとり、担当編集者のヴェロニック・オヴァルデにも感謝を。

わたしがとりわけ大きな恩恵に浴したのは、ジャッキー・トゥロネルである。〝囚人たちの大移動〟という、現実にあった驚くべきエピソードを知ったのは彼のおかげだ。もちろんわたしはそれを自由に脚色したが、軍法会議で有罪となった囚人たちが、一九四〇年六月に長い列を作って歩き出し、シェール県のアヴォールにむかったのは紛れもない事実である（正確に言うなら十二日にはシェルシュ＝ミディ軍事刑務所から、十日にはサンテ刑務所から出発している）。六月十五日、六名の囚人が〝反逆、逃亡未遂、あるいは不服従〟の廉《かど》で処刑された。翌日には、さらに七名が。パリ出発時に千八百六十五名だった囚人のうち、六月二十一日ギュルスのキャンプに着いたとき八百四十五名がいなくなっていた。実にもとの人数の四十五・三一パーセントにものぼる……

この出来事を丹念に調べている歴史家ジャッキー・トゥロネルのサイトには、詳しい記事が載っているので参照していただければと思う（http://prisons-cherche-midi-mauzac.

com/bienvenue-sur-le-blog-de-jacky-tronel)。

生き証人による二冊の本からも、多くの細かな事実を知ることができた。モーリス・ジャキエ『一兵士』(ドノエル社刊、一九七四年)、レオン・ムーシナック『メデューズ号の筏《いかだ》』(アデン社刊、ブリュッセル、二〇〇九年)である。

わたしはアンリ・アムルーの著作『災禍の人々』(ラフォン社刊、一九七六年)のなかで、フランス銀行の紙幣(三十億フランだと、彼は断言している)が焼却されたという信じられない出来事に関する短い記述を見つけた。フランス銀行の資料室には、この奇妙な事件に関するあらゆるデータがそろっている。

デジレ・ミゴーについては一九四二年、モーリス・ガルソン氏が〈オルセー病院の看護師事件〉で行なった口頭弁論から、いくつかの着想を得ている。ピエール・アスリーヌはそれをぜひ読んでみるといいと、わたしに勧めてくれた。

ルイーズが勤めていた小学校の校長が発するラテン語の応答は、ジェローム・リモルテに教示してもらった。心からの感謝を。

デジレがラジオ番組で伝えるニュースのなかには、ずいぶん突拍子のないものもあるが、その多くが紛れもない事実である。それでもかなり常軌を逸しているけれど……

マイアンベールは実在の要塞ではないが、モーゼル県のヴェクランにあったアッカンベール要塞から想を得ている。わたしはすぐれたガイドのベルナール・レイヴァンジェと、博識な歴史家ロベール・ヴァロキの案内で、現地を仔細に見てまわることができた。ジャック・ランベールと彼が主催する出版社〝アルデンヌの土地〟も、貴重な情報をもたらしてくれた。

一九四〇年六月の大脱出《エクソダス》を背景とする小説を書こうとするなら、以下の著作を読まずにすますことはできないだろう。レオン・ヴェルト『三十三日』（ヴィヴィアーヌ・アーミー社刊、二〇一五年）、エリック・アラリー『大脱出《エクソダス》』（ペラン社刊、二〇一三年）、ピエール・ミケル『大脱出《エクソダス》』（プロン社刊、二〇〇三年）、フランソワ・フォンヴィエイユ＝アルキエ『奇妙な戦争下のフランス人』（ラフォン社刊、一九七〇年）、エリック・ルーセル『遭難』（ガリマール社刊、二〇〇九年）、ジャン・ヴィダラン『一九四〇年五月―六月の大脱出《エクソダス》』（ＰＵＦ社刊、一九五七年）。

本作執筆にあたり大いに役立った著作の数々を、感謝をこめて挙げておこう。エリック・アラリー、ベネディクト・ヴェルジェ＝シェニョン、ジル・ゴーヴァン『日常のフランス人、一九三九‐一九四九』（ペラン社刊、二〇〇九年）、マルク・ブロック『奇妙な敗北』（フラン＝ティルール社刊、一九四六年）、フランソワ・コシェ『奇妙な戦争の兵士たち』（アシェット・リテラチュール社刊、二〇〇六年）、ジャン＝ルイ・クレミュー＝ブリラック『一九四〇年のフランス人』（ガリマール社刊、一九九〇年）、カール＝ハインツ・フリーザー『電撃戦という幻』（ブラン社刊、二〇〇三年）、イヴァン・ジャブロンカ『父もなく、母もなく　児童養護施設の子供たちの歴史一八七四‐一九三九』（スイユ社刊、二〇〇六年）、ジャック・ランベール『動乱のなかのアルデンヌ人』（〝アルデンヌの地〟社刊、一九九四年）、ジャン＝イヴ・マリ&アラン・オナデル『マジノ線の人員と仕事』（〝歴史とコレクション〟社刊、二〇〇五年）、ジャン＝イヴ・マリ『戦車の回廊』（エイムダル社刊、二〇一〇年）、ジャン＝ピエール・アンドレ＝リューシュ『東の嵐　フランスの戦闘におけるベリーの歩兵隊』（アリス・リネル社刊、二〇一一年）、ミカエル・セラムール『ロレーヌ、アルザス、マジノ線の要塞部隊　その失われた兵舎』（シュトン社刊、二〇一七年および二〇一三年）、ドミニク・ヴェイヨン『フランスで生きること、生きのびること　一九三九‐一九四七』（ペイヨ社刊、一九九五年）、モーリス・ヴァイス『一九四〇年五月‐六月　外国人歴史家の目から見たフランスの敗北とドイツの勝利』（オートルマン社刊、二〇〇〇年）、アンリ・ド・ヴァイイ『瓦解』（ペラン社刊、二〇〇〇年）、オリヴィエ・ヴィヴィオルカ&ジャン・ロペズ『第二次世界大戦の神話』（ペラン社刊、二〇一五年）。
　書物については以上である。

デジタル資料では、今回もフランス国立図書館のデータベース〈ガリカ〉と、こちらもフランス国立図書館が運営し、おもに日刊紙を扱うすばらしいデータベース〈レトロ・ニュース〉を参照した。戦後の新聞についても引き続きデジタル化が進むことが望まれる。

ルイーズの不妊の原因についてはジャン＝クリストフ・リュファンに、ガブリエルの健康状態については友人のベルナール・ジラル医師にご教示いただいた。またアルデンヌの戦争と平和博物館を訪れたさいには、マリ＝フランス・ドヴージュとステファーヌ・アンドレの出迎えと協力をいただき貴重な情報を得ることができた。
　例によって、執筆中にはさまざまな言葉、文、イメージ、ときには考え、ときには表現が脳裏に浮かんで、テキストに反映された。それらのもとになっているのは、とりわけ以下のような人々の作品や文章である。ルイ・アラゴン、ジェラルド・オベール、ミシェル・オーディアール、オノレ・ド・バルザック、シャーロット・ブロンテ、ディーノ・ブッツァーティ、スティーヴン・クレイン、チャールズ・ディケンズ、ドニ・ディドロ、フランソワーズ・ドルト、ロラン・ドルジュレス、フョードル・ドストエフスキー、アルベール・デュポンテル、ギュスターヴ・フローベール、ロマン・ギャリ、ギユラーグ伯、ジョセフ・ヘラー、ヴィクトル・ユゴー、ジョゼフ・ケッセル、ジャン＝パトリック・マンシェット、カーソン・マッカラーズ、クロード・モワーヌ、ポール・マレー・ケンドール、マルセル・プルースト、フランソワ・ラブレー、レチフ・ド・ラ・ブルトンヌ、ジョルジュ・シムノン、エミール・ゾラ。

両大戦間を舞台にした三部作は、ここに完結する。二〇一二年に始まったこの挑戦は、もちろんパスカリーヌなくしては存在しえなかっただろう。

ほかの多くのことと同じく。

訳者あとがき

本書は二〇一三年度ゴンクール賞、二〇一六年度英国推理作家協会（CWA）賞インターナショナル・ダガー賞を受賞した『天国でまた会おう』とその続篇『炎の色』のあとを受けた、ルメートルの〈両大戦間三部作〉の完結篇である（ちなみに作者はこの三部作に、〈災厄の子供たち〉という総題を冠している）。原作は二〇二〇年一月にフランスで刊行されるや大評判を呼び、シリーズ最高傑作と評価する声も数多く聞かれた。たしかに前二作にも増して緻密に練りあげられた物語世界は、三部作の掉尾を飾るにふさわしい見事なできばえだ。

『天国でまた会おう』は第一次大戦を辛くも生きのびながらも、疲弊した戦後のフランス社会で失意の日々を送る若い復員兵エドゥアールとアルベールが、戦没者追悼記念碑に絡んだとてつもない詐欺計画を企てる物語だった。芸術の才に恵まれたエドゥアールが、砲弾で大怪我を負った顔を隠すために造る仮面は、アルベール・デュポンテル監督・主演による映画化作品のなかでも効果的に使われていたので、覚えているかたも多いだろう。『炎の色』は、エドゥアールの姉マドレーヌが主人公。大銀行家だった父親の弟や腹心の部下の裏切りにより、莫大な財産を根こそぎ奪われた彼女が、文字どおり〝倍返し〟の反撃に出るという壮絶な復讐劇だ。この作品も現在、映画化が進んでいるというから（監督は俳優としても活躍しているクロヴィス・コルニヤック）、完成のあかつきにはぜひ日本でも公開して欲しいところだ。

そして本作には、『天国でまた会おう』のなかでエドゥアールの仮面造りを手伝った無口な少女ルイーズが再び登場する。すでに三十歳になった彼女は、小学校の教師をするかたわら、毎週土曜日、自宅のむかいにあるレストランでウェイトレスをしている。ある日、〝ドクター〟と呼ばれる常連客の老人から奇妙な申し出をされたことからルイーズの運命は大きく動き出し、やがて思いもかけない過去の秘密が次々と明らかになる。いかにもルメートルらしい、ミステリ的な面白さが堪能できる展開だ。『天国でまた会おう』で描かれた出来事がところどころで言及されるものの、ストーリーは完全に独立しているので、前作をお読みでないかたにも充分楽しんでいただけると思う。

本作にはルイーズ以外にも、主要な登場人物が何人か設定されており、群像劇としての性格がいっそう際立っている。まずはマジノ線のマイアンベール要塞で、いっこうに本格化しないドイツとの対戦に備えて待機している兵士のガブリエルとラウール。ドイツ軍の毒ガス攻撃に怯えながら、地下の要塞で日々戦々恐々と暮らすガブリエルは、『天国でまた会おう』のアルベールをどことなく彷彿とさせる。いっぽうのラウールは、ケチな賭博や軍の物資を横流しする闇商売でひと儲けをたくらむ小悪党だ。ガブリエルはラウールの不正に無理やり荷担させられてんてこまいするが、そうした二人の関係が、戦争という極限状況下で徐々に変化していくところが興味深い。

天才的な詐欺師デジレのパートでは、突然のドイツ軍侵攻を前にしたフランス政府の狼狽ぶりが滑稽に描かれている。東洋語のエキスパートという名目でまんまと情報省に入りこんだデジレは巧みな弁舌《べんぜつ》の才でたちまち頭角をあらわし、マスコミむけに公式の声明《コミユニケ》を発表する大任をまかされる。そして日々悪化する戦況の不安をぶつける新聞記者を、得意の詭弁で煙に巻く。もちろん多少の誇張はあるのだろうが、政府のやることはいつの時代、どこの国でも変わらないものらしい。

最後にもうひとり、途中から登場するのが、パリの機動憲兵隊員フェルナン。この戦争を醒《さ》めた目で見ながらも、謹厳で職務に忠実な彼は、ドイツ軍侵攻の知らせを聞いてもほかの多くのパリ市民のように、大あわてで逃げ出したりしない。そんな彼が愛する妻の夢を叶えたいがために犯した罪も、「馬鹿げた時代」（上巻／三三九ページ）故なのかもしれない。

一見、無関係なこれら人物たちの運命が、さまざまな偶然の連鎖によって交差し、また別の運命へと導かれていく展開には、ストーリーテラーとしての作者の力量が遺憾なく発揮されている。人生という謎《ミステリ》に張り巡らされた偶然という名の伏線を、じっくり味わっていただければと思う。

なお前二作のタイトルには出典があったけれど、今回は本文（下巻／一六〇ページ）の一節が気に入ってつけたオリジナルだということだ。

『天国でまた会おう』は第一次大戦が終結した一九一八年十一月から、戦後二年が経とうとしている一九二〇年七月まで、『炎の色』は戦後の復興が遅々として進まず、やがて来る大恐慌の波を目前にした一九二七年から、隣国ドイツでヒトラーの率いるナチ党が台頭し、ヨーロッパが再び不穏な空気に包まれ始める一九三三年までを舞台にしていた。それに対し本作の背景となっているのは、一九四〇年四月六日から一九四〇年六月十三日までの約二カ月間。けれどもこの二カ月は、フランスの歴史が大きく転換する激動の時期だった。本文中でも適宜《てきぎ》触れられているが、登場人物たちの運命に大きくかかわるこの時期について、簡単に説明しておこう。

一九三九年九月、ナチス・ドイツのポーランド侵攻を機に、フランスはドイツに宣戦布告をするものの、その後数カ月にわたり実質的な戦闘がほとんど行なわれない状態が続く。いわゆる〈奇妙な戦争〉、あるいは〈まやかし戦争〉とも呼ばれている時期である。そうした状況にも、やがて変化が訪れる。まずは一九四〇年四月九日、ドイツ軍はデンマーク、ノルウェーに侵攻し、両国を手中に収めてしまう。本作の第一部にあたる「一九四〇年四月六日」という日付は、ちょうどその直前にあたる。

そして五月十日、ドイツ軍はベルギー、ルクセンブルクに侵攻、十三日には国境を突破してフランス国内にまで攻め入ってくる。ガブリエルたちがいたマジノ線は、そうしたドイツ軍の攻撃に備えて第一次大戦後に造られ、難攻不落と信じられていた。またベルギーとの国境地帯に広がるアルデンヌの森は天然の障壁として、踏破不能と思われていた。ところがドイツ軍の新鋭戦車部隊は、難なくそこを突破してしまい、やがてはパリにも迫ろうという勢いだった。にわかに恐慌をきたしたパリ市民は南にむかって〝大脱出《エクソダス》〟（この言葉は、旧約聖書にある出エジプトも意味する）を始める。それが本作の第二部「一九四〇年六月六日」前後の状況であり、第三部「一九四〇年六月十三日」の翌日、ついにパリは陥落するのである。

最後になりましたが、本書の翻訳にあたっては早川書房編集部のみなさんに大変お世話になりました。またラテン語の発音と意味については、東京都立大学の松丸和弘さんにご教示をいただきました。心から感謝します。

二〇二一年五月

訳者略歴　1955年生，早稲田大学文学部卒，中央大学大学院修士課程修了，フランス文学翻訳家，中央大学講師　訳書『第四の扉』アルテ，『ブラック・ハンター』グランジェ，『天国でまた会おう』『炎の色』ルメートル（以上早川書房刊）他多数

HM=Hayakawa Mystery
SF=Science Fiction
JA=Japanese Author
NV=Novel
NF=Nonfiction
FT=Fantasy

われらが痛《いた》みの鏡《かがみ》
〔下〕

〈HM㊷-6〉

二〇二一年六月 十 日　印刷
二〇二一年六月十五日　発行
（定価はカバーに表示してあります）

著者　ピエール・ルメートル
訳者　平《ひら》岡《おか》敦《あつし》
発行者　早川　浩
発行所　株式会社　早川書房
郵便番号　一〇一 - 〇〇四六
東京都千代田区神田多町二ノ二
電話　〇三 - 三二五二 - 三一一一
振替　〇〇一六〇 - 三 - 四七七九九
https://www.hayakawa-online.co.jp

乱丁・落丁本は小社制作部宛お送り下さい。
送料小社負担にてお取りかえいたします。

印刷・三松堂株式会社　製本・株式会社川島製本所
Printed and bound in Japan
ISBN978-4-15-181456-3 C0197

本書は活字が大きく読みやすい〈トールサイズ〉です。